深圳新锐小说文库

主编　杨争光
总策划　邓一光　尹昌龙

千言万语

弋　铧／著

海天出版社（中国·深圳）

图书在版编目（ＣＩＰ）数据

千言万语 / 弋铧著.— 深圳： 海天出版社，
2016.1
（深圳新锐小说文库）
ISBN 978-7-5507-1513-4

Ⅰ．①千… Ⅱ．①弋… Ⅲ．①短篇小说－小说集－中
国－当代②中篇小说－小说集－中国－当代 Ⅳ．
①I247.7

中国版本图书馆CIP数据核字(2015)第280344号

千言万语
Qianyanwanyu

出 品 人：聂雄前
书稿统筹：于爱成
责任编辑：涂 俏 蒋鸿雁
责任校对：钟愉琼
责任技编：蔡梅琴 梁立新
装帧设计：李松璋书籍设计工作室

出版发行：海天出版社
地　　址：深圳市彩田南路海天综合大厦（518033）
网　　址：www.htph.com.cn
订购电话：0755-83460293（批发） 83460397（邮购）
排版制作：深圳市思成致远创意文化有限公司 0755-82537697
印　　刷：深圳市顺帆达印刷有限公司
开　　本：787mm×1092mm 1/16
印　　张：17.5
版　　次：2016 年 1 月第 1 版
印　　次：2016 年 1 月第 1 次
定　　价：29.80 元

序　言

主编这套文库，是一种享受。

阅读十二位青年作家的作品，更是一种享受。

还有鼓舞。

边鼓边舞——兴奋！

十二位文学新锐，是从几十位符合条件的作家中推选出的，也许并不能代表深圳文学的高度，却能真切地感受到深圳文学滋养、生成的元气、生气、意气。有这三气在，新的高度是可以预见的——不仅是将来深圳文学的高度，也许还是将来中国文学的高度。

三十多年，能聚集如此整齐的文学集群——我实在不愿使用"新军"这个词，文学实在不是因为利益或信仰而生发的战争，文学群体也实在不是军事组织——也只有深圳能够。

我从来都认为，"文化沙漠"是对深圳的误判。面对这种误判，深圳以它包容开放的胸怀和着眼未来的视界，踏实、稳健地建设着自己的文化。来自五湖四海的深圳人，携带着他们各自的文化之根，就地栽培。移民，遗民，夷民，互不嫌弃，互不抵牾，欣然接纳，不拒杂交——深圳就是这么任性！养性之后的任性。现在完全可以说，深圳不仅是个经济奇迹，也创造了文化培育、积累和健康生长的奇迹。

文学是文化的组成部分，并处于文化最敏感、最精致的部位。深圳文学曾有过短暂的浮躁。浮躁是一种内在焦虑导致的精神和行为变形。很快，这种浮躁就成为浮云而升天，留下的是平稳的文学耕耘。而且，这种文学耕耘的主流是非职业的民间写作。本文库中的十二位小说新锐，都不是所谓的专业作家。仅凭这一点，不仅这十二位，整个深圳文学的生态，也可以是未来中国文学生态在当下的一个试水，或者说是一个示范也成。这就是深圳的见识。也是深圳的性格：有健康理性为根基的见识，就付诸行动，创造成果。

深圳有"打工文学""青春文学""网络文学"，但以为这就是深圳文学的标志，也是一种误判——对深圳文学的误判，正如"文化沙漠"说对深圳的误判一样。每一位作家都是打工者；许多作家都可能以"打工者"作为他们的文学形象。每一位作家都有或有过青春期；过了青春期的作家也可能叙写"青春"。在互联网时代，每一位作家都不可能或很难拒绝网络，"网络文学"作为一种瞬间现象，已经成为过去时。深圳文学将不在所谓的"打工文学""青春文学""网络文学"等等标签的框定里打转。

文学就是文学，不是别的。文学和"打工""青春""网络"遭遇，将是日常性的。深圳文学要的不是有形无义的标签，而是真正属于文学的品相。这品相既是深圳的，也是中国的、人类的。福克纳以一块"邮票大的地方"为文学地盘，写出了人类的精神境遇，以及充盈于胸的悲悯情怀。鲁迅以"未庄"为文学地盘，塑造出了可与堂吉诃德相媲美的人类精神形象。本丛书中的十二位作家，性格不同，文笔各异，却都有着不甘平庸的文学野心。他们守着深圳，一个现代与后现代并存、移民与遗民甚至夷民杂居、物质与精神厮杀、灵魂与肉体纠缠、解构与建构时刻都在发生的地盘上，文学野心能否成为文学现实，我不敢妄言，但深圳应该有着它足够的耐心，等待和期盼。

说得似乎高亢了点。那就降低调门，轻声说几句：由于先天性营养不足——比如，长期缺乏不断发展的自然科学和人文科学的后援与支持；比如，白话文写作至今也不足百年的实践，等等——从整体来说，中国的叙事文学，包括小说艺术的家底，并不丰厚。五千年中华文明固然伟大，但仅以此作为现代小说艺术的滋养，我以为是不够的，因为小说艺术要抵达的是整个人类。

鲁迅是清醒的："过去的生命已经死亡。我对于这死亡有大欢喜，因为我借此知道它曾经存活。死亡的生命已经腐朽。我对于这腐朽有大欢喜，因为我借此知道它还非空虚……"以汲取营养论，鲁迅是母奶和狼奶通吃的。正因为清醒，还在中国现代文学起步的时候，他的心血书写，创造了中国文学的高标。

精神荒芜，思想枯竭，是人的穷境，文学的死境。

在生命的关口，守住了人的底线，也就站在了人的高点。在文学的关口，守住了写作的底线，也就守住了文学的高地。

我愿以此与年轻的同道们共勉。

末了，还有几句说明：

本"文库"又称为"12+1"，即十二位文学新锐的作品，并一本文学批评专著。相信批评专著能对十二位青年作家作品——或许还有深圳文学，有精到的解析。

本"文库"由邓一光先生提议，他和尹昌龙先生任总策划，由我担任主编。具体的联络、协调及编务工作，是由工作室的几个年轻朋友做的。

本"文库"的作家年龄均在四十五岁以下（含四十五岁）。吴君、盛可以诸位应在此列，因事先议定的原则，未进入本文库，是一个遗憾。

本"文库"由深圳市宣传文化基金全额资助，海天出版社独家出版发行。

为深圳文学祝福。

杨争光

2015年6月26日

目　录

爱在左，情在右

雨，在淅淅沥沥不停地下。

小君在客厅里霸着电视和VCD，专心致志地看他的《蓝猫淘气三千问》。谢峻在书房里，开了电脑，在网上找人厮杀，博弈四国军棋。

天，在雨季里显得阴阴冷冷的，让人的心情也不由自主地萧肃起来。

上午，接了两个电话，一个是岳母打过来的，慈爱满怀地要他们父子两个去她那儿吃饭。谢峻看看外面的天气，婉言辞拒了。还有一个是老周打过来的，取消了他们带孩子一块儿出去玩的约定。都因为这倒霉的天！老周说，全国都在下雨，看电视了么？昨儿个，张家界又翻了一辆车！

外面的雨不紧不慢地下着，难得一个"十一"长假。谢峻不禁懊丧地想，怕要在窝里闷他七天了？

任佳估计在外头很快活吧？看她那会儿收拾行李急着出门的样子，扑棱棱地就像只久居笼里即将放飞的雀儿。谢峻恨不得讥讽她两句，你挣的那些稿费够你去一次笔会的花销吗？但终究咽了下去。家家有本难念的经！老周对谢峻倒羡慕得不得了，哀叹说，他家的老婆有半点任佳的上进或者追求，他就要烧高香拜大佛了！谢峻鼻子里的冷气一茬儿一茬儿地往外冒。老周你知道什么？三十多岁的女人了，管好自己的孩子，上好自己的班就足够了，还瞎折腾个什么呀？任佳爱好文学快二十年了，也就发过两部中篇，四个还是五个短篇，前年才入的市作协，越发癫了，什么笔会、文学活动都赶着参加！老周酸酸地说，不错了你，老兄！老婆是要本分点好，不过，太本分太顾家，也真他妈的忒没劲！俗！俗透了！除了每日里跟你叨咕柴米油盐家长里短婆婆妈妈，连璩美凤是谁你都得告诉她！真他妈没劲透了！我就想不通，当初我怎么就看上了她？谢峻笑了笑，揶揄老周道，所以你现在又看上了小廖？老周朗声大笑，看上了又能怎么样？我还能折腾个第二春不成？

男人也许都这样，自己家里的那个永远都是最不好的。谢峻想，老周觉得任佳算不错的老婆，可是谢峻自己，并不认为怎么样。当初认识任佳的时候，她是那种一低头有如莲花一般娇羞的女孩子，不爱慕虚荣，不挑三拨四，不小肚鸡肠。结婚后生了小君，任佳虽然不似老周的老婆那样干活麻利，做事爽快，但她和婆婆相处得融洽，亲戚之间也一团和气，从来不在谢峻面前嘀咕那些婆媳之间你倾我轧鸡毛蒜皮的小事，她依旧很文气，甚至很多小事上拿不定主意都要和谢峻商量，单位里的同事呀，学生时代的朋友呀，小君的那些老师同学呀，即使谢峻从没见过面，也在心里通过任佳的嘴和他们熟悉了。谢峻知道，任佳是多么喜欢这种笔会，每天朝八晚五的邮政生活，虽然不是很累，但毕竟太寂寞得慌，没有什么出差的机会，也很少有集体组织郊游的活动。工作十多年来，任佳只好像有两次公派学习的机会，一次是去离武汉不远的咸宁，连湖北省都没出，另一次，更近了，就在市郊的木兰山上，所以他想象得出她对每次笔会的重视和神往：北京、大连、青岛……现在，又是苏州。

任佳九月二十九日走的，当天晚上就到了，给他们来过电话报了平安，之后，再没有联系。据她说十月三日就结束笔会，还有一天，顶多两天就到家了，老夫老妻的，也用不着每日里卿卿我我情意缠绵，不过，任佳每次出门在外，每天总记着要给小君打个电话的，这回到了苏州，怕是在雨中游园林，萌发了多年的诗情画意了吧，竟然不记得自己的宝贝儿子了？谢峻差点忍不住要给任佳拨手机，但终究按捺下来。他有时候会想，他们一开口除了儿子，究竟还有什么共同话题呢？

下午的时候，小舅子一家三口和岳父岳母冒着风吹雨打地来了。岳母总有点记挂着这个没有女主人在家的家，还抱怨女儿的手机一直处于关机状态。全国都在下雨，看新闻了吗？一辆旅游车在张家界翻了车。小舅子任伟说。

当然看了。当时那悲惨凄厉的画面裹着"十一"的节日气氛给他的触动太深。岳母就开始一个劲地唠唠叨叨，要他下雨的时候千万小心开车，谢峻心里有很不舒服的感觉，其实岳母也是一番好心，可是他实在不愿意听这种劝慰的话，他开车以后很忌讳这种话，他也怕一语成谶。谢峻不太喜欢家里一下子涌入这么多老婆的娘家人，但仍旧很客气很热情地打发他们一起去楼下的"小肥羊"吃涮锅了。

小君十岁，能自己洗洗刷刷，回来就睡了。谢峻晚上和岳父小舅子多喝了两杯，酒后的热气都散了，身体里有阵阵的冷气直逼上来。他平常喝的酒虽然不多，但也不至于酒量如此差，他头晕目眩，连衣服也没脱，扯了一床被子搭在身上，沉沉地睡去。

吵醒他的是一阵急促的手机铃声。他抓起手机的时候神志还不是很清晰，他哝着鼻子"喂"了一声，电话里一阵沉默。他在短暂的寂静之后清醒起来，有点不耐烦地又"喂"了一遍，话筒那端传出清脆的笑：是我，你老婆回来了吗？

谢峻忙支起半边身子，有一丝尊重对方的意味，谢峻瞥了一眼床头的小钟，已经八点半了。还没呢！今天笔会结束，今天或者明天就回来了。

你们又可以聚天伦之乐了？女人的声音有很强的酸意。

你不也在聚天伦之乐吗？谢峻小声反问道。

他一早带孩子去奶奶家了。只有我才是想着你的，他前脚刚走，我立马就给你打电话了！你呢？你呢？老婆几天都不在家，也不问候问候我。

我这不在带孩子嘛！心里想着呢！

女人"扑哧"又笑了起来。你少给我贫嘴！又幽怨地叹了一声，那语气，谢峻似乎都能看见她哀伤的模样了。上班时怕同事们说闲话，回到家又得防着各自的那一半，你说，咱们这算怎么回事呢？

谢峻含混地"哼哼"两声，不发表一言一语。

好了，我挂了，八号上班见！

谢峻忙应道，上班见！又赶紧甜言蜜语地加了一句，我好想你的！女人巧笑倩兮地收了线。

有时候谢峻想，自己会不会爱梁缘胜过任佳呢？再怎么说，梁缘也应该算是他的女人了，至少，也应该算是他的情人。可是，爱情实在是个太奢侈的词，二十年前，或者十年前，让他说出爱一个人也许不是一件很难的事，但现在，三十六岁的男人，他能够再对谁有一次真正意义上的爱情呢？爱情又实在是个什么玩意呢？任佳，那是他的妻，是他儿子的母亲，是他一生的责任。梁缘，算是红颜知己吧，也许只是一种需要？一种发泄？一种刺激？

中午的时候，岳母又打电话过来。谢峻啊，任佳是今儿个回来吗？

是啊。

她打电话回来了？

没有呀，怎么了？

你快跟她联系联系吧，我怎么老打老打都是关机呢？

好吧，好吧。谢峻只好放下电话，准备打妻子的手机。小君已经穿好衣服，准备出门，不耐烦地叫道，爸，快点，快点，还去不去必胜客了？晚了又要排队的。

谢峻摇摇头，一边拨电话一边想，真是儿行千里母担忧，母行千里儿不愁呀。岳母为女儿急成了那样，儿子却一个劲地只记着吃！电话拨不通，真的是那种毫无感情的"对不起，您所拨叫的用户已关机，请稍后再拨"，接着是一连串的同样意思的英语。谢峻觉得有点奇怪，有四天了，任佳没有打过一次电话回来，这不是她往日的风格呀！

小君，妈妈打电话那一晚，就是看焰火的那一天，你记不记得是几号？谢峻皱着眉头，问小君。

九月三十号，没错，就是三十号，我们那天下午就没上课了。小君很不耐烦地答道。

谢峻一边锁上门和小君出去，一边也很纳闷，任佳这次怎么了？玩疯了吧？要不，是不是已经在路上，给我们一个突然的惊喜？或者，是坐飞机回来的？飞机上当然不能开手机的喽！

到车库里取车，在路上开着车，在必胜客昏黄幽静的环境下陪着儿子吃比萨，谢峻有点心事重重的。

雨，还在下。十月三日这一天就快过去了，任佳仍旧没有只言片语。

四号的早晨，雨终于住了，开始起风了，天气一下子变得像寒冬一样冷冽，武汉还没经过穿长袖衬衫薄毛衣的季节，就一下子撤掉短袖衫换上了厚冬装了。屋里稍微暖和点，一开窗，外面是刺骨的冷风，走在街上的行人，都把领子竖着挡在脖子上，手插在衣兜里，冷得双肩耸起来，胳膊肘紧夹在腰上，有时髦的女孩子穿着波波族玲玲珑珑的衣衫，脚上却蹬着长及膝盖的皮靴了。

十点多钟的时候，门敲响了。谢峻那时候还在网上和人拼杀，是小君开的门。

请问谢峻在家吗？来的是两个男的，一个竟然是一身警服打扮。

小君被警察叔叔的威严吓住，失掉了平日里的顽皮劲，有点胆怯地朝父亲望了一眼，谢峻也吓了一跳，还没来得及下线，就连忙站起身来。我就是，有事吗？

年长的那位眼睛很深地望了一下谢峻，那种眼神让谢峻一下子寒意顿起，起了一身的鸡皮疙瘩。他皱皱眉，有点不太欢迎这样的眼神，也有点不太欢迎这样的不速之客，但仍旧礼貌地问，有事吗？

年长的那位终于把含意颇深的眼神慢慢收敛一些，他自我介绍道，我是辖区的居委会主任，我姓刘，这位，他把那警察指一下，是我们这片的管段户籍，小章。

嗯，嗯，有什么事？谢峻的脑海里在努力搜索，他没有什么不轨行迹。搞他们这行的，太多经济上出事的，今儿个抓住一个，明儿个揪出一双，但谢峻不是，他不是那种贪利的人，不会为一点钱财断送自己的前程，他有的是将来。

这个，任佳是您爱人吧？还是年长的那位居委会刘主任在说话。一听到任佳的名字，谢峻蓦地紧张起来，这几天来的紧张堆积起来原来是让人如此震撼的，他听见自己的声音不自然地发着抖，是的，她有什么事？

刘主任和章户籍都意味深长地看了小君一眼，那种不约而同含意深沉的眼神让谢峻觉得心里发毛，他口干舌燥地说，请告诉我，她到底有什么事？

刘主任把他带到里间书房里，章户籍在厅里陪着一直有点怯生生的小君。小谢啊，刘主任拍着谢峻的肩膀，像久已相识的一位父亲的老朋友。是这样的，张家界的一辆旅游车出了车祸，"十一"你看了新闻吧？很不幸，你的妻子，任佳就在那辆车上……因为在雨天，打捞和援救工作比较困难，他们确定了死者的身份才来通知我们的。小谢，你节哀顺变。湖南方面已经派人接待你们了，认尸后就办相关的善后事宜。

谢峻冷着脸听刘主任把话说完，无可奈何地摇摇头。刘主任，你弄错了，我老婆任佳，她去的是苏州，不是张家界，一个是江苏，一个是湖南！差着十万八千里呢！

可是，刘主任马上摆出了居委会主任一脸严谨的工作态度。身份证是她的，你看！这总不会错吧？还有，他打开一堆包裹，手表，戒指，一个摔得破破烂烂的摩托罗拉V70手机——那是任佳生日那天自己选的一款礼物，一个已破烂不堪的华伦天奴钱包——谢峻在香港给她买的一份礼物，里面塞着一张小君的小照，粉嫩着脸嘟着嘴朝着谢峻微笑。

谢峻"哗"地一下打掉那堆包裹，咆哮道，我跟你说了，我老婆在苏州，她没去什么张家界！没去张家界！你给我报什么丧？！

年轻的章户籍冲进里屋，扶住刘主任，很严词厉色地说道，你这人怎么这样？你的心情我们可以理解，但你不能对我们老同志这个样子！

谢峻气咻咻地指着刘主任道，我跟你们说了多少遍了，我老婆就没去张家界，她在苏州，她是个业余作家，还是作协的，她是去参加笔会的，今天就要回来！你给我看这一大堆东西干什么？你为什么非要给我证明她出了事！这些东西，说不定是小偷偷走她的，你们看过《不要和陌生人说话》没有？那里面不就是这样嘛！搞什么张冠李戴，难怪和她没办法联系，她的东西全让人给偷了嘛！谢峻一个人在屋里来回踱着步，很夸张地挥舞着手势在那儿大声吼叫。

章户籍和刘主任只好出了门。刘主任临走时再三叮嘱，小谢啊，她的尸首还在太平间里，你赶快跟湖南方面联系吧，这几天我们都在，你随时来找我们都成。谢峻气得一脚把门踹了，关门声响彻整幢大楼。

小君一直很怕地看着这一切，他从来没见过爸爸发那么大的火，他的眼里充满了泪水。谢峻冷静下来，看见小君楚楚可怜的样子，不禁心疼起来，一把搂过小君，柔声道，他们胡扯八道，妈妈明明去的苏州，他们硬说她去了什么张家界，听他们放屁！小君的泪水像决堤的江河，一下子奔腾出来，伏在谢峻身上大哭起来。

晚上六点钟，谢峻给儿子炒了一碗蛋炒饭，自己什么都没吃。他望着书房里甩了一地的任佳的"遗物"，脑子里一片空白。他蹲在地上，慢慢地拾起那些东西，装进那个透明塑料袋里。等到八点钟，他终于按捺不住，给小舅子任伟打了电话，把下午的事情一股脑儿地对他说了。

任伟冷静些，他详细地问了姐夫。我姐走后再没来过电话？

二十九号到了苏州，她还打过来的，说住下了，要我们放心。三十号晚上又打过来的。之后再没消息。

她用的是手机还是苏州当地的电话？

是，手机。谢峻的心开始揪起来。

姐夫，你知道我姐住苏州哪儿吗？

她没说，我也没问，想着三四天就会回来的，怎么也不可能……

不然，我陪你去一趟湖南吧。这事儿太大了，先别让咱爸咱妈知道，小君放在我妈这儿，我们明儿个就动身。

五号，天已经慢慢转晴了，风把下了几天的雨迹吹得干干的，有清新的空气迎面扑来。"十一"期间车票不好买，任伟叫了一个他的铁哥们名叫明放的，谢峻也把老周叫了去，一行四人开着谢峻的别克去了湖南。

老周是谢峻的大学同学，铁杆哥们，听谢峻昨晚讲过这种情况后，宽慰的话也很空洞无力，毕竟任佳从九月三十日以后再没任何消息，偏巧人家又送了她的东西过来，只有一点他们无论如何也不能理解，笔会安排的是苏州，为什么任佳却去了张家界？苏州和张家界，那是两个相距很远的地方啊！

会不会她根本就没去苏州，本来就去的是张家界？老周问，你看，她也只是用手机告诉你她到了苏州，你也没送她上火车，没有什么证明她去了苏州哇？

那她骗我这个干什么？谢峻愤愤地叫道。

唉，我只是帮你分析咧！不然，你去作协打听打听，他们是不是组织了一次去苏州的笔会？

我打电话问了的，作协的一个值班老头告诉我，"十一"期间他们没组织过什么笔会，而且，那老头说，笔会也不一定非得本市作协组织的，别的杂志社呀，创作组呀，文化联合会呀，都会经常给作协的会员发笔会邀请函的。

那你赶快查一下任佳的信件呀！

查了的。真有一个什么写意风文化艺术研究中心邀请她去苏州的，就是这个日期。

有联系电话吗？

有，可惜是放假期间，怎么打都没人接！

老周和谢峻坐在车座后排，明放开车，任伟坐助手席，一行四人默默无语。老周想了一下，问谢峻要了那个写意风文化艺术中心的号码，谢峻打开公文包，拿出那封信。信上很工整地打印着中心的地址、电话号码、邮箱和网址，老周叫了起来，还有手机号哩！谢峻很泄气地说，关机！老周又道，昨天那么晚了，可能人家睡觉了。谢峻死气沉沉地说，早上我打了的，还是关机！老周不理他，自顾自地打起来，一会儿喜形于色地用手势告诉他，通了！

　　任伟和谢峻都紧张地竖起了身子，连开车的明放都跟着紧张地摇摆了一下，车子晃荡之余，大伙儿有点心有余悸地叫嚷，你别瞎胡闹！叫你来开车不就为了这车上有两个心不在焉的人嘛！

　　一分钟过去了，老周耸了下肩膀，摊摊手，大家都明白了，通了！没人接！

　　车在公路上飞快地行驶着，连着几日的雨和低潮的带点凉风的空气，让大地有着洗浴后的清爽气息。车内的空气很沉闷，没有一个人说话，谢峻瘫坐在后车座上，脑袋里像被攫去一切似的空洞，他无法想象他要去面对的一切，虚无空幻的一切。他此行的目的是要确认他妻子的死亡，或者说是确认那个死亡的人是他朝夕相处的妻子。任佳失踪五天了，没有任何能证明她还存在于这个世界的迹象。她的那一堆曾经属于她的东西是一个亡者的身上留下的，这说明了什么？从一个旁观者的逻辑上来说，任佳确实已经不存在了，可是谢峻心里仍旧保留着一丝最后的奢望，任佳，她对他说的是去了苏州，短短的时光，她凭什么会折腾到张家界去？她凭什么到了张家界不给他们一点口信？刘主任、章户籍说过，那一车全是旅游的散客，并没有什么文化活动的组织，任佳她又凭什么孤身一人去张家界旅游？这是完全不合逻辑的，这是完全不符合任佳个性的。任佳二十岁的时候认识了谢峻，那是个见了陌生人就脸红低头的女孩子，十几年过去了，她仍旧是个藏不住心思，有什么事情一定要找谢峻商量的小女人，她的领导，她的同事，她的朋友，她的成长经历，她的偶像，甚至高中时代她曾苦苦单相思了三年的班长，没有哪一些是谢峻不知道的，她在谢峻面前是透明的，是他十年来休戚与共的妻！

到了地方，湖南方面很认真很沉重地接待了他们，当然，不得不面对的第一个问题，就是去认尸，去确认那个带着一切任佳东西的死者到底是不是任佳！去太平间的路上，谢峻猛然干呕起来，从早晨起，不，从昨天中午起，他就没吃过任何东西，他不是恶心，也不是害怕，而是无以名状的恐惧，恐惧那个躺在冰凉水泥台上的死者就是他的发妻。老周扶住他。任伟看了姐夫一眼，声音有点发抖地宽慰道，我先进去吧。谢峻摇摇头，摆了下手，坚决地说，一块儿去吧。

太平间里冷得让人发抖。死者并不像谢峻想的那样摊在一张张冰凉的水泥床上——他父亲死后是这样的，而是像冰柜的冷冻室那样用抽屉一格一格地分开，屉面上写着亡者的性别和姓名。接待人员找到了写着"任佳，女"的那一格，还没等他们反应过来，就毫无防备地倏地一下拉开那张巨大的抽屉，掀开了蒙在死者脸上的那一层白布。

任伟大叫起来，姐！凄厉的声音震耳欲聋！他靠在那一面冰冰的屉面上失声痛哭，一点不似刚才那冷静的模样，眼泪鼻涕全都一股脑儿倾泻而出，明放一边安慰着，一边很吃力地架着他。谢峻跟在任伟的后面，他看着屉笼里那毫无表情惨白森森的已经浮肿变形的脸，绝望地点了一下头，他自言自语地说，没错，是她，就是她！接待人员倏地一下又合拢了抽屉，谢峻的肩膀不停地抖动，鼻子不停地抽搐，他甚至很冷静地按接待人员的指示在一些东西上签了字，整个太平间里空荡荡地回响着任伟一个人的哭声，那种声嘶力竭的哭叫让人一阵阵胆战心惊。谢峻没有要老周搀扶，一个人跌跌撞撞地走到外面，寻了一张椅子坐下，老周忙点燃一支烟，塞到他嘴里，他哆哆嗦嗦地吸了一口，狠狠地被呛了一下，剧烈地咳嗽起来，眼泪这才毫无拦阻地流了下来。

他的任佳，从此跟他永诀了！

他的脑海里一下子杂乱无章起来，他想了很多，从此他是个失掉妻子的鳏夫了，从此他的床上只有他一个人了，从此他再也吃不上任佳做的谁也做不出来的荷叶粉蒸鱼了，从此他的小君就没有母亲了，从此他得一个人又当爹来又当妈地照顾他们的儿子了，从此没有人再絮絮叨叨地给他讲邮政局里的趣闻秘事了，从此没有人再和他争电视非要看那些又臭又长的韩国言情剧了，从此没有人会给他洗衣服，连袜子都给他熨烫得妥妥帖帖了，从此没有人会跟他三不知地抬杠，生气了扭转身子不去理他了，从此……

　　这个时候，老周的手机突然响了起来。老周刚才一个劲地用手轻轻拍着他，不说一句，这种巨大的悲痛面前任何安慰的话都是毫无意义毫无力量的，老同学像哄着一个孩子似的轻轻地拍着他。这会儿，老周纳闷地看了一下电话号码，腾出手来接了电话。喂？哦，哦，哦，对对，刚才是我打的……我是想问您一下，老同学嗫嚅地看了一下谢峻，背转身小声地说道。你们这个文化艺术研究中心，"十一"期间是不是组织过什么笔会呀？哦，是吧？去的苏州呀！啊啊，我是想跟您打听个事儿，有位叫任佳的，任务的任，佳人佳节佳木斯的佳，她去了吗？哦哦，没有呀，好好好，算了，笔名？笔名我不知道呀……

　　她没笔名！谢峻在老周身后狂吼一句，腾地一下站了起来，他的眼神空旷呆滞而且透着森森的冷酷无情。老周挂了电话，用手指来回抚弄自己的鼻子，这是他思考问题一贯的姿态，他此行的目的是来抚慰他交往了十多年的老同学的，是帮谢峻来处理将要面临的一切善后事宜的。其实，如果在平常情况下，这种事情，以谢峻的身份和地位，完全是不劳他陪的，但是，现在情况有点特殊，他不知道谢峻是否全面地告诉了他一切。任佳为什么会去了张家界？而且选择的就是举家团聚的"十一"假期？这在一个温柔的顾家的有着妻子和母亲双重身份的女性面前，至少也算是老周熟悉的不可能干出太出格事情的女性面前，实在是有点难以想象的了。谢峻也许隐瞒了他什么，他们是不是曾经大闹过一场而导致了任佳这趟死亡之行的离家出走呢？老周看着谢峻挺直的、有点不知道是悲痛还是更多的愤怒的有些发抖的身影，心里想，丧妻的悲哀是巨大的，但谢峻更生气的是，任佳竟然没有留下任何只言片语就把自己葬在了一个谁都意想不到的地方。

谢峻的心情非常沮丧，非常悲恸，非常迷惘，非常愤怒，非常的想不通！他的脑子里一团乱麻，如果任佳就这样简简单单地走了，他的悲痛也许更单纯些的，可是现在……情况完全不一样了，以他们夫妻十几年来相濡以沫的感情，以任佳对他长久以来小鸟依人般的依赖，以他自我感觉任佳对他毫无隐瞒的信任，他突然觉得，死去的那个女人是那么的让人陌生起来。她究竟为什么欺骗他？从写意风文学艺术研究中心打来的电话来看，苏州的笔会确实是存在的，但是任佳没有去！她为什么没去？她是本身就没决定去苏州而是直接去的张家界呢？还是在火车上也许就是在火车站上碰上一个多年不见的故友一起相约去的张家界？不不不，这不可能，二十九号晚上她打过电话，她说她到了苏州，好像还说住在一个什么招待所，三十号晚上也打回来过的，仍旧说自己在苏州。看来她从决定去张家界的那一天就开始欺骗了他，她去张家界是早有预谋的，也许从她接到苏州笔会通知的那一天起就算计好了，她利用了他对她的信任！她自己一个人去的火车站，用手机给他们打电话，回来时不用他们去车站接她，如果五天的时间她平安回来，谁也不知道她的任何踪迹！

可是，可是，她为什么要这样？她到底为什么要去张家界？她到底和谁一起去了张家界？

善后的事宜一直是老周和明放帮他们处理的。任伟失掉了至亲的姐姐，很阳刚的男性此刻变得相当的萎靡不振，不似他在路途上能拿定主意的坚强，毕竟，他们姊弟俩度过了最让人难以忘怀的童年时光。任伟在悲痛之余考虑更多的是如何面对他们的父母，这种老年丧儿的打击对父母来说是致命的，更何况，姐姐还有一个才满十岁的男孩。

任佳的尸首因为停留的时间有点长了，而且车祸丧生的身体其实已经七零八落，他们一致决定就地火化。在湖南待了两个晚上，谢峻和老周就先回武汉，留下明放和任伟处理保险、赔付等一切善后事情。

长痛不如短痛，谢峻捧着骨灰盒神色木讷地告知了岳父岳母，岳母差点闭过气去，号啕大哭地怨怪他们不让她见自己女儿最后一面，谢峻的喉头咕咕哝哝地上下左右不停地转，他不忍心告诉岳母任佳那已经扭曲变形的脸和简单用粗针大线把胳膊腿缝在一处的身子，谢峻还有更难对付的小君，儿子，该怎么对你说，妈妈从此一去不回了呢？

葬礼和追悼会在十月九号举行。任佳的领导同事朋友同学，谢峻这边的人，全都表情肃穆地参加了隆重的追悼会。谢峻已经平静多了，他已经能冷静地接受别人的吊唁和问丧了，能和平常在商场和官场一样得心应手运用自如地面带略微悲痛的表情鞠躬和答谢了。任伟也恢复了平静。小君似乎也一下子懂事许多了，哀怨的大眼睛充满了沉思和惶惑，看着人见人怜。岳母受不了打击，老人家躺在床上输着氧气。谢峻给任佳选了一块上好的墓地，依山傍水的，小君在墓前叩了几个头，谢峻表情严肃地鞠了三个躬，任佳终于入土为安了。

活着的人还是得坚强地活下去。小君照常上学，谢峻依旧上班。

有一天晚上，谢峻和梁缘缠绵在一起，这是任佳死后他们的第一次做爱。谢峻精疲力竭地躺在梁缘的身上，滴下了泪水。梁缘感觉到了，她那天心底的热情和对这男人的爱情被这滴泪水慢慢浇灭了，她从她女人的直觉感受到了谢峻心里的秘密，她甚至有了一丝不安的猜想，他会不会一直把她当作任佳，在她身上疯狂攫取对亡妻的回忆？自始至终，他们俩的自始至终，只是肉欲的缠绵，梁缘从来没听到过谢峻对任佳的任何抱怨，梁缘深深地明了，她只是谢峻的一个刺激，一个随时可以放弃的邂逅，一滴可以随时干涸的露水，她需要他付与她一定的权利和地位，而他只需要她从他正经妻子那儿得不到的床笫之欢。梁缘仍旧温柔地问，想她了？

谢峻翻过身来，不吭一声。这种沉默让梁缘恐惧得有点手足无措起来，她很后悔自己先挑了这让人不堪的话题，她不是拈酸吃醋的人，可是这种问话多少有了拈酸吃醋的味道，在任佳活着的时候这种俏皮话讲讲也不为过，可任佳，到底死了，这种话就不免让生者有极度的厌烦和不耐，他们毕竟是朝夕相处琴瑟和谐的夫妻。

她骗了我！谢峻停了一会儿，恶狠狠地说道。

谁？什么？梁缘紧张地凑过去。

她！她说她去苏州参加一个什么笔会，却死在张家界！

……

你老婆知道我们的事吗？梁缘问。

谢峻不吭气。谢峻不是傻瓜，他实际上应该算得上人精！有什么能瞒得过他的，可是偏偏任佳撒了个弥天大谎，欺骗了他！如果他们夫妻真的没有什么实质上的矛盾的话，如果任佳也真的不知道谢峻的所作所为的话，如果任佳没有什么，也确实没有什么工作或生活中的烦恼和不顺的话，那么，她这次瞒天过海的死亡之行究竟为了什么？

梁缘凭女人的直觉，答案只有一个。谢峻对梁缘的问话，也表明了他也知道只有一个唯一的解释。

她是不是在外头有人了？

不可能！谢峻很空洞地反驳道，虽然声音很大，但丝毫无力。

你没有感觉到一点蛛丝马迹吗？

没有。谢峻痛苦地把头埋在枕头里。多少天了，他心里的疑问存在多少天了，他没有任何可以值得倾诉的人，他怎么能对老周说，他怀疑他妻子在外头有了人，撒下丈夫和儿子去赴那个人的约会？那个人存不存在？那个人到底是谁？那个人究竟有多么大的魅力？他心底的苦如绞似痛，他无法排解出来，现在，他必须对梁缘说，至少他是信赖她梁缘的，她是一个女人，一个不同于一般的女人，不是一个简单的长舌妇，他和她有亲密的身体接触，她至少也算是他的女人，而且，更重要的，她不光有头脑，而且也在婚外恋！她应该懂得处于婚外恋之中的所有女人的伎俩！她得帮帮他！

谢峻又仰起脑袋，对梁缘说，我翻了她留下的一切东西，日记，相片册，通讯录，没有什么值得怀疑的东西，我看不出她有什么理由瞒着我们所有人去了张家界。

她的朋友呢？女朋友！她总会有一两个她相好的女朋友吧？女人和女人之间，总会露那么一点口风的吧？

你呢？你会把我们之间的事告诉你最好的朋友吗？

我？当然，我不会讲具体的人或事，但是女人很敏感的，特别是从小玩到大的朋友，你就是不告诉她，她也会从你的只言片语中察觉到什么。而且，我的感觉，任佳不像一个有那么多心计的人，如果她真有那种事，她会流露的。

谢峻得到了梁缘的启示，决定去找任佳最好的朋友库云云。谢峻本来是想深藏一个秘密的，一个他自认为颇为可耻的秘密，可是他现在改变主意，他必须要不惜一切代价弄清事情的真相，他一定要证明什么！如果任佳是别的正大光明的理由去了张家界，他无话可说，他对着她的遗像也会有深深的歉疚，因为说到底，是他背叛了她，而不是她背叛了他，在以后的岁岁年年中，在带着儿子去祭奠她的岁岁年年中，是怀着一颗明明白白的忏悔之心的。可是如果任佳真有了什么可耻可鄙的事情，他不会饶恕她，他会仇恨她，他甚至会告诉小君，那个生他养他的表面上贤淑端庄的女人是一个什么货色！他必须得搞清楚这个谜，他不能让这个谜团困扰他一生一世，让他活够了阳寿再去阴间质问他的妻。那时候，他们在另一个世界重逢，他怎么就能肯定任佳会毫无保留地告诉他一切呢？这个问题，他得自己解决。

库云云在一家煤气公司做会计，也是很温柔很贤淑的模样。她和任佳据说初中就是好朋友了，彼此应该有二十年的交情，她们一直来往甚密，总是约着一块儿出去淘衫，逛街，打电话交流养孩子的心得。

库云云很惊讶谢峻的来访，她虽然和任佳熟得不能再熟，可单独和谢峻在一起总没有什么话说，她不是个开朗的女人，很传统很保守，只是很有女人缘的那类女性。

我很难过。你还好吧？她请谢峻去楼下的茶室小坐，因为很少和谢峻独处，而且又是在失掉自己多年好友的情况下，她很局促很尴尬地说。

你知不知道任佳这次并不是去张家界，而是去苏州？

我知道。库云云给他倒了一杯茶，很平淡地回道。

她对你说了？谢峻有点激动地叫道。

是呀！库云云仍旧不急不缓，和任佳简直一个模子刻出来的。她抬起眼睛，直视着谢峻，我还觉着奇怪呢，"十一"放假之前她还约我一块儿带孩子去西安，后来我打电话跟她落实这个事，她不好意思地说她得去参加一个苏州的笔会，你也知道笔会对她的重要性，我也没怨怪她，怎么……怎么又在张家界出了事呢？

你没听她说过什么？

什么什么？

她有没有……唉，怎么说呢？她没对你说过，她对我有什么不满吗？或者……哪个男的对她挺不错的，哦，对了，你们高中时的那个班长，叫什么来着……

徐登峰。库云云冷静地吐出了这个名字，很冷地看着谢峻，谢峻的脸忽然就红了，好像自己做错了事一般，忙端着茶杯一股脑儿地喝了。

我知道你在想什么。库云云仍旧不紧不慢地说道，又给谢峻添了一杯水。因为谈话有了目的，她自然多了，而且因为知道了谢峻这次来访的目的，她有点替好友不平起来，她的惯常的温柔里带着一点冷，那是维护多年的好友而非常不屑于她的老公竟然在她亡后对她猜忌的态度的冷。认识徐登峰的时候我们还都是孩子，否则她也不会让你知道有这么个人，何况，徐登峰早就去了澳大利亚，我没有听人说他回来过。

我不是这个意思。

我知道。库云云有她这种女性特有的温情，给台阶就下。任佳这次的行径很奇怪，你知不知道，她把文学看得很重，笔会对她的重要性？她一定有了什么很大的变故，才改道去了张家界。据我所知，她爱文学创作胜过一切其他事。

噢？谢峻摇摇头。这个我不太清楚，我以为她只是很想出去玩玩，散散心，借笔会找出去的由头呢！

哼。库云云微微地冷笑了一下，你们男的大概就是这样，永远不知道自己老婆想的是什么，反而乱猜一气！

谢峻非常颓丧地回到家里，他从库云云那儿什么都没打听到，但是库云云显然比他更了解任佳，她说任佳爱文学创作胜过一切，这是谢峻所没有想到的，任佳有三十四了，他从来不知道她在文学创作上有这么大的热情！天啊，胜过一切！他仔细回忆和任佳在一起生活的点点滴滴，她不是个做事爽利的人，但她每天两点一线的生活安排得井井有条，下班后买菜做饭，晚饭后辅导小君做作业，九点钟小君上床睡觉后，她会写一个小时的东西，不多，就一个小时，有时候看她写得很顺手，有时候吭哧吭哧地咬住笔头半天也写不出一个字，然后熄灯，上床睡觉，早晨像每一个母亲那样最早起床，热好牛奶，烤好吐司，煎好鸡蛋，打发父子俩人早餐，趁他们慢条斯理地洗漱、吃早点的时候，楼上楼下地把一房子的清洁做了，地拖了，桌抹了，换好衣服和小君一起坐谢峻的车上班。他看不出她有什么与众不同的地方，他看不出她对文学创作的热情超过了一切。他翻开她的日记，比上一次读得更详细些，没有发现任何有价值的地方，她的日记从中学时代就开始写了，有满满的好几十本，每一本日记本都是一个时期的精品文具，有缎面的，有带锁的，有发散着香味的，一个女人从少女走到少妇的时代，满满地用文字在倾诉，记录过她的苦恼，她的矛盾，她和谢峻恋爱里的点点滴滴，她怀孕时的反应，她生小君后的抚养心得，她和同事之间的小龃龉，她第一次发表作品时的欣然喜悦。没什么太特别的，有的像流水账，有的就像即兴写的一篇小散文，什么聆听花开的声音，什么女人的喜糖，什么傍晚的味道，很小资、很附庸风雅的那种。谢峻从来没仔细读过她的文章，这回捺下性子细细读来，才深深地对自己妻子的才华有了倾慕之情。他又翻了翻任佳视为宝贝的她发的那几篇作品，当初她欢喜若狂得像中了彩一样。他却连一篇都没能完整地读下来过。任佳的写作思想还停在二十世纪八十年代末九十年代初之间，没有什么新意的东西，喜欢以叙述者的姿态品评自己故事中人物的善恶美丑，喜欢善有善报恶有恶终的宿命模式，她的语言很清丽很工整，都是字典中查得着的，文章的题目很简朴很直观，一点不能吸引人的口味，他想象得出他的妻子完成一部作品后的喜悦，仔仔细细地改了又改，斟字酌句地推敲了又推敲，自己认为得意的地方一遍又一遍地充满激情地阅读，然后再工工整整地誊写打印，一个杂志社一个杂志社地寄过去，甚至一稿多投，然后石沉大海杳无音信。她仍旧笔耕不辍，她显然没有成为专业作家的天分，她的思想性和力度不够，她也不可能成为流行作家，她的笔墨不够大胆，出手像一个未过门的少女，羞羞答答，没有惹人心跳的字眼，关键的地方她一笔带过，在如今这种流行美女作家，用身体写作的先锋文学里，她跟不上一点形势。谢峻这才想起来，其实任佳是很少和他谈文学的。他知道她的偶像是刘德华，有三年的时间她恨不得一心要嫁了他，他也知道她最喜欢穿短裙，能露出她颇为自豪得意的曲线优美的小腿，他甚至知道她偷偷攒下了多少私房钱，知道她的存折密码，但是他从不知道她最喜欢的作家是谁，最欣赏的是哪一部作品。也许任佳告诉过他，按照任佳的性格她应该会告诉他，可是他现在一点也记不清楚了，所以，他也许忽视了她最深的思想，他现在走不进她的思想里，他自以为了解她的一切，可是他连她如痴如狂地爱好着文学他都不清楚。如果真像库云云说的，她爱文学创作胜过一切，笔会对她是如此的重要，又有什么事能让她改弦更张，去赴张家界的那个死亡之约呢？

他真的想不通！

有眉目了吗？梁缘问他。

他沮丧地摇摇头。他现在觉得自己很失败，彻底的失败，十四年了，他和任佳认识十四年了，结婚十一年了，度过了七年之痒，他们没闹过什么大的矛盾，他以为自己了解她就像了解自己身体的每一部分一样。他很悲痛，为失掉朝夕相处的妻子的悲痛，为妻子给他的一个莫大的疑惑的悲痛。

嗯，我想了一下，你是不是应该去查一下她的手机记录？梁缘小心地问道。

她的手机摔坏了。谢峻面无表情地回道。

你……你仍旧可以去移动局查一下她的通话记录的啊。

谢峻仰起脸孔，眼睛迸发出狼一样的光。你真聪明，我怎么就没想到这个呢？

任佳的手机通话记录很顺利地打印出来了，在"十一"出事以前，有一个陌生而可疑的手机号码和她联系过四次。谢峻请移动局的朋友帮他查询了一下，那个号码是广东茂名地区的，是神州行的号码，查不出它的主人到底是谁。

谢峻反复拨打了这个号码，永远是寂寞的关机提示声。谢峻想，这个机主，也一定死掉了，和他的老婆任佳同乘一辆旅游车，死在了张家界。

刚刚有了一点眉目，又无影无踪了。

谢峻站在床前，看着永远对他微笑着的任佳，大声叫道，你到底干什么去了？你说呀！任佳像蒙娜丽莎一样，守着一个一生一世的哑谜，温情地对着谢峻，笑。

日子流水一般地过去了。谢峻马上要调到上海去。他的工作一路顺心，他又要高升了。谢峻自任佳死后，也交过两三个女朋友，都是未婚的，文凭也够高，模样也周正，他礼貌地约会她们，替她们拿大衣，替她们移开餐桌前的椅子，替她们打开车门送她们回家，可是，他对她们，没有激情。

也许是年龄的代沟，也许是对她们太过急功近利的婚姻态度，他对她们提不起任何兴致。他也和她们上过床，当然，无一例外的，她们早已不是处女，她们把最宝贵的贞操奉献给了还不懂事时的纯真爱情，谢峻并不计较这个，他厌倦她们的是做爱时的装腔作势，嗯嗯呀呀充满色情地乱叫一气，他有点好笑她们的装模作样，他分得清什么是陶醉时的真情，什么是敷衍人的做作。他和她们无法水乳交融，真正的水乳交融是感觉不到骨骼的，是软到骨子里酥到精血里的合二为一，是真正的情感合一，是真真正正的爱情！

爱？他对着任佳微笑的照片，想道，他有多久没说出过这个词了？爱，在现代这个社会，是不是有点过于奢侈的一个词呀？任佳爱他吗？至少是爱过他的，否则她不会成为他的妻，小君的母亲，可是以后呢？她为什么会有天大的秘密瞒着他，她真的对他爱得专一吗？

这么多日子，在被死者笼罩着的房屋下，谢峻没有过恐惧。任佳的衣物和她走的时候那样整齐地放着，洗漱用品在她那天离去的时候就已经带走了，屋子里仍旧有她的痕迹。但是，她从来没有走进过谢峻的梦境，哪怕一次！她像一团空气一样，毫无防备地就从人间蒸发掉了，连一点口信和诳语都不给他留下。

小君也得转学到上海去，岳母一把鼻涕一把泪地搂住小君，很舍不得女儿这唯一骨肉的离去，也许是永久的别离。

谢峻还是常带孩子去吃必胜客、肯德基，失去母亲的小君猛然一下成熟了，不再像有任佳在的时候那般顽劣淘气了，谢峻看着儿子懂事和突然内向了的性格，心里有阵阵酸楚袭来。这个世界上，小君是他真正的唯一了。

在肯德基喧闹的大厅里，一个男子很熟稔地过来招呼他，大哥，你也在这儿？不记得我了吗？

　　谢峻抬眼看了那男人一眼，想起来了，是任伟的那个铁哥们，明放。上次去张家界，多亏他跟着张罗，让谢峻和任伟两个六神无主的男人省了许多心。

　　谢峻站起来，握住明放的手，笑道，上次多亏了你，一直催着任伟约你出来找个地方聚聚，谢谢你的帮忙。

　　明放忙双手握住了谢峻，眼里含着一丝深深的怜悯，低头看了看默不作声吃着香辣鸡腿的小君，感叹地说，唉，大姐就这样走了，为了孩子，大哥，你也要想开些，活好啊！

　　谢峻只好敷衍地说，那是，那是。

　　明放摸了摸小君的头，又道，生死自有天定啊！一车子的人，也就活了两三个，还是缺胳膊断腿的……

　　谢峻瞪圆了眼睛，你说什么？还有活下来的？

　　怎么？你……你不知道？哦！你先走了，是有活下来的，可是，也挺惨的，都残废了，还不如……唉！

　　谢峻坐下来，不再吭气。明放有点无趣，只好悻悻地走了。

　　谢峻心里那已熄灭的火苗又重新被燃起，而且越燃越烈！他抑制不住胸中的渴望，他一定要去见那几个生还者，同乘一车的旅者，经过了一次生离死别，他们总会对彼此有些印象，他们总会依稀想起任佳的模样，任佳的旅伴，总会的！他无法按捺住自己心中强烈的欲望，他一定要设法打听到那几个生还者，他一定要设法解除心中的谜团，他知道他以后的每一个"十一"都不会过好了，那是他亡妻的祭日，可是他一定要明明白白地过不好，他不要带着疑问去她的墓地，看她谜一般的笑脸，他要清楚！他必须明了！

他没有求助任何朋友，他的心内有强烈的预感，他知道任佳那一趟一定是跟了一个她心仪的男人，这么多天了，他没有为她找到别的解释，一个爱家爱孩子的女人，一个据说热爱文学创作的女人，有什么天大的理由让她摒弃了这一切去欺骗她的亲人赴一个死亡之约呢？没有别的解释，没有别的理由，只有一个，那就是，她爱上了一个人！她对这个人的爱是至上的，她抛弃了一切与他相见，直至花费掉了她年轻的生命！

这种想法很痛苦很强烈地撕咬着谢峻的心，他想，与其守着一个一生一世的哑谜，莫如在有生之年去破解这个谜团，而且，而且给他造成极大困惑的不是别人，是他相濡以沫觉得不可能对他有所隐瞒的妻。

他又一次去了张家界，这个风景如画美丽迷人的地方，这个带给他极度伤感极度迷惑的地方，他甚至以为他一辈子不会再来的地方，他仍旧风尘仆仆地又一次和它面对面了。

它是他心底永远的一处痛，它是困扰他一生巨大的谜！

事情比他想象的要顺利得多。一个对他充满同情，骨子里认定他是一个对妻子充满了痴情的年轻女孩子帮助了他，提供了那趟车上活下来的三个人的名单和联系方式。一个长沙的，一个江西的，还有一个竟然是本地旅游公司的一个地陪。

谢峻不费周折就找到了那个已不做地陪的女孩子，那个叫作惠的女孩就住在张家界附近的一个山村里。

惠的腿已经断掉了，坐在屋角里很认真很无神地织着一件紫红色的毛衣。一年过去了，在经历了那次生死后，她的眼神里盛得下任何的波澜。她很冷地听完谢峻的来意，那种冷，是彻到骨子里的那种冷，经过了一次死亡的体验后，对生存无来由的绝望的冷。谢峻以为像她这样的女孩子，会有歇斯底里的反应，可是她没有，惠很虚无地看了他一眼，点点头说，是的，任佳，我记得她！

谢峻的心提了起来。惠又看了他一眼，指指她床边的一把小竹凳，示意他坐下。

那么，那么……你记得她？谢峻语无伦次起来，他甚至已经不知道他该问些什么，他的心跳得异乎寻常的快，他突然觉得有一种巨大的不安笼罩着他。

当然，一车子十六个游客，我个个都没忘记！他们的长相，他们是哪里人，甚至他们的衣着，他们的声音，每天每天，都在我身边耳边回荡。

谢峻很恐惧，一个才二十岁的女孩子，面无表情地讲出这样一番话来，她每天面对的是多大的哀伤。她没有庆幸过自己的死里逃生吗？那次恐怖的经历会给她的一生造成怎么样的人格扭曲？死者像游魂一样，每天在她的记忆里飘荡，她年轻的生命能承受住如此巨大的痛吗？谢峻有点后悔自己的来访，为了要破解自己的一个谜，一定要在这个年轻女孩支离破碎的心上再捅上一把刀吗？他默默无言地看着她。

任女士很漂亮！你说你是她……哥哥？你们还真有点像。

谢峻"唔唔"着含混地答应她。

她还没结婚吧？她头发直直的，披到肩上，身材也好，我记得她穿着一身牛仔服，很英气的那种，和她的个性不是很配，但味道与众不同。早餐时她吃了两块蛋糕，两个鸡蛋，一杯牛奶。因为一般像她这么秀气的女人胃口不会这样好，我记得四川的王大姐说她，这孩子真能吃。

是吗？

我对她印象是最好的，讲解的途中，人家都在叽叽喳喳地讲话，只有她一个人，很安静很认真地听我介绍风土人情、传闻逸事，她说回去后要和我聊聊，我讲的那么多有趣的事，她脑子里一下子记不住，回房后她要把我讲的录下来。

是吗？

头天晚上到的宾馆，我们举行了篝火晚会，她还唱了歌的，是一首老歌，《粉红色的回忆》，唱得很好听的，你听过吗？

谢峻很疲惫地摇了摇头。

惠不再说话，低下头很没礼貌地又织起了她的毛衣。谢峻沉默了一会儿，抬起头又问道，有一个广东茂名的……是她的同伴吧？你记得有这个人吗？

惠仰起脸，目光深邃地看了谢峻一眼，谢峻被她看得心里有点发毛，可是他仍旧勇敢地迎着她的目光。是的，你是她的哥哥，也许她瞒着你。

唔，唔。那么是真有这个人了？谢峻很灰心很颓丧地坐着。他一直在寻找这个谜底，而且以他对自己判断的自信，对自己能力的自信，他早就知道是这么个谜底，可是，谜底一旦被确认，他还是遭到了重创，他这才明白，他追寻的，一直是希望和这谜底相反的结果。

我有他们的相片，我猜你没见过他吧？他可没你帅！惠从枕头旁翻出一叠相片，拿出一张集体照，指着一张男人的脸。你看，就是他！仓原，他叫仓原，就是你说的那个广东茂名的，他是个诗人哩！谢峻看着那幅照片，仓原戴着一副眼镜，穿着很休闲的衣衫，看着年纪有四十多岁了，但很明朗很年轻地对着镜头微笑，任佳挨在他身旁，穿着一套牛仔衣裤。在谢峻的记忆里，任佳没有过这种打扮，她都是以高级套装为主的衣饰，而且从来是以裙装示人的，任佳微低着头，长发垂腰，样子真的很年轻，很明媚地也在微笑。

仓原不像是没结婚的男人，他的年纪太大了些，和你妹妹不很般配，我们都觉得他们的关系很奇怪，他们其实很默契，我是说情绪上的，不像一般的情侣，是形象上的。但是，他们似乎也不是有多开放，他们没开一间房，任佳和四川的王大姐住一屋，仓原和别人住一屋，这在现代的这种社会有点奇怪，是不是？特别是他们这种文人。

谢峻舒了一口气，也不知道为什么，是为妻子没有在肉体上的背叛吗？还是终于知道妻子背后那个叫作仓原的男人？他是个诗人？谢峻问道。

是啊，写得很棒，可我听不太懂，就是仓原说的，任佳是一个作家，任佳还很不好意思呢。仓原说了，你们没读过任佳的小说，她写得那么好，她将来准要成为一个大家的，可比丁玲冰心，她的语言，真的体现了汉语言文字的美好。

是吗？谢峻有点酸酸的。穿着牛仔服的任佳，会唱歌的任佳，一餐吃下那么多有那么好胃口的任佳，这真是他朝朝暮暮相处的妻吗？将来可比丁玲冰心？这种恶俗的奉承话都能说得出来的人，就是她可以抛开一切去赴约的知音吗？

你就没读过你妹妹的小说吗？

唔，唔。

可是，仓原很欣赏她。每个人都希望自己的爱人能真诚地欣赏自己的，不是吗？

谢峻回到家里，疲倦地仰躺在自己的大床上。下个星期，他就要去上海。他本来就不是湖北人，他对武汉没有太大的留恋，此一去，也许他永远不会再回来！武汉是他的伤心地，他亡妻的故乡。

张家界之行，他不费力地就得知了一个自以为天大的秘密，以为一个对他至关重要的哑谜。他离开惠的时候，惠终于看出了端倪，大哥，惠在他背后说道，你不是她的哥哥，你是她的老公吧？他没有转身，但是停住了脚步。你不要以为任佳对不住你，我看你对她什么都不知道，也许是你对不起她呢！惠在他离去的身后，清清楚楚地说道。

"也许是你对不起她"，这句话震颤了谢峻，他从来没想过，他对不住任佳！是啊，他对不起她，他和梁缘的一切，任佳知晓吗？他是从来没想过的，这么多年来，任佳已经是他生命中的一部分，他和她是最典型的夫与妻，他从来没有觉得自己愧对过任佳，即使和梁缘的颠鸾倒凤。他觉得自己没有付出过什么，他所做的一切都是以这个家的利益为中心的！他和任佳没有必要再谈什么爱，他们的爱在年轻时就已经开放过了，他们的爱早已成了正果，他们的婚姻，他们的孩子，他们的家庭，他们共同为这个家所做出的种种努力，他们不需要爱了，他们有的是与日俱增坚不可摧的情，是十几年来相濡以沫熟悉得已不能再熟悉的感情，他们默契得应该不再需要什么共同语言了，不再需要什么沟通了！可是，他错了，十年的光阴，认识一个人，了解一个人，并不难，难的是走进他的心。他从来没想过自己没有走进过任佳的心，她到底要什么？到底渴望什么？也许她曾经试图让他走进过她的心，但是他就像经过一扇早以为是熟悉的门，徘徊了一下，不曾进去。

他手中拿着一张纸，仔仔细细地又看了几遍。这是在清理小君的衣物准备带到上海时，他从细细密密整整齐齐地叠放着小君衣物的柜子里，那隔放着一块整齐的废布料里发现的，永远没有人会去翻这块只为了保持衣物干净而和木料隔开的垫布，可见任佳对这张纸的珍重和其隐藏的秘密。

"我想，能否达到梦想中的世界并不重要，只要你向我诉，不肯向别人诉的苦；只要你向我流，不肯向别人流的泪；只要你告诉我，你不肯告诉别人的愿望；只要你向我吐露，你不好意思让别人知道的野心；只要你暗示我支持你，去做你大多数人都会讪笑的事；只要你叫我给你勇气，去与那个全世界都认为比你强的人争个高低。还要奢求什么吗？这，已经太美丽了，这是最高层次的两人世界的温馨……"

没有抬头，没有落款，没有时间，有一点可以肯定的是，那不是任佳的笔迹！她有什么样的苦？她有过什么样的泪？她有过什么样的愿望？她有过什么样的野心？她究竟要做什么大多数人都会讪笑的事？她究竟要和谁比一个高低？谢峻深深地悲哀起来，这就是他的妻，他们整天厮守缠绵在一起，矛盾龃龉在所难免，他以为知道她一切的秘密，她的生日与出生地，她最喜欢什么颜色的衣服，她的身长和体重，她最崇拜的电影明星，她的存款数甚至存折密码，但是，他从不知道她引以为豪的成就或事业，她除了钱以外，最想得到的是什么，或者，她是否相信灵魂不死？这是不是那个叫作仓原的写给她的情书？如果真是情书，谢峻倒不觉得什么了，可是最最让谢峻痛心的，是字里行间流露出的那股深深的眷念之情，知己之情，如果他们彼此真有爱情，他们也不是简单的情欲之爱了，是彼此心心相通的爱了！"最高层次的两人世界的温馨"！这实在是让人可怕的！

任佳把最后的清白都留给了谢峻，可是，她没有给他爱——夫妻之间为什么要结合的最大理由！

过去，在那场车祸发生以前，他总以为他们的关系是不错的，虽然他和梁缘上过床，但是谢峻并没有认为这有什么，有时候他觉得他和梁缘只是情人而已，甚至只是性伙伴而已。他的一切是为任佳，是为小君，为了这个家，他没有感觉到对梁缘付出了爱，所以他没有压力，没有自责。他和任佳谈论的话题通常是一天中的日常事情，有关工作的、孩子的教育、金钱等问题，现在想来，也许这些经常谈论的都是一些消极的事情，可是他们从来没有努力改变过，在现代的这种社会下，谁还会努力地谈论希望与理想，他从来就没问过也从来没有想过去问问任佳，她目前对自己的哪一件事最想加以改变？或者，除她现在干的邮政所的工作外，最想干什么工作？他没有问过，因为他觉得毫无必要！

可是惠说，一个二十岁的女孩竟然对他说，仓原很欣赏她，每个人都希望自己的爱人能真诚地欣赏自己。这句话给了谢峻深深的刺激，他没有欣赏过她，从来没有。她引以为傲的文学事业，对谢峻而言，只是任佳闲暇时的一种玩票，一种与别的吃饱喝足无事可干的女人不同的附庸风雅的兴趣。他以为他熟悉她的每根头发丝，却原来和她有着这样远的距离！"梦想中的世界"！她究竟要怎么样的梦想中的世界啊？！

牵着小君的手，他们父子俩来到任佳的墓前。他没有去广东茂名，去寻找那个叫作仓原的所谓诗人的蛛丝马迹。他要追寻什么？他要证明什么？惠很认真很明确地对他说了，任佳和仓原并没有住一间房，这是不是给了他一个很大的安慰？天啊，这不就结了，他的老婆就是身在异乡也没有背叛他，他要证明的，不就是这个？多少天的沉重负担，担心的不就是这个？现在好了，什么也没有了，什么也没有发生过，他的妻子，虽然对他撒了弥天大谎，仍旧还是忠实于他的，在肉体上，忠实于他的。

在任佳微笑的墓前，谢峻点上了三炷香，让小君拜了几拜，他看着她包容一切的样子，突然很想知道，在任佳的车子从悬崖掉下去的那一瞬间，她的脑海里究竟牵挂谁？谁是她对尘世最后的眷念？

然后，他带着小君，很彻底地离去了。

扁　舟

北川是一条江。冬天的时候，江水就落了潮，河道瘦得很嶙峋，连江心里的暗礁也现出来了，是江的脊骨，像老人皮包骨头的身条。到了春天，就有了点生气，河水慢慢地涨上来了，两边的野草也漫开来，江上有熙来攘往的船只，突突突的，运煤的，运砂石的，有时候也有运菜蔬的，这种船到底少些，因为北川只是一条支流，而且支到偏里去了，船运并不发达，现在过来过往的多是装饰得漂亮的游船，上下两层的，船壁上描金绣凤的，看着倒有点古气，船舱里边的桌椅也是老式的，长条的大桌，配了简单的没有靠背的凳子。也有洋派些的，漆的色是土黄间着暗黄，像电影里鬼佬的游轮，里边的桌椅也是洋派的，铺着桌布的圆桌，围着的是带着曲线有着靠背的洋椅。它们一艘艘地开过来，都是喧嚷的游客，两艘对开的船迎面经过，两船的人都会兴奋地打着招呼，男人们盯着对面男人身边的女人，人家的女人真是漂亮，女人们盯着对面的女人，她的衣服不知道是哪里买的？也有后面的船迎头赶上去的，和这一边并了头，弄慌了几对正在看风景说着地久天长话的恋人，满心惶惑地看着后面的船上过来一个拿着硕大饭煲的妇人，听着他们船家彼此用当地话说着，才弄明白了，那边的船上，客人的饭不够用了，在这边船上借了饭，船家女人走了，两条并着的船分开来，又一前一后地走着。游客仍旧看风景的看风景，拍照的拍照，说地久天长的再说下去，走了神的仍旧再走了神去。

江里还有几艘小船，真正的用篙和桨划的。有点像点缀似的，分散在北川的水域里头。船里似乎只有一个人，再多也只两个，都是上了年纪的老人，撒了网闲闲地盯着，好一会儿才起了网，里面会有活蹦乱跳的鱼，到了一定的数目，游船上的老板会去拾掇他们网的鱼，有时会有一点价钱上的纠纷，只是言语上的，好说，大家都是老主顾，甚至一个村上的，抬头不见低头见的，哪里能认了真的？小船上的老人会露出面目来，真是上了年纪的，可是也估不出具体的年龄来，说他们五十多也好，说他们七十多也好，错了二十年，竟然也是分辨不能的。都是褐色的皮肤，都是瘦叽叽的身段，都是经了风雨和岁月刀刻一般的脸颊。

这艘小船在江心里荡着。撒了网，两趟了，就只一条气喘

呀呀的江鱼和一只贼眉鼠眼的江龟。老头儿把龟扔了，把江鱼
丢在船舱上，指挥老婆儿靠石壁这边停了。老头儿一点一点地
检索着自己的渔网。好没道理的，下了网才捕到这样的东西？
老头儿心有点不甘。往常出船，在这种季节，总能弄到一二十
条的北川鲫，北川鲫现在正当令，肉质甜美而鲜嫩。江上的游
轮"哒哒哒"地驶过，正是旅游的旺季，船上满载的游客把船
线都压沉了一截，船里面至少十条长桌铺开来，围坐的全是一
茬茬远道而来的观光客。每张桌上都会有一条鲜美肥嫩的北川
鲫，就抹一点盐，和青葱姜丝一道蒸了，抿一口，把百味都压
了去。

　　想着就是那么回事，真就是渔网破了。船在这石壁前停
住，有点斜，不稳，晃荡荡的，那是老婆儿的事，老头儿不
管。老头儿坐下来，从舱里拿出一柄梭，取出一沓线，开始利
索地缝补渔网来。老婆儿站在船尾，四下里看着，江边垒起的
石壁上有两个鸡蛋大小的洞孔，老婆儿兴奋了一下，在船舱顶
上找了两只粗点的篙和桨，使劲塞进洞里去，成两个支点，船
身斜了一下，老头儿的梭子差点钻到手心里去，老头儿含混地
骂一句："死老婆子！"船已经稳稳地靠边停住。

　　十点多钟的时候吃了今天的第一顿饭，蒸南瓜，虾炒通
菜，还有一碟咸鱼。老头儿的胃口牙口都好，扒拉了两碗米饭
下肚，上船的时候还打了一通响亮的饱嗝，老婆儿就不行了，
这两年看着牙就松了，一碗南瓜蒸得细碎，和饭一起裹进肚
里。出来的时候还是把晒的鱼干也带上船了，不是防人偷，村

里也没人这样小眼性，只是防那几只猫。狗是好养活的，馒头片儿，碎菜叶子裹上糠食，狗照样能将着下肚，猫却是不一样的，好吃好东西，改不了吃腥的脾性。猫是娇贵的，也是有记性的，有点小姐的脾气，如果不遂了它的愿，眼眸子在暗夜里盯住你，那种摄人，能把魂灵都抓了去。还是不得罪的好，舍不得让它们吃了自己的菜肴，就随身带着好了。老婆儿想，养猫的都是闲适人家，这几年村子里的猫多了起来，也眼见着富贵人家了。有时候她还是会可惜自己那条腌制的江里大青条，看着多让人喜庆，也是够人炫好久的，偏也进了猫的眼睛。带的几条鱼干便在船上挂着，有北川鲫，有河鲤，也有江鱼。北川鲫是新鲜的好吃，毛刺多的鱼大都是这样的，肉鲜而嫩，带点甜。江鱼和河鲤就腌的好些，新鲜的时候，吃起来肉有点侉，但用盐浸了，用花椒大料喂一下，肉就瓷实了，吃起来还有一股酒糟的香气，嘴吧唧一下，是有余香的。腌鱼不是这个时候的，年前快进冬的日子，网了最后一巢鱼，不给任何买卖的，拿了家来，不去鳞，对半剖开，挖去肚里的腌臜物，用粗盐遍体抹一趟，然后便在日头下晒着，风吹着，把肉紧干了，过了阳历年，就可以拿了吃去。去年晚秋的时候运气也还是好的，老头儿网到了一条很大的江里青条，有三十来斤重，养得一身的好膘，大约是去下游预备过冬囤的，这可好事了自个儿家里。酒家里有人打听了，要过来买，来的两个男的，手里握了一点钱，毕竟多少年没听到有人在北川打上过这么大的野生江里青条了。现时鱼塘里倒是有卖的，二十多斤的也能养成，可是家养的和野生的到底味儿就不一样。男人要看网上的鱼，哑巴着嘴点着头，看鱼的皮色也知道实足是北川里长出来的，皮青黑，鳞子放着荧光，在家里的水缸里团着身子乱窜。老头儿得了意，老头儿看也不看来人，努着嘴坐在家院门口的石磨前，一声不吭。老头儿的样子像个雕塑，腰板儿笔直，脸朝前方，老头儿的脸也像刀琢过的，鼻头儿削直，嘴上是棱角分明的，还抿着，有一股狠气。老婆儿想起老头儿的那副模样的时候心里就好笑，她知道他有点拿，这辈子没人求过他，可是她也是得意的，她的丈夫终还是有出头的地方，像条汉子。来人倒也没磨叽，谈了两句，悻悻地走掉。走的时候老婆儿的心倒有点落，想着来人刚才数出又拿回去的票子。老婆儿想，一条江里青条有什么稀罕的？非要落自己口里呢？老婆儿想归想，养了十来天的鱼，到了腊月，小声地问一下老头儿，老头儿唤一声："杀！"声如洪钟的。老婆儿就到缸前去了。是条成性的鱼，连捉拿它都有点费力气，几次从老婆儿手里滑溜出去，几次甚至张出嘴来要咬啮老婆儿，摆的尾都带着劲道，不吃十好几天，还是有一股悍劲。老婆儿想，这条大概是鱼王吧？心便有点胆怯，越想越觉得发慌。老头儿走过来，拿了一柄劈柴的板斧，看了看缸里的那条鱼，手哆嗦了一下，还是朝它劈头挥去。只是把它打晕。腌的鱼最讲究的就是完整，有头有尾的，剖开来能合上，严丝密缝的，挂在檐头，村里的人看见，才不会笑话。老头儿的准星有点不够，水里的鱼到底比老头儿的力道大些，两个纠缠了小一会儿，老头儿终还是赢了。

老头儿有点气昂昂的，掷了板斧，唤老婆儿："收拾！"老婆儿凑近缸里看那条鱼，已经晕在水里了。老婆儿再看一眼老头儿，老头儿踱到一边儿去，气还是喘的，有一点涎沫从嘴角流了出来。老婆儿想，老头儿到底老了。收拾的时候也还是费工夫的，腌的鱼是从背上剖的，老婆儿用了大号的钢刀，是砍猪骨用的，又用了板斧，顺着刀背剖开了鱼身。粗盐也吃了一瓶，花椒大料也用了一大撮，就连料酒，也洒了两瓶子才喂足它。

到三十的时候，孩子全回来了。大儿子带着媳妇孙子从城里回来了，小儿子带着媳妇孙女也从城里回来了。初一是举家团圆，然后是祭祀拜祖先。大儿子在省城里做了官，小儿子在省城里做着买卖，平日里是不见的，其实驱车从省城回来也就三四个钟头的路，可是他们这种年龄，正是忙的时候。清明时节一定是会回来的，不管到了多开明的地方，两个儿子总把祖先记在心头的。恭敬地洗了手，恭敬地上了香，恭敬地三拜九叩，恭敬地把供菜放到祖宗的像前。老婆儿听着他们的念叨，老婆儿笑眯眯的，老婆儿知道孩子们都是孝顺的，老大又提了官，老二的买卖又做大了，东西都销到国外去了。老头儿这时噘着嘴，老头儿嘟囔："自个儿摸着心做事，祖上才会庇佑你的。来哪门子虔诚？对活着的人诚心就行！"老头儿是越老越古怪的，老婆儿朝儿子们笑笑，大抵是那种不要和你爹一般见识的讪笑。儿子们不在意，人老了总有这样那样的古怪脾性，他们在外头什么风生水起的没见过？自己的爹？老了也就孩子一样的。儿子们多是心胸宽阔的，千帆历尽，多少事也能容得下。饭菜是媳妇们一道收拾的，也是城里娶的媳妇，多少有些文化，和婆婆不像东村邻家的那样亲，也不像西村这家那样疏。家是早拾掇好了的，打了扬尘，洗了桌椅，换了新的被褥枕套。年货也是早备下的，小年的时候就支了锅，翻散、麻花、红薯片、花生米，还有肉丸子，该炸的炸，该煎的煎。老婆儿还有一手好活儿，能做一道纯粹的鱼丸。雪白新鲜的鱼剥了皮，剔了骨刺，便双手拿刀，在砧板上使劲地剁斩，成了泥，能让竖着的木筷立起，这馅儿就成了，在手里这样一握，一枚枚雪白的丸子就做成，在清水里漂着，用香葱配了，在旺火上煮过，吃的时候拿出来再回锅，真的是满嘴的软滑。媳妇们在灶前帮着，择点小菜，剥点花生，有一搭没一搭地说几回话，会问老婆儿的腰腿还疼不疼，也会问老头儿咳嗽好些了吗？常年在水上的人，总是有这样那样水上落下的毛病。老婆儿温温地笑，只说还好了。老头儿是早断了吸烟的嗜好，这年头，谁都知道烟不是个好东西，不拿自己的命与它搏了，但酒还是喝两口的，前几年还觉得不得劲，儿子带回的药酒总有一股味儿，现在喝上口了，再不花钱买那些烈酒喝了。上灶的时候媳妇是帮不了手的，因为家什不熟悉，炉火也用得吃力。老婆儿在灶前忙活着，大冬天的，汗水也顺着头发滴下来，两个媳妇穿着光鲜的衣裳在那里谈着时兴的什么东西，老头儿和两个儿子也在那里说些什么话题，老头儿的兴致是好的，听着儿子们说的那些城里的事情，眼睛是迷离的，也是饶有趣味的。

也会慢慢地踱到院子里，有点炫地给儿子看那条在檐前摆舞的风干了的大青条鱼。孙子和孙女照例是要闹一场的，两个媳妇总要把自己的那一个拉过来先说一通，小孩子们不记事，不一会儿又好了，孙子便带着孙女去放炮仗了。老婆儿觉得是满足的，一碟碟的菜式在她手上做出来，炉火是旺的，油烟也是香的，该吃饭的时候两个媳妇也会有眼色，跑到前房里把大桌搬腾开来，把菜肴一盘盘从厨房拿过去，经过她的时候会很疼惜地嗔怪她做了太多的菜式，累着了怎么办？老婆儿觉得那种年过得是快活的，比她的孙子孙女儿还盼着年节的到来。

　　老头儿还在船头纺着渔网。他的眼睛已经不好使了，可是纺渔网还是飞针走线的，用左手的食指比划一下，经线就有了，用左手的食指再比划一下，纬线也成了，四条线一交，一个渔网口就有了。这种网口是捞不住小鱼的，祖上传下的规矩，网口是有固定的尺寸的，捕到网里的都是成年的鱼，一年以上的，至少三四斤重的。一条游轮又"突突"地开过来，每条船上至少十张桌子，还不近中午，餐饭已经摆上来，现在是旅游的旺季，等会儿在江上走的，每天算下来也有百多趟船，那得多少鱼去填喂他们？其实若果真这样，北川鲫也是够吃的，可是游客们是不满的，他们好小一点的鱼，甜，滑软，肉更鲜嫩些，游轮就找船家要，有些船家就把祖上的规矩给破了。老头儿啐了一口，狠狠地啐了一口。线是尼龙的，可是却也没有早年的好了。已经几次了，渔网就这样断裂了一根线，慢慢地就撕开了一个大豁口，多大的鱼也能跑出去了。有一次他问大外孙，怎么现在的尼龙梭线都这样弄假的呢？大外孙是在外头读着大书的，大外孙终是个有知识的人，大外孙告诉他，不是尼龙线弄了假，而是江水里含什么酸啊碱的东西，尼龙是不抗这个的，所以就腐蚀得快些。老头儿哦了一声，心下里想着那些江里的东西，也是的，这两年，看着鱼就少了。尼龙都抗不了的，鱼儿又怎能呆得长久呢？想着那些破了规矩的船家，想着那些在酸啊碱啊里面泡着的鱼，老头儿的心就有点萧瑟。

石壁雕梁画栋的栏杆上倚着一对年轻的男女，张着眼愣瞪瞪地俯看着他，老头儿记起他也有过这样年轻的时日。女孩子睁眼看着老头儿，悄声让男孩子看老头儿的手指。风顺着吹下来，这样的私语也能进到老头儿的耳朵里，老头儿笑笑，把右手伸得更开些，让上面的男孩子看个究竟。右手的食指是断了的，只剩半截在那里，看着倒是有些狰狞，更让人惊心的是这边的小拇指，竟也是齐根没了的，光秃秃的，看着更让人不寒而栗。上面的男孩子小小地倒吸了一口冷气，不再言语。看着也是个体面的男孩子，戴着眼镜，穿着干净的T恤衫，白白净净的身子，哪里见过这种路数呢？女孩子倒是有点艳羡的，甚至是倾慕的眼光，她也是良家闺女，平常是大门不出二门不迈的，结交的大多是正经的同事和朋友，循规蹈矩。也许有一天，换一个霸道而充满野性的男孩子，把她带到一种不熟识的环境里，冲破了曾经的生活轨迹不再回头也未可知哦。不论哪个时代里，女孩子总是有点猎奇，心里景仰着有故事有背景的男性。老头儿得意地笑起来。有一次大外孙问老头儿，这断指有着怎样的一个传奇？老头儿当时喝了几两酒，有心说点故事，眼眯起来，举起食指，说起在一个风雨交加的夜里，出航捕鱼的事情。船当时是快掀翻了的，桨和篙都掉到北川里，就剩一只竹竿，下的网却拖着死沉死沉的东西，老头儿拉着网，在狂风暴雨里也是不肯松手的，平生真的没捕过这么大的鱼！鱼翻上来，好一条江里青条，青黑的背，箭一般的鳍，每一片鳞都有杯口这么大！好多个时辰，两个就这样纠缠，把一条北川都快折腾完了。后来呢？后来？大外孙急切地问。老头儿笑，后来它疲了，我也疲了，我把它拖上了船，真沉，船身一下子就被江水吃去一截，然后就从网里取它，它只是累了，还有一股子劲，我是真没防它，它张嘴就是一口，咬中了我的这手指。大外孙听得眼睛都鼓出来，拿着老头儿的断指景仰地说，这是现实版的《老人与海》。大外孙又问，后来呢？后来。老头儿笑起来，老头儿说，还有什么后来，拖回来让你外婆给杀了，百十多斤的鱼，费了几个人的工夫，终还是把它斩成几段了，腌起来挂在房檐上，房檐都承不住了。老头儿又举起手，给大外孙看那齐根断掉的小拇指。年轻的时候，我也是好赌的，一场又一场，输红了眼，家差点败掉，本来也是个中户人家，最后只剩这半爿房子，有一天醒了，就用斧子狠下心来把自己的手指剁了，为了是给自己一个警醒。你也是一样，城里太喧腾，小小的孩子出门在外，不要一点小事就误了自己的终身。外孙盯着老头儿的断指，连连点头。

　　大年初二的时候，是姑娘回门的日子。姑娘是最大的，头胎，生她的时候老婆儿差点就过去了，那种痛，到现在也能记起来，后来身子就顺了，这才生下两个儿子来。姑娘是十九就说了人家，当年也就嫁了，第二年便生了外孙子，再一年又添了外孙女。在家的时候还不觉得，成了人家的人后，老婆儿才觉得姑娘的贴心来。老婆儿有个头痛脑热的，老头儿有个腰酸腿疼的，姑娘是抱了孩子奔了二十好几里的路也要赶着过来的，端一点茶送一点水也是好的，捎一点甜瓜带一点粳米来也是好的，床前总有个女儿的照应。女婿也是能干的，当初穷，却也是有股傲劲儿的，撇了老婆孩子，到城里做起工来，几年下来，真也有了积蓄。姑娘家的房新盖了，三进三出的大院，在那边村里也是数得着的人家。后来就有了点闲言碎语，女婿在外头据说有点不长进了，姑娘去过一趟城里，含着泪回来，有了委屈，就到老婆儿这里来诉了。女婿也是好的，拎着大包小包的东西上老丈人家来，两口子关在小屋里，老婆儿在外面听着壁角，女婿倒是跪在那里死乞白赖地求着。说的话都是有道理的，为着那一双儿女，为着家里的公婆，为着好好的日子，为着大家的体面，何苦闹得这样呢？老婆儿就在壁角揉着衣角点着头。反过来是劝女儿的，男人都是一样的，好比吃腥的猫，你越让他闻不着，他的心越挠挠。姑娘被老婆儿劝了两天，低着脑袋回家了。女婿还是那贪腥的猫，对老婆孩子也确实没得话说，空的时候回来，手里的票子交给姑娘，姑娘在灶台上千耐万烦地为他煲一锅汤，据说还都是补肾的。姑娘带着女婿外孙外孙女一并地回门。女婿见着两个小舅子也是熟络的，到底是舅辫子，谈开来，和着老头儿，四个男人在正房里说些稀罕事，也是有模有样的。外孙子又是出息的孩子，个儿一年一年地蹿起来，衣服是笔挺的，还戴着眼镜，一副做学问的样子。外孙女也大了，是村里长大的孩子，父亲说是有钱的，看人的眼色里，还是透着一股小心，和姑娘从前的神色，竟是一模一样的。姑娘回门，一年也就这冠冕堂皇的一次，老婆儿下灶便比初一还热闹些，都是新鲜的菜式，拉了姑娘的手，看挂在檐上的那条青条鱼，姑娘前后看看，止不住地咂着嘴，母女便搭着手，把鱼弄下来，剁了正腰身的那一块好肉，配了姜蒜上笼蒸起来，一会儿，一屋子都飘着鱼的香味。两个媳妇在边儿上是笑着的，说一点俏皮的话，有一点怪老婆儿偏心的意思，头天初一都没吃上这好的鱼肉哩！老婆儿的脸黑里透了点红，真是的，一辈子没偏向过哪个儿女的，手心手背都是肉。媳妇就笑起来，快乐而爽气的笑声，拉了姑娘的手，说原本是和你们玩笑。姑娘也讪讪的，也是红了脸，不好意思的样子，心里觉得老婆儿对自己的疼，有一点满足的得意。姑娘是真在灶房里帮得上忙的，切肉，剁鸡，不让老婆儿掺和。一会儿，姑娘的汗珠儿也顺着发际流下来，和老婆儿一模一样。老婆儿问，他还好？姑娘停一下，淡淡地回了句，还不那样？老婆儿又问，对你和孩子总还好吧？姑娘背着身，姑娘在煮一锅笋干肉，姑娘的腰已经粗了，姑娘的背也是厚实的了，甚至有点驼了。老婆儿想，这才多大的工夫，姑娘就已经老了呢？姑娘半天才吭一句，挺好的，孩子都上大学了，他还能闹腾几年呢？以后老了，还不是和爹一样，和我老老实实地过。最后一句，出的声倒是柔的，可是猫着一股子狠气。老婆儿的心一哆嗦，忙附和着说，想通了就好了，一个姑娘家，出个门进个门，哪里是那么容易的事呢？姑娘的背始终没转过来，姑娘要转过来，也能看见老婆儿眼角的一滴泪。可是姑娘看见了也会装没看见的吧？大年下的，哭总是有些不吉利的，况且，一家子满满口口的，子孙满堂的，老婆儿为哪门子事流的泪呢？

老头儿戴着一顶草帽，是姑娘亲自编的，帽檐那儿还滚了一圈红色的镶边，据说是防蛊的。过了惊蛰的时候，老婆儿的腰就一直闹腾，坐着站着都酸得厉害，有两回疼得眼泪差点进出来。老婆儿不想跟老头儿说，老婆儿心里总有点忌讳，老婆儿心里一直咯硬着那条鱼，老婆儿想，是不是真招了鱼王呢？还是想跟姑娘提一句，这回是自己走了二十多里的路到姑娘家去的。好久没去过姑娘家里了，这两年，姑娘的腿脚也有点懒了，找到她的时候，在邻家屋里正支着一桌麻将，眼一直迷迷瞪瞪的，被人叫着，冲门口望过去，有点惊骇老婆儿的到来。老婆儿拽紧姑娘的手，老婆儿慢腾腾地说，可能活不长了，眼瞅儿人就快不行了，前天一早起身，眼前竟是一抹黑的。姑娘赶紧止住了老婆儿，手捏着老婆儿枯瘦的手，有些汗就出来了。老婆儿拿出那只包袱，取出那只镯子，老婆儿说，留下来就是给你的，你外婆说，传女不传男的。姑娘不说话，姑娘的牙咬着嘴唇，上面一片青紫。老婆儿又说，江里的鱼王可能让我招了，如果你们都好，就让晦气落在我一个身上吧。姑娘仍旧不说话，到底是小渔村里长大的孩子，嘴仍旧是笨的，留了老婆儿吃了饭，拾了两大包裹的东西，多是吃的，桂圆干、红枣干，还有城里带回来的一些营养品和给老头儿的两瓶药酒，也有穿的，暖和的衬里衣裳，才刚织好的一件毛衣。叫了辆三轮的摩托，突突突地，把老婆儿送到家里。那条道其实还没修好，可能也不打算修的，没几个人往那条道上走的，富不了修路的人，路上的石子咯得人难受，高一坎低一坎的路也颠得人差点翻肠倒胃，老婆儿回家后人真就不行了，躺在床上一时半会的起不来。姑娘第二天又来了一趟，就送了那顶草帽来，坐在老婆儿的床头，眼泪吧嗒嗒地下来了，指着那镶了一圈红边的帽檐，说是请了神可以去邪的，能够防蛊的，平日里就挂在家檐上，出门也可戴在头顶防日头的。老婆儿无力地笑，老婆儿想说什么，因为没什么精气神儿，闭了眼睡去。再一天，挂在房檐上的那半拉条鱼，就被猫吃了。可能它们也是觊觎已久的，不然不会动了那么大的心思。路线大概是早就谋划好的，顺着平地，踩着门前的一堆柴火，跃上那个窗棂，再攀了房檐，用爪子一点一点地把悬着的那条鱼推了下去。房檐的角是有些陡的，笔愣愣的，也滑腻，稍不留神，猫是会毫没遮拦地摔到地上的，也亏了它们的一片绞尽脑汁。那半拉条鱼落到地上，大概也有纷争，撕扯得并不公平，附近还有几色不一样的猫毛，最后连鱼骨都没剩，就只一个挂了鱼身的铁钩落在边角地里。老头儿很是生气，怨怼得不行。早知如此，不会节省得如此吝啬，一小块一小块地剁了，十天十天地才吃上一次。老婆儿就那天，酣畅淋漓地吐了一地，也真是怪的，两天里也没吃什么东西，翻江倒海地，竟然连黄水也吐了个干净。老头儿说是被那天的摩托折腾的，挨在床边捶着老婆儿的背，轻轻的，一点也没用蛮力。后来就起了身，后来就下了地，晦气好像真就没有了，随着自己的呕吐一干二净，腰腿也不疼了，还是能下地，还是能上灶，还是能出船到水上去。老头儿的心有点小性了，老头儿再不肯把剩下的鱼挂在房檐上，老头儿说猫是顶精明的畜牲，不能让它惦记着鱼。老头儿让老婆儿把鱼随身带着，出船的时候挂在船杆上，回来的时候放进橱柜里。橱柜里现在一掀开都是一股子咸鱼气，老婆儿仍旧依了老头儿，谁要他好那一口呢？

老头儿的网补齐了，坐着在那边歇息起来。老婆儿从舱里取出一只香瓜，朝老头儿推过去。香瓜是一早在集上买的，老婆儿拿了一柄刀削了皮，嗯，真是甜的。老头儿够一下身子，拿到了老婆儿推过来的那只瓜，也取了一柄刀子，三下两下地削了个干净。嗯，也是甜的。老头儿把皮和瓜子扔进北川江里。这东西能喂鱼，从小在北川江里长大的，老头儿知道什么能往江里扔，什么不能往江里扔的。比如这突突突地过来的游轮，它带来了多少江里不能要的东西。老头儿看着这边厢的石壁。早年这片哪有这种东西？都是一望无边际的土坡地，杂草是茂盛地长着，到了春天，无人理会，蓬蓬勃勃地伸展了

开去。后来不知怎么，就有人发现了上面的一处古寺，好像也
有几百年的时日了，打小也见过它，破檐破壁的，里面几尊菩
萨，头首一个笑眯眯的，大家都认识，那是笑佛弥勒。年轻时
淘气，划了船过去，到了庙里，也是见着磕几个头的。也真没
人理会过它，一直静静地在江那边待着，有点孤寂，倒像点寺
庙的风骨。后来就开了一拨一拨的人过来，重新拆了寺，重新
建了庙宇，竖了金碧辉煌的牌楼，请了工匠拓了遒劲有力的匾
额，然后就有了现在浩浩荡荡的码头。一上岸，先打眼的就是
露天里在莲花台上打坐的那尊观音，十来米高，先就有了一些
气势，拈花微笑，慈眉善目的，文官下轿，武官下马，来的游
客上到这儿，没个不屏声静气肃穆的。旁边还有一座碑，上
书这是古刹佛教第二十七个福地，王安石李白鉴真甚至包公都
来过，证明它的历史的是旁边的一株老榕树，这树倒是真老，
打老头儿的爷爷的爷爷的时候就有了，盘根错节的须根，一直
从寺庙伸到下边的观音脚下。这个县是穷地方，没什么产业，
做旅游倒是一招妙棋，眼见着这地方也繁荣也昌盛了。政府批
了二三十艘游轮，在船上看两边的江山吃特色的北川鲫是一道
景，登上码头去看寺庙拜拜佛也是一景。现在两边又在修葺一
道长廊，给捐款的善家做的留名的印迹。风景摆弄摆弄就真成
了风景，新建的小亭，新搭的拱楼，都有点风景的味道了。都
是快乐的年轻人，三三两两的一处，大约寺庙对他们来说也没
什么意思，不过里面也有解说姻缘的出家之人，抽一支签，算
算两个人的地久天长，也还是蛮新鲜的，也还是有把这段爱情

继续下去的勇气的。

下午四点多钟的光景又吃了一顿晚饭，是在船上吃的。老婆儿带了饭来，在舱里就着煤油炉热一热，一碟拌毛豆，一碟炸鱼干，一碟酱咸螺。米饭仍旧吃了两大碗，老头儿抹抹嘴，又到船头去。老婆收拾了碗筷，在江里就洗了，又用抹布把船身上上下下抹了一遍。老头儿中午换下的衣衫也干了，这太阳，真是忒好的。老婆儿爬进舱里，也休憩起来。老头儿仰脸躺在船头上。船身其实有些热的，老婆儿唤他进舱里歇息，老头儿不听，壁上的阴影打过来，江风吹过来，其实倒是真惬意的。老婆儿在船舱里躺着，闭着眼，随着船身的晃荡而觉得一阵爽心。能回想起许多的事情，很小的时候，在妈妈的摇篮里，也是这样晃悠着长大的。江水还是熟悉的，江风也还是怡人的，外头倒是闹腾的，可是热闹是别人的。老婆儿想起老头儿吹的牛皮，什么被青条鱼咬去的食指啊，什么因好赌而狠心剁去的小拇指啊，这老头儿，是越老越淘气。可是她究竟没有戳穿过他，那食指，是老婆儿生下头一个儿子时，老头儿兴奋地剁猪骨而不小心砍断的。而那齐根断掉的小拇指，是婆婆当年怕这孩子难养活，听了神婆的话，狠心把襁褓里的孩子的小指头咬掉的——据说阎王捡了这指头，就饶了小孩子的命！老头儿是不会跟外孙子讲这些的，丢人的往事，平淡无奇而充满傻气。这死老头子，一辈子捕的最大的鱼也就那三十多斤的江里青条吧，一辈子去到城里合着也没超过三天吧？老婆儿笑着想，这辈子你就在这吹的牛皮里迷迷瞪瞪地想自己的好事吧。

　　游轮越来越闹腾了。天已经灰下来，近黑了，船上都点起了一盏盏灯，五光十色的，蛾子已经在头顶盘旋了，江水的湿气也上来了。老头儿起了身，叫一句："回！"老婆儿忙从舱里出来，拿了篙，左一撑右一撑的，把船徐徐地开去。对面游轮上有个小姑娘在大叫："奶奶，捕一条鱼给我们！"老婆儿笑起来，也回一声："好！"抬眼看一下老头儿，用手摆着桨，一推一拉的，真是威风凛凛的了！

葛仙米

我去美国的前一年，有一次在广州郊外一家有名的餐馆吃饭，最后上来一道汤，墨绿墨绿小木耳一般的珠状物，浮浮沉沉地旋舞在雪白的汤碗里。招待方挺热情地执意让我们品尝，末了，用半通不通的普通话神秘地告诉我们，这是葛仙米，纯野生的，营养价值极高，因它对自然条件要求颇高，产地相当少，是真正的肥绝佳品。我们每个人用小汤匙虔诚而慎重地舀了一勺，因尊崇其珍贵，更因它的纯天然和无污染。

葛仙米？我仿佛依稀记得这个东西。蒙蒙搂着姆妈的脖子，蒙蒙说："姆妈，长大后我会给你买的，一定会买给你的！"……我放下汤匙，细细地咀嚼着姆妈曾给我说过的这款人间美味，竟有一丝淡淡的苦和一点涩涩的酸，从我的心头缓缓漫出，涌上喉头。

蒙蒙来我们家的时候，已经快满五岁了。

那时候，爸、姆妈和我还在湖南山里的三线分厂。我们家比原来在汉口的家大了好些，独门独院的，青石砖铺就的院落，靠东头栽了一棵凤凰树，夏天开出红艳的花来，在一片葱茏的绿叶中真像浴火后的凤凰一般壮丽。西边是厨房，对着厨房的窗檐下，姆妈仍旧按原来的习惯，支了一架小铁皮炉，里面垫着不冷不热的煤球，从没见蹿过艳丽的火苗来，可是炉上坐的一壶水，总在爸和姆妈回来的时候就冒气了，冒气了，沸腾了，有时候也会是一锅汤，也常在姆妈回来的时候翻滚了，炖熟了，香气漫开来，一座山里都是那种浓酽的味道。只是稍有些冷清，姆妈是不爱串门子的，三线厂里招了许多当地人，言语上便略有些不通，姆妈又本是上海人，嫁了爸，辗转来到汉口，已经有相当多的不甘，现在又被派到湖南山里，心里许是有更多的落寞了。那时候，爸似乎是很忙碌的，姆妈回了家，在晚饭后的夜里，在人家消食或乘凉的热热闹闹的夜里，姆妈会在案头翻着一本什么书，或者在给我织就的小背心上，仔细地绣出一串串的葡萄来。

蒙蒙是姆妈领回来的。我还记得她刚来家时的样子，头发蓬蓬的，额头上遮了一圈厚厚的刘海，很好闻的香皂味扑鼻而来，身上也是那种香味，套的是我小时候的一件娃娃衫，脚上的鞋却是簇新的——合作社里摆了两个多月的货品，姆妈买下来了。姆妈在院子里倒木盆里的水，给蒙蒙上上下下地洗了澡，姆妈的脸有点红彤彤的，汗珠子也顺着发丝流了下来。水从地缝里钻进去，水汽又哧地从地里冒出来，腾起一股白雾。院子里围了好多的邻居，多是姆妈厂子里的同事，叽叽喳喳地说着什么，我记得我是欣喜的，那种雀跃，是一种骨子里的得意，我们家从没有这样喧腾过。

　　旁边有大人唤我："蕴蕴，你们家来妹妹了。"大家笑起来，拿眼看我和蒙蒙，有人还附和着说："其实仔细看，她们还真像亲姊妹的。"我有点羞，傻傻地笑，蒙蒙瞪着黑亮的眼睛一眨不眨地看着眼前的一切，大人们带了好多东西来，院子里已经堆了一袋花生米，还有一堆蒜头，几条串好的干红辣椒串，还有散放在篮子里几捧火红的橘子，像过节一般的热闹。姆妈过来牵蒙蒙的手，指着那些军企里的同事要她称呼，"这是李阿姨"，"这是徐梭梭"，姆妈的上海口音还有点过不来，把"叔叔"发成了"梭梭"的音，蒙蒙就跟着姆妈叫，"李阿姨"，"徐梭梭"，大家又笑起来。李阿姨说："你也要叫她，妈妈！"李阿姨指着姆妈说。蒙蒙这时候有点愣住了，用脚在青石砖的地上画圈圈，咬了小嘴唇，半天都不再吭气。姆妈说："她哪有这么快的？还得住一段熟悉了再说哩。别逼着孩子了。"姆妈蹲下身子，把蒙蒙画圈圈掉了的鞋带搭扣重新系上，坐在小铁皮炉上的水壶冒出热气来，我叫："姆妈，水开了！"姆妈转了头，迈着小碎步走开，蒙蒙的眼睛一直紧盯着姆妈，也移了小步随着姆妈过去，姆妈到堂屋，她也跟到堂屋，姆妈回到院里，她也回到院里。大人们又都笑起来，那个徐梭梭说："嗳，可真是一步不离的了。有缘啊。"

蒙蒙从此好像就是这样跟着姆妈的，也不太吭气，对我和爸更是少言语的，刚入了个新家，她的怯气仍旧抹不掉。姆妈不在家，她就钻到我们小房的书桌底下，蹲在那里，把自己蜷缩在那个灰暗的角落里，她的眼睛总是那样瞪着，充满了胆怯和惊奇。只有姆妈回来了，她被姆妈牵出那个小小的角落，她才在阳光下站立，姆妈到哪里，她也随着姆妈到哪里，姆妈去掂小炉上已经冒气的水壶，蒙蒙也跟着，姆妈叫开她："蒙蒙，会烫着的，站一边去。"蒙蒙就乖觉地站到一边厢，等姆妈放了水壶，开始淘米择菜，她又在姆妈的身边黏住了。姆妈说："蒙蒙，你去给我拿只小凳来。"蒙蒙跑进屋，马上拿出只小方木凳，塞在姆妈的身下，她就又那样蹲在一旁，也不帮着择菜，也不吭气，就那样牢牢地守着姆妈，姆妈笑起来："和姐姐，和小朋友玩去啊，等姆妈做好了饭，你回来吃，好啦？"姆妈的声音很好听，带着吴侬软调糯糯的糍，蒙蒙盯着姆妈的脸，半天，摇摇头。姆妈叹口气，笑起来。我每天在家里能看到的情景，就是姆妈把小时候给我讲烂的故事，重又在蒙蒙这里过了一道。爸回来得稍晚些，推着叮当作响的自行车，爸问："妈妈呢？"我跳到院子里，看着在茅房边站着的蒙蒙，我对着蒙蒙叫起来："小尾巴，小尾巴！"这个时候，姆妈总笑笑地从里面出来了，姆妈呵责我："蕴蕴呀，得像个姐姐样！"蒙蒙的脸就稍稍地有些红了。

过了不久，蒙蒙病了，是肝炎，急性的。姆妈有些急了，带了蒙蒙去厂里的卫生所打了针服了药，然后又求了去县里的厂司机，顺带着把她们捎到县上的医院。那天姆妈回来得很晚，邻居和同事也都有些担心，好多人守在我们家院子里。爸那天是在食堂打的饭，吃不了两口，也把铝饭盒子搁下了。

姆妈是背着蒙蒙回来的，蒙蒙可能困了，也可能是被病折磨的，整个身子软软地趴在姆妈的背上，脸仍旧有些微红，不知道是谁的汗水，蒙蒙趴着姆妈肩背上的那块地方，已经是濡濡湿湿的一大块了。

爸把蒙蒙接过去，放进小房里。姆妈在院子里直喘气。有人小声地说："这可是要传染的，别把你家蕴蕴也给染上。"姆妈在院子里捶着自己的腿："不会的，医生说，炎症消下去了。这病，养一养就好了。"卫生所的李阿姨下了班也来我们家，李阿姨说，县上的医院和厂里卫生所的条件差不多，要真比起来，卫生所除了不能住院，紧俏的药品倒比县医院还全些。姆妈点头，感激地说："是啊是啊，县医院开的药针和你开的都一样的，这种药，县医院还说他们没有哩。"姆妈给李阿姨把方子递过去。李阿姨拍拍手："就是！你看你也急的，明天还是在卫生所打针吧，累成什么样了？"然后她就告诉我姆妈一个法子："小孩子家，急性肝炎倒容易医的，每天就塞给她糖吃，水果糖，奶糖，都行的，把肝糖原弄上去就好了。"我姆妈来了精神，赶紧地问："真的？吃糖也能行的？真有用的？"有人小声地说："都在幼儿园里，会不会传染给别的孩子？"另外的人嘘了一下，问话的人便噤了声去。爸点着头："别担心，治好了病我们再送孩子过去的，我们知道这病的传染性。"姆妈也点着头："让你们费心了，孩子不好彻底了，我们不会送幼儿园的。"

那晚上，姆妈把脚在木盆里泡了很久，她很少走过那样长的路，后来又一路背着蒙蒙回来，她的脚上磨了好些的泡。姆妈对爸说："让蕴蕴和你睡吧，我和蒙蒙在一屋。"爸过了一会儿，才应了一声："好！"那晚的月亮很大，院子里的父母没有怎么交谈，月光射到他们的脸上，让他们多年的默契无碍地交流。很多年以后，当我做了母亲，我知道了姆妈那晚的心境。

好像只请了两天的假，姆妈就又回厂子里忙她工作的事情。姆妈越发忙了，但中午也得抽空回来陪蒙蒙，在那山石咯着脚的小路上来回狂奔，给蒙蒙做饭，带蒙蒙打针，回来喂蒙蒙吃药，再陪蒙蒙一会儿，然后在小铁皮炉上炖一锅汤，都是治肝病的土方：泥鳅豆腐汤，和一些散着浓郁药草味的汤。姆妈的晚上也不像从前了，从县上买回一堆的小人书，穿了麻绳挂在蒙蒙床头钉的一排铁钉上。等蒙蒙睡熟的夜里，在开着的水锅里煮家里的餐具和毛巾，白嫩的手被滚烫的水蒸气灼得通红，或者在茅房里戴双橡皮手套，洒一种浓烈的药水消毒，然后回到我们的房间，小心地抹每一块地方。爸说："你歇着吧，这么晚了。"姆妈摇头，说："孩子醒了，是不好做这个的。"爸说："她才五岁，哪懂这些？"姆妈仍摇头："嗯，就是知道。蕴蕴倒罢了，蒙蒙，可不能伤了她。"

我们家买了好多铁罐装的饼干，还有各色各样的糖，连汉口的爷爷奶奶也千里迢迢地寄了糖果来，一盒一盒的，蒙蒙就那样抱着吃，艳羡得一帮小朋友都流了口水馋她怀里的糖果，她嘻嘻地笑，有一份从没有过的得意，那种本该让人嫌恶的传染病，成就了她的一种骄傲，甚至被巴结的幸福，到最后，她咧开嘴开怀大笑的时候，牙齿都被糖果侵蚀得一片黢黑了。

又到卫生所抽了血。李阿姨拿着检验单给姆妈："看，可好全了。"姆妈笑着接了检验单，蒙蒙拽着姆妈的手，蒙蒙问："我是不是能上幼儿园了？"李阿姨说："当然可以了。你看你，还是想着和小朋友一道疯的。"李阿姨看看姆妈，李阿姨又说："蒙蒙，你将来可得有点良心，你看你妈妈，都瘦了一圈了。"蒙蒙就躲到姆妈的身后面。

蒙蒙好全了，姆妈绷着的神经便完全松懈了，她的腿走在山道上就有点打怵，许是这么多天太累了，那条熟悉的山道上的石子就欺了她，姆妈的脚扭了一下，歪在了山道上，裤腿那儿有点殷红的血丝渗了出来。蒙蒙突然怯怯地唤了句："姆妈……"她的声音很细很长，像山里流淌的溪水一样绵软而悠长，姆妈转过头来，看着蒙蒙，那天的晚霞像盛开的凤凰花一样打在姆妈的身上，姆妈脸上从没有那样美丽过。

最初的陌生感慢慢消失，蒙蒙已经融入我们这个家了。她和我这个姐姐也亲热起来，啰哩啰嗦告诉我一些小朋友们的事情。有时候对待爸，她也会撒点娇了。爸待她也相当亲，下班后从口袋里摸出一把零食，递蒙蒙一半，也分我一半。当然，蒙蒙还是和姆妈最亲，病了一场后，她跟姆妈的感情越发深了，姆妈也越发惯着她，姆妈常在背后对我叮嘱了又叮嘱："要像亲妹妹一样地待她！知道啦？"

后来的会酒也是她代替我们去吃了——原来一直是我的，我领过她去吃了一次，回来后跟姆妈说："人家说，哦，你们家来了两个。"姆妈想了想，以后吃会酒，就只让蒙蒙去了。蒙蒙比原来熟络多了，而且人家总也可怜着她，往她的菜钵子里装满大鱼大肉，她像个成熟的年长者，一筷一口地把堆到她眼前的菜肴扫个干净，替我们全家打足了牙祭。

姆妈问她："吃了什么了？"

她回姆妈："红椒酿肉，笋干腊肉，锅里叫，卤猪尾。"会酒是那个时代除年节外最热闹的餐饮宴会，起会的人集钱后聊表谢意的一种感恩方式。集会的每家出一口人去吃席，父母总疼惜小孩子些，大多让自家的小孩轮着出面吃会酒。

姆妈点点头："总还像样子，都是大鱼大肉的。我们在上海时会精致些，爆虾仁，爆鳝丝，桂花肉，火腿冬瓜汤，有一次还吃到了葛仙米，那个味道真好，鲜得让人再也忘不掉！"

"葛仙米？"我们异口同声地问。姆妈的口音总带着上海话的低音，吴侬软腔的，有时候很难辨得出是什么字来。姆妈应了声："是啊，葛仙米。这辈子怕是再不能尝到的。"

蒙蒙搂过姆妈："我长大了，挣了钱，会买给你尝。"

姆妈很开心地笑："傻囡囡，我也就吃过那一次，再没见

063

过了。"

蒙蒙声音清脆地叫："我会的，姆妈。我会的！"

姆妈搂着蒙蒙，好高兴地点着头。

那个村主任有一次来过。带了苏蓉和十几条小鱼——那鱼我叫不出名字来，姆妈用它来烧汤，那种鲜美在我以后离开湖南的日子里再不曾尝过。村主任死活不往堂屋里坐，他就在院子里拉了条凳坐着。

蒙蒙一直在房里不肯出来。姆妈唤她，她应了一声，还是不出来。姆妈有点不好意思地朝着村主任笑，村主任隔着门帘往我们房里张望，村主任说："这总是好的。跟了你们家，哪有不放心的？"

姆妈拿着锅铲，又跑到厨房里翻炒几下菜。姆妈那天一脑门的汗，又得忙着给客人下厨，又得忙着陪客人说话。村主任的眼睛总不时地朝我们房间张望一下，姆妈的汗流得越发厉害。

村主任说："娃儿大了，有空还是让她回山里看看，她爹的坟还在我们左山头里起着哩。这以后，也是个孤魂了。"

姆妈紧点着头。

蒙蒙的父母不是那座山里的。几年前，她爹牵着才能走道儿的蒙蒙，怀里托着蒙蒙的弟弟，背快饿穿了才挨到村主任他们的村子里。据说是她的老家闹饥荒，蒙蒙的娘撂下孩子就跑了，她爹带着他们姐弟一步一挪地到了村主任他们的村上，村里人给了几块红薯饼，她爹就带着他们姐弟再也不肯离开了。安顿下来以后，也算过了几年安定日子，蒙蒙的爹据说还能开拖拉机，突突突地，从山上一路啸到山下，把村里的收成运到乡里，再把乡里的货品运到村上。沿途都有光着脚丫的孩子跟着撵着，在阳光明媚的山道上，还是很能得意的。后来就出了事，蒙蒙的爹开了拖拉机去乡里的棉花收购站，过了山道就翻到狮子塘里了，堆得山高的棉花全砸进了狮子塘，沉沉得比一堆一堆的铁砣子还重，蒙蒙的爹打捞上来的时候已经咽了气。公家的东西全毁了，村民们辛劳一年的收成全泡在狮子塘里淤成了一堆一堆的烂泥。蒙蒙爹的死没法往上报材料去，如果是因公，也许遗下的两个娃娃将来就有点好的照应，可村里的财产是全毁了的——一年的收成啊，村里一年的收成！这年算是白忙活了的，日头下滚落的豆大的汗珠，起早摸黑蜷在背脊上冰凉的露水，全被裹进那狮子塘腐臭的塘水里。追究起来，蒙蒙的爹还亏欠公家呢，还亏欠村民的呢——有些话真不好说，打捞上蒙蒙爹的几条壮汉，都闻到了蒙蒙爹嘴里浓烈的劣酒的气息。

村主任在乡里大院内坐着不走，那两个娃娃也在乡政府的院子里撂着，男娃娃拖着鼻涕，蹲在院子的泥土墙边，很专注很入神地在玩一捧稀泥。女娃娃知事点，背靠着土墙，眼神一直怯怯地盯着来来往往的人群。两个娃娃的臂上都缠着黑布，中间缀着一点耀眼的红布头——这边的风俗应该是死了父母辈的孝礼，黑布很大，把娃娃的半截右手臂都缀满了，呼啦呼啦的。

村主任蹲在地上，村主任哭丧着脸："我们也没办法啊，我们村要是日子好，哪有养不起两个娃娃儿的？也是劫数啊，当初不收留他们一家子，也没有今天这种腌臜事的……"

有管事的人从他身旁走过："把孩子撂给我们，谁来管呢？不然你们先带着，各家住住，我们报上去，能安顿了，你再把他们给我们？"

村主任摇头："这个不能行的。你老蒙我呢！这娃娃们爹爹的事情到现在还没办下地呢！人死了，你们哪里会办他遗下的娃娃的事情？"

管事的人停不下脚步，叹了口气，仍旧忙他的去了。

看热闹的人围得好多了，都觉着可怜见儿的，偌大的一个国家，哪有两个娃娃儿存不下身子的地方呢？有人跑回家送了水来，还有人送了几个苹果橘子来，几把干果和瓜子。姆妈这时候也到乡里来了。姆妈从不是看热闹的人，姆妈是有事才到乡里来的。

旁边的人叽叽叽喳喳的，围着的人没有散的意思。都挺可怜那两个娃娃，多小的孩子啊，没爹没娘了？有人说，娘倒是有的，好像逃荒的时候撂下孩子丈夫自个儿就跑了。有人就骂起娃娃的娘来，这种心眼的娘，早几年，怎么也该揪出来斗斗！有人就同情村主任的处境来，知道乡下人的难处，自个儿的口粮还成问题呢？哪有闲工夫再养这两个正在长着的娃娃？

后面就挤进一个长沙来的采购员，总到我爸他们厂里采购电源电池的。胖胖的身体，笑眯眯的，还老戴顶工人帽，灰卡其的颜色，帆布的料子。从头上把帽子一揭下来，像孙悟空的金箍咒那样围了个鲜明的圈，却是一个弥勒佛的模样。他拉过那个男娃娃，他低着头对村主任说："要不，把这孩子给我吧？我家，正好没孩子。八年了，也不能再有孩子了，你能做主的话，就把这孩子给我吧？"

村主任的眼睛有点吃惊，然后是茫茫的一片混沌。周围的人静了一下，有人就叫起来："这样就最好了。这样真是最好了！"

弥勒佛一样的采购员就把男孩子抱在怀里了。

旁边突然有人就怂恿着我姆妈："您也做点好事吧？把女孩子领家去。您家孩子也单薄，就一个，带回去和蕴蕴也是个伴。"

姆妈有点愣，没反应过来，两眼看着蒙蒙——那时候她还不叫蒙蒙。旁边的人全附和起来："是啊，你们家条件最好的。老人也不用养，都吃公粮的，孩子才一个，上没负担下没忧的。领回去吧。多可怜的孩子啊！"

姆妈突然就被晾在那么多人前面，众目睽睽之下，姆妈好窘地搓着手，一句也说不出来。姆妈被人群牢牢地围住了："也算做好事积德了，把这女孩子领回去吧。真可怜见的！"姆妈看着蒙蒙，蒙蒙也怯怯地看着她，蒙蒙的上嘴唇使劲地嗫着下嘴唇，姆妈看见这个动作突然就有些无语凝噎。姆妈走过去："小囡，你愿意和我回去吗？"蒙蒙也许没听懂姆妈的上海话，但蒙蒙肯定觉得那种轻柔的调子里有一种可依托的温情，蒙蒙牵了姆妈的手，牢牢地牵住了……

村主任那天没有吃饭就走了。姆妈怎么也留不住他，再拉扯，倒有点打架的嫌疑，惹来这段时间到我家串门上瘾的邻居，就难堪得慌。村主任朝着蒙蒙的方向唤："丫头啊，你以后可得知恩图报啊！你可得晓事啊！没有你现在的爸妈，哪有你现在哩！"姆妈的脸有点红，姆妈看着村主任小小地迈着碎步离去，冲着屋里叫："蒙蒙，蒙蒙，你伯伯走了，走了！"村主任回头探了两探，始终没见到蒙蒙的身影，村主任就再没回过头来。

后来发生的是姆妈这辈子最自责的事情。那道伤疤不是印在蒙蒙的手臂上，而是烫在姆妈的心里了，多少年后，姆妈每每回忆起时都有隐隐作痛的感觉，为解释蒙蒙后来的一切乖戾找到了出处。

那时候的大人们是很忙的，特别是我们这样的军工企业。爸总在加班，老在研制新的电池类型，据说边境也不太平，自卫反击战已经开始了，我们厂生产的电源电池大批地往边线军队送去。姆妈那时已经是分厂的会计师，负责整个厂的财务，回到家，很晚了，还得给我们一家子弄饭菜吃。

饭是我先煮好的，菜也择好放在一边，只等姆妈来炒。姆妈其实是很惯小孩子的，我那会儿十岁了，上四年级，姆妈仍旧不许我动锅碗瓢盆的厨事。我在房里做作业，蒙蒙在院子里踢毽子，她的水平已经很高了，身形特别轻巧，会各式的花样。院子里小煤炉上的水已经烧开，我听见开水蒸气喷薄的腾响，姆妈的脚跑前跑后地窜着，姆妈进房拿了暖水瓶出来，咣当咣当的声音，姆妈叫："蒙蒙，你别乱跑，等吃完饭再去踢毽子。"

我听见"啊"的声音，然后是"天啊"的声嘶力竭的叫唤，我再听见是"娘啊——"那声凄厉的惨叫，毛骨悚然地扯起我一身的鸡皮疙瘩。我奔出房去。

蒙蒙的手臂整个被烫红了，一层皮已经像羊毛那样翻卷起来，她抱着手臂，使劲地跺脚，她跳着用湖南话叫："娘！娘啊！痛死了！"

姆妈把她搂着，用尽力气不让蒙蒙用另一只手去触摸那烫伤的皮。姆妈说："我们赶紧去医院，蒙蒙，姆妈带你去医院。好孩子，不要碰那层皮，会毁了皮肤的。"姆妈的头发很散很乱，姆妈的眼睛血红血红的。姆妈看着我，叫："蕴蕴，我们赶紧把妹妹送医院！"姆妈的嗓子发哑了。

李阿姨在卫生所值班，李阿姨给蒙蒙涂了好几层膏药，蒙蒙一直扯着嗓子哭，哭累了，嗓子也哑掉了，就趴在姆妈的身子上抽泣。姆妈的身子随着蒙蒙也在抽，一搐一搐的，姆妈的脸在卫生所惨白的日光灯照下变成李阿姨桌上处方纸一般的颜色，姆妈不停地问李阿姨："不会有事吧？她疼成这个样子啊！"李阿姨表情也有些严肃："滚开的水哦，你想想！"姆妈咬着嘴唇，又问："不会留疤吧？会吗？"平日大大咧咧的李阿姨也不敢随便说了，给蒙蒙缠了纱布，只说："这个，难说哦。"姆妈的脸又和那纱布一般的颜色了。

我爸赶到卫生所里，用自行车把蒙蒙驮回来。蒙蒙坐在后座上，过一会儿就哑着嗓子嚎一下，那种凄惨的声音回荡在那条冷寂的山间小道上，和着一种不知名的鸟儿的叫声，越显凄厉。姆妈一直在后边撑着蒙蒙，姆妈只会重复地说一句："好蒙蒙，不哭啊，不哭。"我偷眼看着姆妈，姆妈的眼神好空好空，好像谁把她的眼睛拿掉了，只留下个眼眶，茫茫地盯住蒙蒙那条胳膊上雪白的绷带。我们是自小看过几个同伴被开水不小心烫伤的身体的，有的在脖颈处留了疤，有的在后背上留了疤，那些被烫伤留下的疤痕相当恶心，像蛇的鳞片一样冷冷地丑陋地放着寒光。

家门口，好多邻居守在那儿，像当时蒙蒙来我们家一样热闹。有个邻居说："这个不能缠绷带的，这会留下疤的。老刘头去山里找乡亲讨獾油去了，用獾油抹几天就没事的。"

姆妈的眼睛这时重又回到她的眼眶了，姆妈的眼睛冲着那邻居亮得发光："真的，管用吗？"邻居直点头："管用的，管用的。你们知识分子有时候不知道，有些土法子，比你们看的书什么的都管用的！"

蒙蒙一直在痛苦地叫唤："疼，疼。姆妈，疼！"姆妈倚在她的床边，半边身子放在小床上，半边身子斜在小床外，姆妈轻轻地说："知道，知道。好孩子，好蒙蒙。姆妈知道。"

很久她才睡着。我被吵得头晕脑涨，眼皮子打着架地合上，头上的那顶昏黄的白炽灯终于灭了，我听见姆妈叹着气，悄没声响地离开。

过了好久，我又被窸窸窣窣的声响惊醒。姆妈和爸贼一样地进来，不开房里的灯，拧了手电筒慢慢地朝向蒙蒙的床头。我听见姆妈小声地说："你轻一点，我慢慢地把纱布掀开。老刘头说这獾油特凉，别惊着她。"爸说："你先试一试，再抹上去。多疼啊，好不容易才睡着的。"姆妈说："我知道，我晓得轻重的。"他们在蒙蒙的床上趴了好久，有一股浓烈的像蛤蜊一般涩涩的味道飘来。他们的身子一直保持着一种相当不舒服的状态，手电筒的亮光侧打在墙壁上，把他们的影子勾成了一幅黑白分明泼墨山水的图案来。

姆妈终于起了身，爸也起了身，两个人闭了手电，静静地站在蒙蒙的床边。我听见姆妈小声地说："这可怎么好？人家怎么想？收养的孩子弄出这档事来。"姆妈说："我听见装配车间的那个胖女人跟别人说，不是自己的孩子，所以不算成心的，至少也没放在心上——哪家小孩子疯闹的时候还能灌开水瓶的？"

爸扶了姆妈的肩头："湖南话，你也许听不明白。没事的。人家总知道我们的心。蒙蒙也知道我们的心。"爸又问，"怎么就会烫着的？"

姆妈很无力地靠在爸的肩上，姆妈说："不知道，不知道，我也弄不清了。你没听见，孩子烫着了，撕心裂肺地喊的是'娘'，'娘'！她没叫唤我，她叫的是她的亲娘！"姆妈小声地啜泣起来，我从没见过姆妈哭，我也有点吓住了，姆妈的身子软软地靠在爸的肩上。

蒙蒙这时在床头喃喃地唤了起来："姆妈，疼，姆妈。"她醒过来了，可能那种灼痛让她睡不安生，可能是獾油的凉性刺激了她，也可能是姆妈和爸的动静吵醒了她。姆妈偏过头去，把自己的脑袋挨上蒙蒙的脑袋，姆妈也低声地说："知道，蒙蒙，姆妈知道。"蒙蒙的嗓子仍旧喑哑着，低低地粗粗地唤："姆妈。"我的身子被一双强有力的臂膊抱起，我听见爸小声地说："蕴蕴，和爸一起睡吧，姆妈要陪着蒙蒙啊。"

这一陪就是好些日子。

我觉得我的童年开始孤独了，至少是有姆妈的日子开始孤独了。爸是很忙的，经常在厂子里加班加点，爸回来的时候我已经睡着，我对那段日子最深的记忆，是爸总蹑手蹑脚地进来，我翻一个身，在嘴里嘟噜地唤一声"爸"，爸老是歉意地笑着抚一下我的额头，小声地说："不想吵醒蕴蕴，仍旧吵醒了。好孩子，睡吧。"我就翻转身子接着睡去。然而姆妈呢？

姆妈似乎总是在家的。院子里，我听到姆妈给蒙蒙讲故事的声音，很老很旧的故事，蒙蒙缠绵的声音："姆妈，不好，再多讲一个嘛！"听到蒙蒙在玩丢瓦片的游戏，姆妈总会惊呼的声音："蒙蒙，小心咧，别磕着了。"或者，蒙蒙真摔了一下，手掌落在泥土和碎石混就的地里，渗出一点血渍来，姆妈就叫："这可怎么好来？这可怎么好来？"姆妈的脚步在房里房外乱了的声音，然后是抽屉的关阖声，姆妈拿了红药水出来，细细地抹在蒙蒙的手掌上。很多时候，是我比姆妈先回到家，已经伏在桌上做功课了，姆妈回来了，院门吱呀地开了，姆妈的声音传了过来："蒙蒙，蒙蒙啊！"我跳到院子里，接过姆妈手上的菜篮，我告诉姆妈蒙蒙去前院的小朋友家玩跳房子的游戏去了，姆妈就"哦"一声，跑出院门，在人家的院子里看到蒙蒙活生生地胡蹦乱跳着，姆妈抚一下蒙蒙的头发："早些回来啊。"姆妈这才静下心来做自己的家事。

我已经能帮家里搬煤球了。板车拖到院子外，我从板车上往院子里一趟趟地搬煤球，用搓衣板当工具，有时候搬六个，有时候是八个。我还会帮姆妈晾衣服，洗净了衣服，用劲地拧干，站在木凳上把衣服晾起来。有一次学校开运动会，接力赛冲刺的时候我摔倒了，整个左小腿全是伤，瘀青的紫，还有淋漓的血，老师和同学把我搀着弄到卫生所，上了药，还打了破伤风的针。我一滴泪也没掉。回来的时候我像个英雄一样地沉默着自己的事迹，仍旧帮姆妈择了菜，淘了米，在房子里安心地做作业。院门开了，姆妈仍旧唤："蒙蒙，蒙蒙。"我在房子里嘟囔："她在前院和人家玩沙包哩。"我听到姆妈把东西放在院里的声音，听到姆妈在走道上唤蒙蒙，蒙蒙出来应答的声音，姆妈开始做饭炒菜，水声，油爆声，锅铲声，碗勺声，姆妈又叫："蒙蒙，蒙蒙，回来吃饭了！"蒙蒙回来的声音，姆妈在院子里帮她洗手的声音，她们俩笑嘻嘻的声音，我已经踱到桌前，摆好了碗筷。蒙蒙，我，姆妈在桌上吃饭，她们一直在谈什么，好像是小朋友之间的事情，或者还有幼儿园的事情。然后，到了晚上，姆妈仍旧在我们的小房里陪蒙蒙，哄着她上了床，我听见她小心地揭开蒙蒙纱布的声音，每回这个时候蒙蒙都会小叫一声，姆妈轻轻地说："看，快好全了，真快好全了。"那浓烈的獾油味隔了门扑到我的鼻梁间。爸到晚上的时候终于回来了，吃了饭，收拾了，看着我仍趴在桌上，爸抚了我的脑袋："还不睡啊？哪有这样用功的？"我转过来，伸开腿，爸看见我也是缠了纱布的小腿，爸惊叫起来："这是怎么了？"姆妈这时候过来了，也惊呼了一下，扑到我的小腿处，前前后后地问。我的眼泪扑簌簌地下来了。我哭起来："姆妈，我也要你陪，我也要你陪。"

姆妈那个晚上真陪我睡了，和衣躺在我的身边，姆妈拍着我的手，我记得她说："蕴蕴，是个大人了，好坚强的大人了。蒙蒙是妹妹，好可怜的，没有爸爸没有姆妈了，到了我们家，要像一家子那样待她。她那样小，像块玻璃一样呢！"我红着眼睛问姆妈："那我呢？我像什么呢？"姆妈捏着我的鼻头，点一下："蕴蕴呢，是块钢呢！"我那晚上像块钢一样地躺在床上，腿上的疼一直坚忍着，到了半夜疼醒的时候，身边的姆妈早已换成熟睡的爸爸了。

那晚没有月亮，我一直流着泪流着泪，我想，姆妈已经不疼我了。

桌上的菜早变成寡淡的了。我最爱吃的红烧肉和酱油鸡，姆妈在那些日子不曾做过，好容易的荤菜上来了，肉是白煮的，用蒜泥铺上，鸡是清蒸的，一点食欲也没有了。姆妈一直很仔细地看蒙蒙手臂的愈合程度，姆妈总点着头："嗯，再过一个夏天就会好了的。不吃酱油，过一个夏天就像新的一样了。"蒙蒙的牙齿已经掉了，她咧着嘴笑，露出豁口来。

獾油真是个好东西，蒙蒙的左臂没留下那令人可怖的烫伤，只一点浅浅的比皮肤颜色稍稠些的印迹，像蜗牛在干净的水泥地面滑过的一道痕，如果不仔细看，真没什么大碍的。

蒙蒙在第二年上了小学，每天和我在一起的时间多了起来。我们现在一起上学放学，回来后我会给她辅导功课。她似乎挺崇拜我的，我的地位在学校里凸显出来，我是大队委，是护旗手，还是学校广播站的播音员。她很骄傲地对她那一帮刚上学的小伙伴们介绍我："张蕴是我姐姐！"其实她不说，人家也都知道，蒙蒙的事情，厂子里几乎家喻户晓的。

蒙蒙喜欢画画，不过不是在纸上，而是在地上。拣一块尖利的石片，或者爸给她的一支石膏笔，她就蹲在地上在土里画出一片景象来。她喜欢画美人头，总是大大的眼睛，往上站着的睫毛，肩膀有些溜下来，她说："这是姆妈！"然后喜欢画房子，中间有个门，两边各有四扇窗户，上面还有烟囱，冒着袅袅的烟。我问她："怎么有四扇窗户啊？"我们家只有两扇，中间的堂屋窗户是朝后开的。她说："爸和姆妈一间，姐姐你一间，我一间，还有，还有弟弟一间。"我蹲下去揪她的小脸蛋："你还记着弟弟呢！"她笑："我将来工作了，挣了钱，要把弟弟接回来的。"

　　姆妈这时过来了，姆妈的脸稍显得白，姆妈的声音有些颤，姆妈说："好蒙蒙，真是个有情有义的孩子呢！"蒙蒙扑到姆妈的身边，蒙蒙说："姆妈，将来我工作了，我要给你买好多好吃的糖，好多好吃的饼干！"姆妈笑起来："是吗？真好，真是个好孩子啊！"蒙蒙说："还要给你买漂亮的衣服，漂亮的鞋子。"蒙蒙说："还要带你去北京，去天安门！"蒙蒙又想了好多好多，蒙蒙最后说："还让你吃，那个那个葛仙米！"她发的音是学着姆妈的，很糯很糙的调子，姆妈笑起来，隔壁的胖阿姨打巧从我家门口过，听到了，也随着笑起来："这蒙蒙，真是养熟了啊！可别长大了就忘了哦！"

　　过了两年，我们全家又调回了汉口。姆妈回去的时候好兴奋，一直在跟蒙蒙絮絮叨叨汉口的情形。爷爷奶奶来火车站接的我们。爷爷的头谢顶了，身子稍有点佝偻，奶奶的头发已经花白，但仍旧笑眯眯的，还是那个慈祥和蔼的模样。奶奶牵了我的手，奶奶说："张蕴已经这样大了！"我不知道为什么，扑在奶奶身上突然痛哭了起来，委屈得不得了的样子。六年过去了，好像只有奶奶一刻也没有离开过我。

　　姆妈拉着我："羞死了。人家都看你呢，这么大的姑娘家的！"姆妈把蒙蒙拉过来——这一路上，姆妈就一直没离开过蒙蒙。姆妈对爷爷奶奶说："这是蒙蒙。"

　　爷爷笑笑地看着蒙蒙，爷爷说："早都念叨好多遍了，真是个好孩子样。"奶奶搂着我，奶奶也腾出手来抚抚蒙蒙，奶奶说："和照片上一样的，比照片上还漂亮。"蒙蒙就叫：

"爷爷，奶奶。"我爷爷奶奶高兴地答应着，我忽然有些紧张，拽紧了奶奶的手，我怕从小疼惯我的奶奶，也要从此把我忽视了。

爸和姆妈原来的老同事老朋友都到我们家来聚会了，拉了手，说了好多分别后的情形，窄小而杂乱的家显得特别热闹，蒙蒙就这样被介绍到原来的老朋友面前来。

姆妈原来的好朋友，也是从上海过来的林阿姨，拉着蒙蒙看了好久。林阿姨只是对着蒙蒙点头："蛮好的，蛮好的。"有点说不出话来的模样。旁边的几个叔叔，脸上也是有点惊奇的表情，然而他们只是一个劲地点着头："也很好啊，很好的。"我看出蒙蒙有点窘了，她其实也是个有眼色的孩子，只是大人觉得我们看不出来他们的内心罢了，以为表面的做派能敷衍我们小孩子。

晚上，大多数人都走掉了，蒙蒙和我也睡去了，只有林阿姨还在和姆妈拉家常，说了点厂里工作上的事情，还有点人事上的事情。林阿姨把话放低了，轻轻扯到蒙蒙身上："你自己不能要了？"

姆妈说："不是。就是一见她……小可怜见的，蹲在地上看着我，嘴唇那样吮着，像足了蕴蕴小时候的模样。你知道，蕴蕴那会儿奶水没吃足的，嘴巴总那样吮着，我难受死了，那会儿急的呀！她蹲在那边厢，就那样看着我，我一下子就想把她领回来了……"

林阿姨叹口气："唉，她要是小点的话就好，可那会儿你不是说都快五岁了吗？记事了啊！怕是养不熟的。"

姆妈淡淡地："总是一场缘分。我也蛮喜欢她的，真的疼她！养不养得熟，是以后的事情，我也不计较这些，我只想用我的心，来待她。"

没听到林阿姨的声音，只听到姆妈又慢慢地说："待她，可能比蕴蕴要更上心些的！可怜她无父无母的，也是知事了的。有些事体，我们做养父母的，比亲生父母更要担待多些……"

我的眼泪一滴一滴地流下来了，因为不敢惊动旁边的蒙蒙，也怕惊动说着话的大人，我没能挪动身子，那晚的泪水很苦很涩，很黏人地趴在我的面庞，像虫子一样缓缓地爬过我的脸颊，麻，痒，痛。我对那晚的泪水有着绝望的记忆，我觉得我的幸福，平常小孩所拥有的那种最普通的幸福，一点一点从我的身上抽离了。蒙蒙这时候挪了下身子，她的头冲着墙壁，我看不清她的样子，但我总怀疑，她如我一样，是醒着的。

爸的两个新科技产品得到了四机部的表彰，在汉口的总厂里，爸成了那家军工企业史上最年轻的总工，姆妈的文凭和业务在多年后也终于得到了重视，成了总厂里财务室最有实权的科长，取代将退休的老总会计师的日子指日可待。我上了家属院附近的一所中学，开始的成绩并不是很好，湖南的教育和武汉的多少有点不同，但我发誓要考上省重点高中，那个离我们家一条河一条江坐落在武昌的学校，我可以在那里住读三年，然后像我父母一样考入大学，将来做个人人尊敬的知识分子，去北京，去上海，去广州，去遥远的任何地方。我不知为什么一心想离开这个家，那种野兽般的冲动一直撞击着我内心的深处，在不为人知的地方使劲咆哮。

蒙蒙很能适应环境，语言能力特别强，来到汉口，没用三个月，就能操一口流利的武汉话，比我说得还地道，和一帮三年级的小伙伴们玩得相当和睦。她还是喜欢和我姆妈讲点带上海音调的普通话，叫起"姆妈"来，那音和姆妈一样的吴侬软腔，酥到骨子里去了。

姆妈流了一次产。

来家探望的人很多，到底是老同事，有些还是她的下江帮，送了红糖鸡蛋老母鸡，摁了姆妈倒在那软软的床垫上。林阿姨知心地问："流一个也是这样，生一个也是这样，莫如把他生下来呢！你不是说害口的光景像小子的，和怀蕴蕴那会儿完全相反着？"

姆妈在床上半靠着浅笑，姆妈说："哪里能？"

林阿姨说："因为蒙蒙啊？"

姆妈想了想，半天也没吭出气来。

林阿姨叹了气："何必呢？何苦呢？"

蒙蒙在姆妈的床边低了脑袋。林阿姨说："蒙蒙啊，你将来可得记住了，你姆妈因为你，连小弟弟也没要了哩！"蒙蒙的脑袋垂下去，谁也看不清她的表情。

奶奶很生气。奶奶不说话，甚至都没来我们家看望姆妈，只托人捎了好多的桂圆红枣，还有两只少见的乌鸡和一袋黄芪，把怎么炖熬的方子都详细地写给了我爸，但他们在整个姆妈的小月子里，连面也不照一下。奶奶让捎话的人说她和爷爷都忙得不可开交——这话大家也都信，那段时间好像所有的大人都挺忙的，爸和姆妈中午只有一个小时的休息时间。可是爷爷虽忙，奶奶才刚退了休啊。姆妈想，奶奶是真生气了。

我奶奶因为身体的原因，只生养了我爸一个孩子，所以很希望姆妈能为我们家的子嗣多出些力量。奶奶不是个普通的老妇人，她年轻的时候一直上到高中毕业，在那种年代，简直在同龄女性中具有高知的地位。所以奶奶也不是重男轻女的老辈妇女，听说生我的时候，爷爷奶奶在医院外的寒风里守了两天两夜，把我抱出来给他们看的时候，奶奶凑在我有点发紫的脸颊上久久不肯离开眼去。姆妈后来一直不再生养，奶奶也没多催多逼姆妈，到姆妈和爸去湖南三线分厂的时候，奶奶才和姆妈商量想把我留在他们身边，好让姆妈和爸能再有精力去生育一个下一代。姆妈没有同意。后来收养了蒙蒙，奶奶也很高兴——至少在表面，我从没见过奶奶对蒙蒙的不满，爷爷奶奶毕竟是受过教育的人，他们那样的人更多的是活在古训和书本对"好人"的定义里，既然成了我们家庭里的一员，就应该视同己出。但姆妈知道，她这一次的强行流产，伤了奶奶的心。

爸安慰姆妈："没事。我妈是通情达理的人，没那样小性的。"

姆妈说："我知道你爸和你妈的心，可是，我也不想再分心了。"

爸点点头："两个，够了。我们足够了。"

那一年夏天，我如愿考上了那所重点高中。爸和姆妈都相当高兴，甚至有点落俗地在家里摆了酒席，请了亲密的同事和朋友。爸亲自下厨，姆妈只在旁边打打下手，我第一次尝到爸能做那么好吃的菜肴，而且精工细作，每一件都像艺术品一样。姆妈给我清了行李，小小的旅行包，一样一样地塞满女孩子的细软，姆妈在一旁叮嘱我："要过集体生活了，自己的铺得弄干净些，太厚重的衣服不要洗，反正一个礼拜会回来一次的，姆妈给你洗。"我点着头在一旁答应。姆妈说："一间房里八个女孩子，也像姐妹一般的，凡事让着点，一起得待上三年呢。这种缘分，也不易的。"我笑。姆妈突然停住了，姆妈看到两条深红的橡皮胶带，小心地裹在一个用白口罩缝就的小布袋里，姆妈惊异地看着我："你……什么时候的事了？"

我的脸有点羞红，把月经带匆忙塞回那个小白包里。我说："去年吧，你带蒙蒙去看《大篷车》的那晚吧？我奶奶知道的。"那时只有两张票，听说是个很不错的印度电影，前两晚在化工厂俱乐部放映的时候，万人空巷，这回才轮到我们厂来放，票早就抢光了，听说连走廊票都没得卖了，自带小凳的观众凭这种票可以坐在电影院周边的过道上。姆妈想让我和蒙蒙去看，我不知为什么，拒绝了。这几年，我常拒绝这样的事，蒙蒙最好能永远跟着姆妈一起，一起去澡堂洗澡了，一起去吃席了，一起在游泳池里学游泳了，陪姆妈去菜市场买菜啊——去年姆妈到九宫山疗养，不也带着蒙蒙的吗？谁都说蒙蒙和姆妈越长越像了，林阿姨有一次还说走了嘴："孩子啊，不是谁生的像谁，而是谁带的像谁啊！"蒙蒙的眼，蒙蒙的鼻，蒙蒙的嘴，甚至有点斜低了脑袋走路的模样，都像极了姆妈。没有人注意到我，我就像个影子一样，被正常地忽视了。姆妈没有强劝我，姆妈便和蒙蒙一起去电影院了，爸还在厂里加班，院子里几乎没有人，我甚至听到电影院里传出印度音乐美妙而热闹的曲调，甚至嗅到电影院里人山人海屏住的呼吸。我的下身就是在那一刻有一股热热的涓流慢慢地出来，殷红，恐怖，寂寞的。我跑出门去，一气坐了六站路，我跑到奶奶家，我见到奶奶惊诧的脸，我说："我流血了。"我的泪喷薄而下。

姆妈看着我，她把眼睛放下，她仍旧在收拾我的细软："真是的，蕴蕴都是个大姑娘了。真是的！"我看着和蒙蒙一起住的那所小房，书桌上的东西我全带走了，两人合用的衣橱也慢慢地被我一点点地腾空，蒙蒙的衣服总有一天会占有这所有的空间。我想，这个家，是蒙蒙一个人的了。

我很少回来了，在新的环境里，在那种再也不愿回忆的却从不曾后悔过的苦读里，我好似在另一座城市度过了我高中三年最寂寞的时光。

姆妈提出到学校来看看我，我笑着摇头阻拦了她："怪羞的。"我浅浅地敷衍着她，而她根本不知道，在那些要开家长会的日子，在那些要一起商榷文理科选向的日子，在那些要申报大学的日子里，我从来是请求奶奶过来的。老师对我的家长总会有点疑惑，而我的答案从来是："我的父母，很忙。"幸亏，我是那样一个乖巧而努力的孩子，我是那样一个用功而上进的孩子，我人生最紧要关头的三年，没有让父母参与到我成长的进程中来。

我有一丝小小的怨，在姆妈身上。在蒙蒙经过女孩子最敏感的日子里，姆妈给她熬炖木耳桂圆汤；在惊奇地发现身体的变化时，蒙蒙从姆妈那里得到安心的答案；在情窦初开的日子里，蒙蒙从姆妈那里得到一点羞涩的释怀。她们可以一起羞羞地购买小胸衣，一起亲昵地探讨女孩子成长的秘密，一起知心地讲女人在一起才能讲的话。而我，没有。我在另外一个地方，寂寞地成长。

寒假的时候，我回来，蒙蒙已经很出挑了。在冰冷的水池里，她小心地帮姆妈洗私密的内衣。蒙蒙笑笑地说："姆妈一到冬天，手就长冻疮。"我静静地看着她做活儿，有一种再也不能亲近的隔膜从我的心里缓缓涌出，遍及全身。林阿姨来我们家玩，笑着说姆妈："嗳，你是有福的，两件小棉袄！"姆妈微微地笑，她的笑是从心里出来的。而我，在那个落寞的寒假，悲从中来，我觉得，我被姆妈生生地抛弃了。我记得姆妈说过我是钢，她把我像钢一样地扔在外面，以为以我的坚强，会不折裂，不生锈，不怕任何风霜。

奇怪的是，我从没有怨过蒙蒙，从没有觉得是她把本该属于我的母爱给夺走了。她在我的心里，也是一块玻璃，我没法忘掉她刚来我们家时那手足无措的模样，她对我讲过将来想把弟弟也接过来团聚的梦想。

考上大学去西安的前一晚上，蒙蒙问我："姐，三个志愿你都填的外地啊？"

我在床上答应她："嗯。"

她想了好久，说："姐，我要考大学的话，得考武汉的。我舍不得离开姆妈和爸的。"

我答她："好。"

她又说："嗯，我没有离开过姆妈一天呢，我会想死她的。"

我没有吭气。

她说："考上大学，像你那样出息了，人家会觉得姆妈没有白疼我的。"

我愣一下："这样？考上大学是你自己的光荣，对你自己的人生是有好处的。"

蒙蒙半天才说一句："不是这样的。我要真过好了，才对得起姆妈，我和你不一样……"

我说不出话来。

蒙蒙没有考上大学。

那一年，是我工作后第一次回家探亲。

蒙蒙长得很高了，相当漂亮，她在火车站接的我，我差一点没有认出这个洋气的妹妹来。只有左手臂上的那道痕——从没有如姆妈所愿地在那些夏天过后会烟消云散，还能若隐若现地辨出它的印象来。

她比小时候健谈些，一路上话不停，问我广州的情况，央我讲几句粤语，她对流行的粤语歌相当熟稔，对那些影视明星如数家珍。我一直浅浅地笑，有点隔膜地客气地笑，我在出租车上就开始打开我的行李包，把带回来的东西给他们——姆妈坐我右手边，姆妈一直听着我们的谈话，姆妈看着我给她买的老婆饼、榴莲酥，还有南方女人最时髦的衣衫和一双羊皮凉鞋，姆妈说："给我们买什么，给蒙蒙带回东西就可以了，给蒙蒙带就最好了。"车外是武汉最热的七月，毒辣的骄阳，蒸气腾腾的大地，汗流浃背头顶冒火的人群，而我的心却冷下去，像那些再也回不来的温暖的日子。

家早搬了，很漂亮的单元楼，三房一厅。厅中央挂着几张相片，抬眼一看就知道我们家的幸福，蒙蒙站在最后，左手环着爸，右手搂着姆妈，前面正襟危坐的是我的爷爷奶奶，放大了，那种很显眼的幸福，漾在每个人的眼睛上。而我呢，我去了哪里？是在武昌的高中苦读呢，还是在西安的那所大学意气风发，抑或是在广州的单位里小心地端茶递水，做着每个新分来的大学生头年必做的功课？爸抱歉地看着我，爸说："这回回来，蕴蕴一起再照个全家福吧。我们家怎么蕴蕴倒是最忙的了？照张相也腾不出空来的？"我笑一笑，跑到新家里看全家的陈设。我不想让老爸难堪，爷爷已经作古了，再照什么全家福，也不是那个"全"的含义了。

我也有自己的一间房，稍显得空，但也很精致。床单是流行的三件套，带点蓝的素花款式，床头仍旧摆着一张书桌，搁着小时候的几本字典和最早版本的四册《新概念英语》，书架比较空，都是些老旧的书，是我中学时订的一些杂志，还有得过市里一等奖的那一套《辞源》。我翻着那些杂志，陪我度过青春最寂寞岁月的杂志，只有它们知道我那时的孤苦。

吃过晚饭，蒙蒙跑出去了，听说是一个同学要去北京师大了，大家给他饯行。我看着楼下骑着单车快乐远去的蒙蒙，嘴里吐着老大圈圈的泡泡糖，手里还拎着我带回的那些糕点，预备给她的同学分享吧？

我问姆妈："蒙蒙这样快乐？人家是上大学去了，她凑什么热闹啊？"

姆妈笑笑："她一直这样没心没肺的。这性格，不像你。也不像你爸和我啊。"

我点头："其实她这个性挺好的，人，说到底，只要快乐就好。"

姆妈说："你自然可以这样说，她，不一样啊。"姆妈说，"她的将来，还是模糊一片呢！"

我劝姆妈："算了，不然让她念点别的，总得有个文凭才好的。你问过她想干什么吗？"

姆妈摇头："其实蒙蒙聪明倒是聪明，就不是个读书的料，做什么都挺行的！"

我笑起来："没考上大学还说什么聪明？哪儿哪呀？"

姆妈站起来："蕴蕴，话不要讲得那样得意！都是姊妹，说那样猖狂的话干什么？"

我看着姆妈，我说："等一会儿，我想上我奶奶那里去一下。"

姆妈掉转头去，进自己的房了。

我在奶奶家里待了一段时间。自从爷爷走后，奶奶就雇了个阿姨陪着她，其实奶奶和我姆妈的关系一向交好，但奶奶并不愿和我父母住在一道，奶奶说，太近了，摩擦就会有了，反而处不好。奶奶说："你姆妈也难。"

奶奶的头发全白了，闲的时候仍旧喜欢看报纸喜欢做手工活，给那个阿姨讲清朝的历史，从努尔哈赤一直讲到宣统退诏，还给阿姨讲整本的《红楼梦》，奶奶看着我，那种眼神里的惊喜和依恋是我在姆妈那儿没有见到的。奶奶兴奋地对阿姨说："这是我最出息的孙姑娘！每天跟你唠叨的就是她。"阿姨看着我："比照片上还要好看哩。照片上人有点呆，真人灵气着哩。"我望着奶奶笑，我一直想问："奶奶，您从来认为我是您唯一的孙姑娘吧？"我问不出口。我的父母是多好的父母，我又是多懂事的女儿，如果蒙蒙来我们家的时候她还在襁褓里，或者我的父母给我编个谎，说蒙蒙是他们的亲生女儿，也许很多事情就远不像现在这样复杂吧？有些东西其实是根深蒂固的，我们家表面的平和与宁静下面，哪里有人家想象得到的暗流潜涌，怒海翻江。

总还是得回家，探亲的理由便是探望父母，我不能不在父母家里待上几天。

姆妈一点也没觉察到那天的谈话对我的刺激和引起的小小磨擦，姆妈趁蒙蒙又跑出去玩的时候到我房里来。姆妈说："我一直想跟你商量个事。"

我问："什么？"我带点警觉，我总觉得姆妈的商量和蒙蒙有关，这一辈子她不就这样下来的？"蕴蕴，你把那件衣服给妹妹，你是姐姐嘛。""蕴蕴，让妹妹去吧，人家会觉得你懂事的，妹妹很可怜的。""蕴蕴，你要对蒙蒙好些，她心里不然多难受啊，本来就觉得不是亲的。"这是蒙蒙刚来家的时候姆妈常对我说的。久了，姆妈再不提"亲""养"之分，久了，不用姆妈说，我也知道怎么做一个姐姐了，怎么做一个不是亲妹妹的好姐姐了。还用得着说吗？我是那样一个懂事的孩子，我的父母是人家眼里那样的一对好人！可是现在，我出去了，我不会回来了，我不想再囿于这种氛围里去了，我没有非得要尽的所谓责任和义务。蒙蒙是喜欢广东的，那帮小孩子都喜欢刚刚开放的广东，如果姆妈要我把她带到广州，可是我又怎么拒绝呢？

姆妈说："我想提前退休了。"

我有些惊讶："啊？"姆妈已经是总厂的总会计师了，年届五十，正是会计最得心应手的年龄，经验、流程、规章，什么都是了然于胸了。我笑一笑："您不会想提前闲下来，每天去打两场麻将吧？"

姆妈瞪我一眼："厂里有个内部文件，双职工的子女，可以顶替自己的岗位的。"

我看一眼姆妈，她是那样上进的一个人，她是那样不肯流于世俗的一个人，她得到这个职位容易吗？她得到那个职称容易吗？她一向骄傲于我爸和她在七千多职工企业里的双总地位，正当最年富力强的时候，她要这样急流勇退吗？五十岁，她怎么退得掉？

姆妈说："如果坚持，也是能退的。地球离了谁会不转的？"姆妈不是最得意她做的账吗？从来没有出过纰漏，从来没有出过岔子，姆妈不是说，便是再来个三清四清，也经得起那些挑剔的审查吗？

我问："蒙蒙，你们问过她的想法吗？"

姆妈说："问她？她还是个孩子呢？哪有自己的主意。你真说她，她说扫大街也是可以的，现在环卫局也在招人，好多大学生都去考了。你要再说，她恨不能去广州和别人批发衣服做买卖去。一个姑娘家的，你能不给她把好关吗？她长得也标致，现在世道又不太平，我都怕出什么事的。"

我半天无语。很久，才问："如果你真退休了，她能进财务室吗？她一个高中毕业生，怎么能做账呢？连出纳都不一定能当得上吧？"

姆妈叹了口气："怎么也让你爸和我的老脸豁出去一次。不能你出息了，这一个就不管不问了。像什么样子？"

我的喉头咕噜了一下，我很想说，我的一切，是我自己争取来的，爸和姆妈，凭良心话，没有管过我丝毫半丁的。但是，我也只能咕噜一下，像吞咽一块难嚼的牛肉块，囫囵地把那些话强咽了下去。四年才有一次的探亲假，我何苦和父母闹得不愉快呢？

回广州之前，奶奶给了我两枚戒指，一枚红宝石的，一枚四粒钻的。很小的时候，我就在奶奶的针线盒里见过这两枚戒指，曾经运动闹得很凶的时候，奶奶把它们塞在墙外的砖缝里，用灰泥再掩上。奶奶说，这是祖上传下来的东西，不能在她这辈给糟蹋掉。后来运动没有了，奶奶反把它们看轻了，随手放在抽屉的针线包里。奶奶掏出那两枚戒指，红宝石的那枚，托的金子已经有些发黑了，用棉布使劲蹭，倒见出足金的光彩来。四粒钻的那枚，有一颗已经松了，奶奶要我小心些，而且很骄傲地告诉我，认识这些东西的人，这大汉口的城里也没几个了。奶奶说："你以后四年才回一趟，也不知能不能再见到我，就是有一口气，怕也说不全话了。这东西，原该承给你姆妈的，但她也没赶上好时候，没有几年戴的光景了，你就替你妈承了它们吧。将来也好传给你的儿女们了。"

我有些难受，不知说什么才好，我竟然冒出的一句是："只留给我了么？"

奶奶的眼睛眯起来，那道这辈子再也不曾见过的慈爱的目光啊，她笑笑，轻轻地说："我，有分寸的。"

过了两年，我成家了，很简单的婚礼，因为都是在外的人，没有在父母跟前儿女那种婚事的铺张。然后，先生得到了美国硅谷一家公司做光端机设计工程师的职位，将要远赴大洋彼岸，而我在那一年，也得到了去美国华盛顿州立大学深造的机会，我们都有些兴奋，毕竟能去那么先进的国家。这样，才在离国之前把先生带回了家。爸和姆妈很高兴，我的小房已经张罗得很好了，把小床挪了出去，换上了一张双人床，小时候的书和杂志还放在那里，甚至还有些同学送我的工艺品，先生看着我的台灯笑话我，那台灯的底座边有我初三时贴的一段箴言：生命的价值正是在奋斗中实现。姆妈说："和蕴蕴走的时候一模一样呢。"我笑，不知姆妈说我的走，到底指的是什么时候。

蒙蒙很时髦了，在会计室里做着出纳，算是以工代干的身份，总比厂子里在生产线上忙活着的工人强多了。拉着我在家属院里走着，很多父母的老同事都停了脚步，见了我搭讪。

林阿姨也见老了，还没退休，但嘴已经琐碎，林阿姨拉着我不放，林阿姨说："蕴蕴真成了大人了，听说已经成家了，有孩子没有？养儿方知父母恩啊，蒙蒙，你可得孝敬你父母，你姐可不在跟前了，你可得对你爸你妈好。我们都说，你父母两口子，真是少见的好人啊，自己提早退休了，想着留你一份体面的工作。蒙蒙，可真别亏待了他们！"蒙蒙哎哎地应着，有一丝不耐烦，从小这话听得太多了，连我也觉得尴尬。厂子里的人怎么能放过我们呢？看着远走他乡的我，都叮咛蒙蒙将来的孝道。我和蒙蒙逃一样地回来了。

蒙蒙倒喜欢先生的，见了先生相当熟络，姐夫长姐夫短的，先生是知道她的身世的，看她的眼神里也带着一丝关爱，先生说："你姐姐，一天到晚提你的。"蒙蒙看着我笑，拉了我的手，跑进姆妈的房里，偎在姆妈的大床上不肯离去，非让爸和先生一起睡，说一定要娘仨睡一次。

姆妈也笑，看了我，又看看蒙蒙，"两件小棉袄。"姆妈满足地说。

姆妈问："有一年了，怎么还没见动静啊？什么时候才想要孩子啊？"

我看着蒙蒙，有点扭捏，蒙蒙倒不在乎："这有什么，这是科学！我能听的！"

我只好说："还没想要，觉得还早着哩。"

姆妈有点急："怎么会早，生了孩子一样可以干事的，趁早不趁晚。"

我不想说了，结婚的第二个月我就怀上了，可是孩子死在肚子里。我不想跟姆妈说这些事，不想说。

蒙蒙嚷着："姐姐你快点要一个嘛，姆妈也退休在家，正好接过来帮你带。我就有小外甥了！"

我答应着，快乐地答应她。

很晚的时候，她们才睡着，姆妈在当中，姆妈仰身躺着，嘴微微张开，我有些心酸，看姆妈有点妇人老去的痕迹。蒙蒙搂着姆妈睡在左侧，她的头挨着姆妈的身子，左手竟然抚着姆妈的胸，那道烫伤留下的印迹在白炽灯下隐隐约约的，她的嘴里吐出小小的鼾音，均匀而有节奏。

我没有办法睡着，尽管床足够大，我已经不习惯她们的体味，那种陌生而遥远的气息，我轻轻地爬下床来，替她们掩了薄被，闭了电灯，带上门，悄悄地去了客厅——爸在属于我的那间房里鼾声大作，不知先生能不能睡得安稳？我只能顾了我自己，倒在沙发上，任冰箱时时作响的电流声成为我梦境的催眠曲。

走的前一天，家里人之间的话越来越少了，那种离别的伤感在屋子里浅浅地流淌。毕竟是去大洋彼岸，不是去西安或是广州，爸使劲地给我做各种好吃的菜，姆妈给我织了一件漂亮的绿色毛衫，姆妈说："你是会照顾自己的，是不是？你是要晓得照顾自己的。"我不说话，把那件毛衫在手里翻转，叠了拆，拆了叠，有一刻，我的眼泪差点要下来了。奶奶走的时候我没有送终，不吉利的事情不要想了，但世事难料，我的父母，也终是老的了。

晚上，我把蒙蒙叫到自己的房间。我说："蒙蒙，姐姐这回可真走了。"

蒙蒙倒没什么太大的离愁，她明亮的眼眸放着光，她说："又不是不回来了。"她反而没心没肺地笑。

我看看她："是啊，但不像在国内了，有个事儿，还能马上赶过来。"

蒙蒙说："不会有事的。"

我点点头："蒙蒙，这个家，靠你了。"

蒙蒙看着我，半天，才说："姐姐，你放心吧。我会非常努力的。"她突然小声地啜泣起来："要是我能有你一半，就好了。不用你这样操心的……姆妈，爸，我会好好管的，将来结了婚，我是不住婆家的，招个女婿，一起给姆妈和爸养老送终的……"

我骇住了，那种哽咽里，我听出的怎么是全然的自暴自弃？我说："蒙蒙，不是这样的，不是这样的……"

她仍旧小声地哭："我也想努力的，我也想像你一样努力的，出人头地的，人家会觉得姆妈没有白养我一场……大家都说，我从小都知道，我一定要好好地报答姆妈的……可我也不知道我报不报答得了姆妈……"

我使劲地劝她："蒙蒙，没有人要你非得报答什么的。姆妈当初带你回来，不是为着要你将来对她怎么样的。你明白吗？明白吗？"

她摇头，使劲地摇头，眼泪慢慢地干了，她再也不说一句话。然后，她站起来，那丝笑是从她表情里逼出来的，她说："姐，没事的，你放心好了！"

我没有想过那天的谈话是对蒙蒙的重托。也许这世上本该属于我的责任，我用多年的理由却轻巧地甩给了她。其实我从不了解蒙蒙，我回忆她来我们家所有的点点滴滴，我记不起来和她曾经像别的姐妹那般的如胶似漆，甚至记不起来和她的如别的姐妹般的别扭和龃龉——那是想都不用想的，我从没有和她纷争过。我比她长了五岁，在所谓已经懂事的十岁年龄，被姆妈教育着，让，让，让，已经没有了我自己的位置。但其实她，也没有恃宠逞骄过，从没有得意忘形过。然而她是怎么想的呢？发生后来的事情，我有时候会想，蒙蒙真的如我们想象的那般快乐吗？真的如我们想象的幸福吗？真的如我姆妈所希望的把自己当成了姆妈和爸的孩子了吗？

后来发生的事成为军工厂里的一大奇闻，多少年后还被家属院里许多人争相传说，冥冥之中是有天应的，人生是有传奇的。

蒙蒙在小食馆里和朋友们一起吃饭，那时候家属院外已经开了好多小食馆，年青的男女都喜欢在那里吃烧烤，吃炸臭豆腐干，喝点小啤酒。蒙蒙是快乐的分子，她喜欢和朋友们闹腾，也许那时候有两三个恋上她的男孩子？她也有二十二岁了，早该情窦初开的年纪。

有个女人一直盯着蒙蒙看。和蒙蒙在一道的那些朋友后来全是这样说的，那么多朋友都在一边哩，后面的事情虽然在复述上稍许有点不一样，但总体来说还是如出一辙。

女人就那样盯着，一眨不眨，像剜着蒙蒙似的。蒙蒙还在闹，她其实在外面是出众的，是卓尔不群的，有些招摇和惹眼的，大声地笑，大声地说。女人走过来，女人问："你原籍是哪里的？"

蒙蒙有点愣住，不说话。蒙蒙半天才抬起头来，有点不逊地反问："你管我是哪里的？"

女人仍旧站着问："你去过湖南吗？"

蒙蒙这时有点静了，有点认真地打量那个女人，蒙蒙说："嗯，去过。"

女人突然改了口音，用有些难懂的湖南话问蒙蒙："那你，在哪里呆过呢？"

蒙蒙也顺着她改了音，蒙蒙说："你问这个干什么？"蒙蒙的眼睛是有点惊慌的，还带着很奇怪的紧张，后来的人们说，那便是心灵感应啊。

女人突然摸过来，蒙蒙的脑袋使劲往后撤去。女人说："我只是想看看，你右耳后边是不是有两个米粒大的红痣？"

蒙蒙的眼睛瞪圆了。蒙蒙的一个女朋友就顺手撩开了蒙蒙的头发："真的哎！"女朋友叫起来，"张蒙，你耳朵后边真有两粒红痣啊！"

蒙蒙的嘴张得老大，也站起来，"你……不会吧？"

有人还是聪明的，这个家属院里，不知道蒙蒙身世的人几乎没有。有人就小声地说起来："张蒙，她和你，长得真像啊！"

姆妈见了那女人，姆妈没说她们长得像不像。既然是母女，总有相似的模样。那姆妈呢？不是当时谁都说蒙蒙和姆妈也似一个模子里刻出来的吗？

蒙蒙走了，走得那样快，走得那样匆忙，像早都准备好了一样，简单的行李，要去的地方，回去后的安置，每件姆妈觉得相当麻烦的事情，在蒙蒙嘴里简直就是小菜一碟，像早都准备着只等她的亲娘来把她接走一样。

姆妈问："还要不要去见弟弟呢？那个长沙的采购员，多年也没来往了，不过你们想要找的话，还能找得到。去那个厂子，打听一下，很方便的。"

蒙蒙说："那也行。您把地址给我吧。"

姆妈找爸要了地址，爸的动作有些慢，姆妈第一次数落起爸来，很不耐烦的模样。姆妈把地址给了蒙蒙的亲娘，姆妈说："其实看看也就可以了，真要回来也不好，男孩子应该很大了，人家也是一把屎一把尿带大的。不像割了心头肉一般吗？"

蒙蒙的亲娘有些愧了，蒙蒙的亲娘说："大姐，我知道，我知道你的心，蒙蒙总会回来的，你放心好了。是不是，蒙蒙？"

蒙蒙低了脑袋收拾她的东西，蒙蒙没有搭腔。

姆妈笑起来："再回来也该是个抱着孩子的姆妈了。我还说呢，大的那个出嫁没肯让我们看上一眼，这小的，出嫁我们也看不着了。"

蒙蒙的亲娘一个劲地绞着衣服头："是啊，是啊。"姆妈说蒙蒙的亲娘其实长得很漂亮，收拾得也体面，不像在湖南西边山里生长的人物，蒙蒙也大了，跟着她，倒不知谁照应谁了。

林阿姨她们不是很服气，林阿姨说："这么多年养的孩子，她说带走就带走了？她当时可是没吭一点气地撂了孩子丈夫跑了的。"

姆妈笑："总碰上亲生的母亲了，这也是造化。蒙蒙也是大人了，抬个脚两边走走，也能随时回来。"

蒙蒙再也没有回来。

在飞机经过十几个小时的飞行，擦过太平洋灰蓝的海面抵达西雅图机场的时候，我的心其实充满了喜悦，那种奔腾的渴望，好像重生的感觉，挣脱母体来世再走一遭的憧憬，漾满了我全身的血管。我知道我会真正幸福的，为人妻，为人母，成功的事业，谈吐优雅的朋友，我会脱胎换骨成为一个新人。

姆妈老了，蒙蒙的离去把姆妈的很多东西都带走了，而我的离去，似乎没有抽走姆妈的任何牵挂。事实上，从我升入高中离家住读的时候起，我就已经离开姆妈独立起来，不过也许更早，从蒙蒙进到我们家的那一天开始，我就已经脱离姆妈的庇护而寂寞地开放。

姆妈会拿着蒙蒙的相片掉泪吧？姆妈会在每一个雨夜惦念蒙蒙的境况吧？姆妈会在邻家女儿出嫁的喧闹声中猜想蒙蒙的婚姻吧？而我，那个从不用她操心操肺的亲生（我们家那么多年是多么忌讳这个词儿啊）女儿，在加州温暖如春的阳光下，在华盛顿州有点灰蒙蒙的深秋里，在地球的另一端恣意而快乐地生活着。我觉得我是幸福的，抱着我的儿子，守着我的先生，我已经忘却了我曾经的灼痛。那种痛是见不到的，是午夜惊醒时那片黑暗中的一抹月光，是洋洋大海中似隐若现的一方孤屿，是浓密森林中一弯曲径通幽蛰伏的小道。啊，我怎么说，我怎么形容？我的苦是痴人说梦般的呓语，我的苦是酒入愁肠后的强词夺理，我的苦是绚烂的彩虹边一点烟花的消散。没有人能懂得的，我知道，没有人懂得。

很久会和那边的亲人通一次话，爸的声音已经有点沙哑，姆妈的倒是平和，一如她从不失态的碎步。"天气还好？身体要紧啊，别以为年轻！一日三餐得按时吃，那边的饭菜不知你们惯不惯？林阿姨的女儿在迈阿密，我给你找一找她的联系方式，远吗？总是在美国的，有空就聊聊，到底也是一个院里长过的。小家伙还好吧？寄的照片还是满月时的呢，现在总又大了吧？能吃肉末了？唉，国外小孩子这样早就吃肉的？能消化吗？好，不多说了，别浪费电话费，老贵老贵的！"

我没有问过蒙蒙的事情，知道她不会有消息的，如果有，姆妈早该第一时间就告诉我了。有时候我也会想，蒙蒙是怎么想的呢？这么多年，她的内心是怎么样的呢？她没有恨过自己的母亲吗？生了她，在最困难的时候把他们撂下就跑的母亲，到头来，她还是最依恋的。姆妈会觉得她对蒙蒙的一片心都白费了吗？姆妈反反复复唠叨的只有一件事："怎么蒙蒙的右耳后边长了两粒红痣的？这么多年，我怎么就从来没注意到呢？"那两粒红痣像蒙蒙幼年被烫伤臂膊留下的浅浅印迹，在姆妈后来的日子里成了心口隐隐作痛的疮。

如果没有后面的事情，也许姆妈就那样生活下去了，至少觉得她这辈子，在情理上是对得起蒙蒙的。至少。

　　我们家是住汉口的。武汉有点不同于别的城市，被一江一河隔成了三方市镇，这使武汉在地理环境上有点分裂开来，因为交通的不便，汉口武昌汉阳就像三座城市一样，各有各的中心区工业区商业区，一方诸侯，各霸一端。很小的时候，我觉得去武昌就像去另外一座城市一样，所以三年的高中住校读书，让我有离家千里的感觉。轻易的，汉口的人不会往武昌去的，武昌的人也鲜有来汉口的。

　　姆妈和爸去了一次武昌。是爸分到省电子局的一个同学最小的儿子结婚，现在日子好了，前两个小孩的婚礼很简朴，现在到这个最小的儿子的婚礼要花费一些心思了。还派了辆小车来接爸和姆妈——毕竟道有些远了，这样接显得诚心亲昵而且有点小小的排场。

　　酒店不大，但布置得很热闹，整座厅被包下来了，三十多桌酒席。开场，新郎新娘入席，司仪开了稍有点狎昵但并不过火的玩笑，公婆入座，行拜见礼，然后开席。姆妈是有点感叹的，她没有看到我的出嫁，轰轰烈烈热热闹闹，而我就这样悄没声息地把自己解决了，她心里大约是有些心酸的。然后或许就想到了蒙蒙。是的，小棉袄，她的两件小棉袄。

　　然后，酒店的老板娘出来了，很见过世面的一个女人，非常有分寸地只在主要的席位上敬了一番酒，浅尝辄止地抿了两口，她拱拱手，一连声地说："恭喜！恭喜！谢谢！谢谢！"她下去了。

　　姆妈站起来，姆妈的心跳得相当厉害，爸拦不住姆妈，爸也有点认出来了，爸随了姆妈走到后房去。

姆妈看到了老板娘，姆妈说："你不是蒙蒙的姆妈吗？"

老板娘看一眼姆妈，老板娘的眼睛也圆了，老板娘走上前来，笑一下，把姆妈扶在一张靠椅上坐下："怎么这样巧呢？在这里会碰上您啊！"

姆妈也笑一下："是啊。"姆妈环顾了一下老板娘的后房，那是待客用的房间，也是老板娘的办公地方，可能还是每天算账后数钞票的地方，不大，但干净，整洁。姆妈搓了搓手："哦，您还在武汉啊？那……蒙蒙去哪里了呢？她不是回湖南了吗？"

老板娘倒了两杯茶过来，是好茶，翠绿的叶子在杯底舒卷开来，像握着秘密的拳头轻轻地张开。老板娘让爸也坐了，老板娘的表情实际上是尴尬的，老板娘自己也坐下了："怎么说呢？您也是很早就带着她了吧？我也是做母亲的人，不管生母养母，待孩子的心其实是一样的，有时候，我想，养亲比生亲还重呢！"

姆妈盯着她，爸也没敢说什么话。

老板娘说："那女孩说是我的老乡。和我近乎了一年多，求我办了这么件事。"

"什么？"姆妈的手有点抖。

老板娘低了头，想了想，吁出一口气来："有时候你也想不明白小孩子到底要什么……我知道你待她好，我打听过的，你们那一片里，都知道那小妮子的事，都说您对自己的女儿倒

101

不在乎，扒心扒肝地对待这个收养的。我后来一直后悔心软听了这小妮子的，做出这种不道义的事来，可是她求我求得厉害，您不知道，她差点都快给我跪下了。既然这样，也帮她个忙哟，编排了那个故事来哄你们。我知道您还有一个女儿，混得还相当不错。如果只那小妮子一个，打死我也不做那伤天害理的事儿，去了这个收养的，总还有个亲生的，这辈子也算是个指望。是不是？"

我姆妈问："蒙蒙说什么了？"

老板娘有点扭捏，半天才说："小妮子也没说什么。好像是，不想在您身边待下去了，她觉得……累，累得快喘不过气来的那种心累。但她不敢这样明张着走掉，也算是有良心的，怕您受不了。想了这么个主意，馊主意。"

姆妈说："哦。"姆妈站起来。

老板娘过来扶着我姆妈："您别往心上去。那种年龄的孩子，多半不懂事，到懂事的年龄，她会回来看您的。您待她可是一片心啊！"

姆妈走了出去。老板娘又送几步，老板娘说："她说了的，混几年，她混强了，会来看您的。您别放心上了！您不还有个出息的亲生闺女吗？指着那一个就觉得活得心满意足了！"

姆妈回头对老板娘笑了笑。

一年一年地过去了，家里没有人再提蒙蒙。其实家里也没什么人了，除了爸和姆妈。爸也早退休了，本来有些民营企业想请爸做顾问来着，但爸推拒了，爸说："我这么大年纪，干什么和年轻人争饭碗？"爸变得幽默起来，和姆妈两个人赋闲在家，早起一道去旁边的市民公园练太极剑法，下午和一帮棋友下下棋打打桥牌。傍晚的时候他们一起去跳街边的交谊舞，两个人配合得还蛮搭，一招一式，非常漂亮和谐，回了家，再看点反腐倡廉的电视剧，过得挺安适美满的。姆妈下午会睡上一小觉，然后做做女红，她还是喜欢自己手工做的东西，钩的，织的，绣的，桌布啊，电视机电话机罩啊，小披肩啊，甚至窗帘，还有给我和孩子织的各式衣衫。学别人做了珠花的手提袋，用很多颜色的珠子很有章法地串起来，一粒粒配成复杂的图案，编成了美丽的珠袋，越洋过海地给我寄过来。有一次还织了件特别漂亮的马海毛衣，所有绒绒的细毛都像兽的皮毛那样软软地伏在外层，我国外的朋友很惊诧，拿着那件毛衫惊叹了几个礼拜，那得要多大的耐心，每一针都要把有绒的那一面翻转过来，每一针都要小心地安抚那不安分的绒毛，让它平心静气地蛰伏在外层不要调皮地跑进里层来——我知道我姆妈是寂寞的，每一针里都有她的孤独和感伤。

有段时间，我想把他们接到美国来。爸和姆妈都坚拒了。"坐飞机太辛苦了，还要倒多少天的时差。你林阿姨去过一年，回来后叫苦连天的，连水都没有这边的好喝，不去受那个罪了。"

我也不再坚持。如果他们快乐，如果他们健康，我也能快乐健康了。

姆妈回过湖南一次。好像说那边的变化不太大，原来漆在厂区院墙上的标语都还在，路边的凤凰树也还是那些模样，开出的花，香味也仍旧和记忆里的一样，耳边还是湖南那些生涩难懂的话，姆妈说，一样的鸟语花香。

我就嘻嘻地笑。很遥远的事情吗？我觉得还像昨天一样。

"橘子也是那边的好吃，原来没觉着，现在一比较，还是那边的好，我买了很多很多，也还便宜，想送点给朋友同事的，都烂了一大半了。把我给心疼的。"

我看着在沙发边玩耍的儿子，他已经五岁了，上幼儿园。在家里，我们和他说中国话，但他一着急起来，咄咄咄地吐出的全是英文腔，我先生说，这一代，真只能是白心黄皮的香蕉人了。

姆妈去看了村主任的，姆妈肯定央村主任带她去看了蒙蒙爸的坟，那座坟孤零零地躺在那里三十年了，坟草萋萋，没有谁去拜祭过它。姆妈也许还去了长沙的，辗转了很久找到那个采购员，她不会上门贸然去打听人家的状况，她只要悄悄地拉住一个上点年纪的采购员的老邻居，就会知道那家人的近况。没有什么姐弟相会的场面吧？应该没有。——蒙蒙在这个世上一点线索没有了，她把自己生生地蒸发了。

姆妈还在说湖南的一些见闻，她不曾告诉我她的那些真正的行程，但是我知道，我透过了我们对话的光纤，穿过半个地球，直达我姆妈的内心。

我说过我从不了解蒙蒙，就像谁也不了解我的真心一样。

我说我不幸福，谁会信？我说蒙蒙曾经很幸福，我现在也不会信。

爸和姆妈工作了一辈子的军企已经倒闭了，先是厂房一点点地租给别人，然后是大片大片地卖掉，真的很难让人相信，那么个红红火火的国家重点军工企业，也沦落到拆房揭瓦的末路？然后是家属院，曾经让邻边几个厂家眼红的，规划得绿荫环绕整齐有序的家属大院，也逃脱不了将拆的命运。

地产商来调停了很久，院子里的家属都不愿意搬。姆妈在这回的态度上尤为激烈，姆妈坚决不同意，而且还伙同那些她平常并不愿意打交道的工人们一起捍卫自己的房产。姆妈说，都住了一辈子，哪里能舍得掉？

可是我知道，姆妈是怕蒙蒙有一天回来，找不着进家的门。

收到葛仙米的那个秋天，姆妈住进了医院——早就觉得吞咽东西有点不正常，再软和的食物，通过食管的时候都有万箭钻心的感觉，一如姆妈想到蒙蒙时言说不出的痛心。结果很快出来，食道癌。接了爸的电话，我千山万水地赶来。

爸把那包小小的像黑木耳一样的玩意拿到我手边，爸说："这就是葛仙米。"我知道，我当然知道，多年前我也品尝过的，可是我从没有想过，要把它们小心地装到袋子里，再用棉布小心地缝成一个包裹，万水千山地寄了来。

我反反复复地看着那用棉布小心缝裹起来的邮递包，那上面用粗壮的圆珠笔写着我们家的地址和姆妈的大名，我知道谁会寄来这包葛仙米，三十年前的那个傍晚，只有那个小小的女孩子和我一起听过姆妈悄声细语怀念过这种物品。

爸说："她在恩施。"

我看一眼邮戳，点点头。

爸说："怎么会跑到那个地方去的呢？我总以为她会去了湖南，毕竟是她从小的故乡。"

我勉强笑一下："她这种年龄的人，有几个会懂得故乡的意义呢？"我对故乡都没有牵肠挂肚的思念，何况比我小了五岁的蒙蒙？年轻的时候，对故乡只有一种逃避的强烈愿望，只有老了，也许会有一点若隐若现的乡愁吧？

爸抬抬头，爸小声地问我："你，要不要去找找她？"

很久，我点了点头。

姆妈已经不太能说话，看见我，兴奋地笑。医生说得很直接："看看你的母亲，想去哪儿带她去哪儿，想吃什么带她吃什么，尽她的兴吧！"放疗化疗只会让姆妈更受罪，而且姆妈的身体也不能经得起了。她能想去哪儿呢？她又能咽得下什么呢？爸说："如果蒙蒙能来，也许给你姆妈一个安慰。我们这把年纪，也不用硬气什么，孩子总是自己的孩子，有什么过节，终还是自己养大的孩子。"

我说："我尽力去找她。"

我想她可能不会真在恩施，也许只是游玩的时候路过那里，正好被农家劝说着买一包她小时候听过姆妈念过的一种食品——现在的旅游区不都是这样推销他们的特产的吗？也许在哪家高级餐厅吃饭，换了口味吃点野鲜和山味，碰巧点到了这种小时候曾记得的姆妈提过的东西，恍然大悟般的，良心洞然的，打听了这东西的出处，让人家千里迢迢地寄了来。我曾经也是在一家餐馆吃过葛仙米的，而我，是从来没有想过要给姆妈捎带这个过来的，我以为那是多么普通的东西，再怎么说得珍贵，似乎在我心里也不值一提的。我给姆妈捎带的东西太多了，开始是我在全国出差的地方所能买得到的当地稀有特产，然后是域外的那些国内稀罕而少见的东西，最后嫌麻烦，一趟一趟的佳节里，寄给父母的是花花绿绿的钞票。我知道他们从不缺钱花，但我唯一能表达我对父母的孝敬之情，也只有这个俗气的方式了。而且，我也一向是有这个能力。

可是我错了！我怎么从来没想过，葛仙米，是蒙蒙唯一有能力给姆妈养育之恩的报答呢？唯一与我不同的，能显示出她的孝心的报答呢？

家里有点空，没有人气的一种寂寥。两间小房，我和蒙蒙的，一式一样的落寞和萧条。我静静地走到蒙蒙的房里，床和我的倒是一模一样的，但她的到此时也能看出曾经的热闹和喧哗，床上的被套是橘色的卡通图案，床前我摆书桌的地方，她置的是一张粉色的妆台，堆满了她走前没带去的护肤品，各式的瓶子，装了没用完的乳液，那些凹凸不平的漂亮瓶子，一尘不染。旁边的衣柜里，整齐地挂着她穿过的衣衫，袜子，丝巾，胸罩，小心归类地放置在抽屉里，我一件件地寻觅她的物件，看有没有她留下的日记或者有文字的东西。没有，一点也没有。她不是个学习很好的女孩子，也不像个太有心思的女孩子——至少在曾经的表面上。她只是带走了所有的影集，也许会在雨后的黄昏，徜徉在她过去的时光里？我在梳妆台边坐下来，盘腿坐到地上，仰头看那面擦拭得纤尘不染的镜子，姆妈在帮她打理房间的日子里流过泪吧？

梳妆台面的木板下有密密的刻痕，如果不是我对着它正坐在地上，我不会发现那些奇怪的地方。我移过去，凑着脑袋，把自己蜷进梳妆台下窄小的空间，仰头艰难地盯在那里。

"离开""走""一定要走"，那整洁的板壁上，挖出了这样的字迹，密密麻麻的刻痕，深深浅浅的笔迹，刀一样地刺着了我的心。

那个女孩子，是发着疯想离开这块地方，发着疯想离开我的姆妈。她是怎样的寂寞和难受，把自己蜷进这样小的地盘，仰脸艰难地刻出自己的心思。

蒙蒙被领进我们家里，曾经下过多大的决心，曾经被旁人和社会怎样潜移默化地教导着要报答我父母的养育之恩，她是努力过的，她也许想着将来成长下去的唯一目的是能反哺我的姆妈和父亲，然而，她没有如愿成功过，甚至连自己的工作，也得靠姆妈的牺牲才能争取到。她是怎样的自责和伤心，在每一个微笑的没心没肺显现出快乐的白日后，在那些寂寥的夜里，她是多么的痛苦和绝望啊。而我，在缺失姆妈部分母爱的童年和少年时期，那么自私地选择逃离，那么不管不顾地把责任丢给了她，让她背负了更重的压力和义务，让她在感觉越来越无力报效养父母的再生之恩时，痛苦地背负更大骂名而逃离。

我蹲在那个窄小而有点窒息的空间里，我想着那个费尽心力找到葛仙米的女孩子，想着那个当初来我们家，每天也只敢蜷在书桌下蹲在灰暗角落里的那个小女孩，这么多年来，她也从没有走出她的阴暗。

循着包裹上的地址，在那个小小的县城里，我见到了已经结婚带着个小女孩的蒙蒙。她看我一眼，轻轻地叫了一声："姐姐。"眼帘垂了下去。

我对蒙蒙说："姆妈病了，很重啊！"

她看着我，眼里突然泪光涟涟，她捂着嘴，剧烈地摇着脑袋："是我不好啊，是我不孝顺啊！"

我的心如刀割一般的疼痛。如果谈到不孝，我不是比她更过之？我抚着她的女儿的头发，那女孩子如当初刚来我家时的蒙蒙一般，瞪着一双惊恐而好奇的大眼睛。当我们都做了母亲的时候，我们也许才懂得了母亲的心。"没有什么孝与不孝的。姆妈养你，带你回家，不是为了投资。"我淡淡地说，用了现今最时髦的术语，这么多年，家里从来没有说过这些话，生亲，养亲，那么避讳蒙蒙是抱养的说法，可是这个问题何曾从我们家逃掉过？何曾从旁人的眼里逃掉过？我可以选择自己的生活，蒙蒙呢？蒙蒙就该为自己被姆妈的收养，来用她的一辈子报答么？我想着我的孩子，我想着病在床榻上的姆妈，我对蒙蒙说："蒙蒙，别有那么大的负担，姆妈从来只希望你过得好，只要你过得好，那是她这辈子最高兴的事了！"我慢慢地走了。

我给姆妈炖那道汤。我不知道她能吃得下什么，我看着她一天一天痛苦地吞咽，每一口都带着垂死的挣扎。她的身子一点一点地瘪下去，她的脸越来越消瘦，她的眼眶深陷下去，两边的颧骨高高地耸起来，像两座突兀的山包。我尽力地劝她，像待孩子般地哄她，我悄声地在她耳边低吟，我说："再喝一口，再喝一小口，乖！"一如很小的时候她待我一样。她总是微笑，浅浅地妩媚地笑，难受极了却还在笑。我给她小心地擦洗身子，从她的乳房抹到她的私处，那曾经多么用心地哺育和生产我的地方，让她的生命流注到我的生命的沟沟壑壑。我带着敬畏感伤和疲惫，却没有因此而流下眼泪。

我在等着蒙蒙的到来，一如我姆妈苟延残喘地不愿离世。

她来的时候姆妈已经再次入院。她拖着她的女儿，那个偎在她身边好奇而惊恐地看着病房里一切的小女孩，和当初来我们家的小蒙蒙一模一样。

蒙蒙小声地叫了"爸"，叫了我"姐"，她抬脚走到姆妈的床边。姆妈虚弱地看着她，姆妈已经再也无法发出声音来。姆妈的手慢慢地褪下蒙蒙左臂的衣袖，那道烫伤的痕迹已经淡然，但仍旧有隐隐的蛛丝马迹。姆妈干枯的手树枝一样地扫着蒙蒙的胳膊，姆妈笑了笑，姆妈的嘴动了一下，蒙蒙伏下身把耳朵凑在姆妈的嘴唇边，没有人听清姆妈对蒙蒙说了什么。良久，姆妈的手松开了蒙蒙的胳膊，姆妈吁了口气，眼睛闭上。

蒙蒙突然叫起来："姆妈姆妈！"蒙蒙摇着姆妈软软的身体，大哭起来，蒙蒙叫："娘，娘啊！"我的心狠命地紧了一下，我看见姆妈的眼睛睁开，发着莹莹的亮光，多年前那条开满凤凰花的小道上，蒙蒙头一次手足无措地叫着"姆妈"，姆妈的眼里也曾充满了那样动人而美丽的光芒。

我的眼泪终于倾泻而下。

千言万语

点的那首曲子仍旧没有放出来。刘冬有点急，不过是心里的，没表现在脸面上。好像每次都这样，胡丽君早热热闹闹地玩去了，刘冬在一旁倒替她拿捏着一把汗，淋淋漓漓的。场子已经热了起来，开始有点怯的人现在都酝酿出了感觉，选了自己拿手的歌给了DJ，有几个连礼貌也顾不上了，插了人家的队，把自己的歌不知羞耻地排在前面。刘冬一遍一遍地听着别人唱歌，民族的，流行的，英文的，美声的，甚至还有当下小年轻们最时尚的RAP，台下起哄的叫好声一片，台上唱的人也铆足了劲，到底拍着巴掌的人却是一个字也没听明白。场子里是随舞的人群，男男女女，搂搂抱抱，影影绰绰，便是从来在一起早晚相处着的，待在一起的时间比家里人还多的同事们，这会儿，在暗暗的、有些暧昧光影的舞场里，也分不清谁是谁来了。刘冬仍旧用眼睛找着了胡丽君，她一直跳舞来着，三寸高的尖头皮鞋，一袭雪白的大摆裙，束胸卡腰的紧身上衣，早不时兴了的装束，慢三慢四，悠闲地敷衍着请她随舞的男性。这曲将尽，一个旋转，再一个旋转，轻轻地过来，被那行政处的男同事旋到刘冬坐的位置上来，胡丽君莞尔一笑，在蓝幽幽的光影下，闪出一口森白的牙齿。

刘冬给她递了一叠餐巾纸，胡丽君站着，用手摆了摆汗，仍旧笑嘻嘻地，问了刘冬一句："你怎么一直坐着？不去跳个舞？"刘冬还没搭上腔，那首曲子已经铿铿锵锵蛇一样地蹿出来，胡丽君还没歇稳，猛听着那起头的音调，攥了那叠纸巾，急急地从刘冬坐的桌旁拿了一杯可乐灌下一口，忙匆匆地跑到台上。开了重音效果，把原音全部抹掉，胡丽君背对着荧屏，把提词儿的屏幕当成了华彩的背景，摆了一个身姿，右手的兰花指也翘出了形状，冲出口的是一句《苏三起解》，高八度的音，假声盘旋得惟妙惟肖，又花又亮，冲到嘎调的时候，台下看的人都以为她的嗓子要上不去了，要破了，结果一个回转，慢慢下得峰来，柳暗花明又一村，怨艾的一个苏三就兜头兜脸地出来了。

台下一片叫好声。

多是男的。刘冬睃了周围一圈，和前几次胡丽君上台K歌一样，单位里那几个爱起哄的男人叫得最欢。整个舞场是暗的，炫彩的光倒是五颜六色，快速旋转着打过来，像点水的蜻蜓，试探地落到你头上，还没扬起一点涟漪，就不见了身影。
这会儿全场的中心是胡丽君，嗓子亮到极高处，有点炫耀地
飞扬：来生变犬马，我也当报还……音调拖得很长，似有无限
的底气，身形也做到足处，手指随着长音拖开去，随着颤音开
始抖开了，一段西皮流水，漫成了一波未平一波又起的浪涛，
漾得无边无际。一个女人紧挨着刘冬的身边，冷笑地说一句：
"就她出得了风头，瞧她那德性，真不枉了这名，真真一个狐
狸精。"讲这话的是财务处的林月芹，有点稍胖的体形，脸
也是软乎乎的没脱掉婴儿肥的圆，平常倒是温温吞吞的一杯
凉白开，多少事在她那里也掀不起一点风浪的人物，偏在这暗
影里，两片嘴唇撇得似薄薄的刀刃，阴惨惨的，生生的牙尖嘴
利，而且还是削铁如泥。旁边的人附和着笑了，开心地，有
点促狭地，同善共济地，把一帮男同事的起哄叫好声也埋了进
去。刘冬暗暗地喝声彩，她在心里感慨地说："这谁还敢接着
唱呢？胡丽君的这副嗓子，生生地一点白也不留给人家了。"
她不得不服胡丽君，便是运的假嗓，也不是一朝一夕能练就
的，最重要的还在于天生，还在于天生能把握的舞台，运筹帷
幄，兵来将挡。刘冬想林月芹的妒忌是有道理的，每回单位里
开这种晚会，每回都把胡丽君邀过来，是不是让单位里某些藏
龙卧虎准备一展雌雄的将才，也弄到不能出头露面的地步上了
呢？

　　刘冬是个好女人。在结婚以前，应该说刘冬是个好女孩。
好的含义是什么呢？大约是平常，大约是普通，身世，经历，

没有一点波澜壮阔，平平淡淡地就这样顺顺溜溜地下来了。高
中毕业考了普通的大专，大专毕业进了现在的公司，在公司也
工作了十好几年，一个部门里不痛不痒的副职。生活上呢？就
更稀松平常，也是谈过两场恋爱的，不多，就两场，处的两
个男朋友，也是母亲知根知底的同事介绍的，开头的那个处不
来，说不上为什么，就两下里都没了来往的兴致，后一个呢，
就有些缘分，便再接再厉，进行了这场持续已久的婚姻。孩子
是婚后一年生的，婆婆妈妈各带一段时间，拉扯着儿子也上小
学了。好像在刘冬的日子里，太阳每天都是一样的，她的人，就
像她的衣着，从来就没有招摇过的，扔到街上，转一个角，就在
人海里淹进去了，再也寻不到踪迹。同事呢，因为她的从来不逞
强，倒也颇结人缘，尤其是女人，好像是老中青三代通吃的，跟
谁都合得来，说拉帮结派也好，说弄小集体也好，她走到哪里，
也从没形单影只过的，旁边总有两三个小声说话的女伴，也都是
不出众的，像海里的泡沫，和她一样，稀松平常。不久之前，她
听过一个段子：女人最应该得到的评价是漂亮，如果不漂亮，就
应该夸她有气质，如果既不漂亮也无气质，就应该夸她可爱，如
果既不漂亮也无气质又不可爱，就该称她聪明，如果既不漂亮也
无气质又不可爱还不聪明，那就该说她善良了。刘冬当时是怔了
一下的，她知道好的含义是什么了，呆了半晌，又回头细细地看
了一遍那篇据说早就流传很广的段子，心里的落寞一层一层地往
上涌来，漫过了喉头，闯过了鼻腔，涌到了眼睛里，竟汇成一股
酸楚的眼泪来，喷薄而出，汹涌而下。

那时候，他们一家四口还住在厂区宿舍里，十六平方米的房间，一张大的双人床靠东墙摆着，一张小点的单人床就靠着南墙，很结实的木架子床，床头还钉着铁包皮，凹陷的钢印里打着一串数字，是有着"公家"标志的东西，不知怎么就来到他们家了。打小的记忆里它就是存在的，那是刘冬唯一的空间。弟弟比她还可怜，知事的时候，和父母分床而睡，只能在晚间快要熄灯时，在屋里再也挤不下的空间里搭起一张行军床，蹦蹦跳跳地在上面还耍过把戏。

父亲总是木讷的，沉闷不语，唯一的爱好就是烧点菜肴，在那种物资匮乏的年代里，一碟小鱼干，一坨牛肉块，也能烧出翻新的花样，鲜醇的香味漫过整个五六家共用的大厨房，惹得一宿舍的人都来羡慕她家锅碗瓢盆里的丰盛。母亲却是严厉的，似乎很少有笑容，性格属于硬的那种，刘冬姐弟几乎没在母亲身上体会过课本里所有有关对母爱赞颂的温柔温暖的词汇。那会儿也兴烫发了，一色的发式，圆的长的宽的三角的，各式的脑袋上顶着一样大卷的鸡窝，母亲也还是不排斥的，还抹了头油护着卷发，塑料齿的梳子梳一层，油也跟着掉一层，黑乎乎的油渍把一柄粉绿的梳子也弄得脏兮兮的。母亲也穿高跟鞋了，中粗的跟，现在想来，那种鞋跟是多么的粗粝，硬邦邦的，哚哚哚地响，离了几百米外也能知道母亲回来的声音，可是不知为什么，总觉得那声音透着一种说不出的小心。

刘冬在晚晌做完了作业，也会和院子里的玩伴一起玩。她好像一直是当不了什么主角的，成绩一般，体育一般，音乐美术写作，跳绳踢毽耍猴皮筋，没哪一样是出众的，小孩子能耀武扬威的领域里，她也实在没什么出彩的地方，什么都是稀松平常的，顺眉顺眼地，巴结着别人。一直是有朋友的，是的，一直有，可就是那种巴结，像母亲蹬着粗粝高跟鞋的脚，虽然哚哚哚的有声有色，却是透着无以名状的小心。

　　音乐停了一小会儿，开始奏一首明快的曲子，大家叫起来：快三快三。胡丽君早回来了，胡丽君放了嘴边嗑着的瓜子，其实她整个晚会上几乎没怎么吃东西，剥根香蕉，也只小小地咬一口。她太忙了，跳舞，唱歌，没个停息，送到嘴边的香蕉和瓜子，只是她出场前的一个缓冲，或许只是一样道具，不能看起来太像盼着什么似的，那是不疾不徐的一个借口。歌来了，舞来了，好像才不甘心情愿地放下嘴边的食物，勉为其难地敷衍一下似的。这个，刘冬是早看出来的。但是，刘冬不笑话她，刘冬倒佩服她的从容，刘冬倒佩服她英姿飒爽前的淡定。场子里没几个人，原来忙碌的、一开曲前就急急邀着舞伴的男士们也坐得定定的，到底是快三，和先前能唬一下人的慢步曲不一样了，几步路袅袅婷婷地走下来，还能遮掩一下人的耳目，这快步，是真刀实枪的演练。有个男的伸过手来，低声朝胡丽君说了一下："华尔兹。"胡丽君扬一下眉，在蓝幽而显得阴森的光影下，刘冬也看出她的一丝捺不住的喜悦。胡丽君伸过手去，自然地滑一下身子，顺手就被拖到宽敞的舞池里去了。

　　她的裙裾开始翻飞起来，雪白的大摆裙，在幽深的光影里显出了一片鬼魅般的刺目，带出了一种神秘而令人窒息的蓝影，荧荧地发着光。裙摆是重的，悬垂感带出了立体的效果，露一小截雪白的腿，还没来得及看清，就犹抱琵琶半遮面地收住，留给人要多少回想有多少回想的遐思了。她的紧身上衣也在旋转中显出了夺目的身条，胸饱满起来，每一个转向，都骇得人担心它们支撑不住，会喷薄欲出，腰突然收得挺直，却在下窝处有一道弧，是那种俏丽，并且明目张胆的有了一种诱惑。鞋跟轻轻点地，掠水的蜻蜓一般，轻轻地就那样抚一下，而鞋尖撑着地面，左左右右地画着弧，一个一个的圆圈完满地描出。她的舞伴盯着她，她也盯着他，一个转身又一个转身，稍纵即逝的一回头，眼睛还是四目盯着，就像被胶着了似的，就像被焊锡牢牢地粘住了一样，公然的却是光天化日下坦白地调情，忘记了世间所有的其他。

　　舞场里其他的几对舞者都停了下来，不是舞伴不得力，就是彼此都有点力不从心，或者被强烈的音乐带着停不下舞步的其他人撞击着败了兴致的。退下来的人都有点讪讪的，看不清楚他们的表情，可是从动作上能猜得出他们的扫兴，失望的，怨怪的，甚至带点落寞。到底是华尔兹，要求的技巧高了许多，而且，配对的舞者必须是完满的，熟悉舞伴的节奏，熟悉舞伴的脾性，甚至熟悉舞伴的身体，每一丝头发每一寸肌肤都是了解的。音乐循序渐进，每一节拍都在考验彼此相谐的默契，每一举手的幅度，每一投足的轮廓，每一跨步的尺寸。轻轻巧巧的试探是来不及的，那种韵律是早已相熟的，前生的五百次回眸，换回的是当世这几分钟的相拥，是百转千回下愁肠百结后佛的禅意。场上最终就剩下胡丽君和她的舞伴，他们完成了一个又一个的旋转，一轮接一轮的摆荡，旁若无人。

刘冬分明听见林月芹止不住的一声叹息，她回头瞥一下林月芹，不单是她，场下所有的人都被这一对舞者天衣无缝的默契表演惊住，微张了嘴，手僵僵地放在他们起舞前的动作里，像定格了一般，目不转睛。一种绝望的惊异。

不记得是几岁了，应该已经上了小学。有一次母亲换了班，大白天里便拉着她到小澡堂里洗澡去了。小澡堂是锅炉房特备的浴室，热气供得足，水量也大，一人一个龙头，奔涌的热水腾空而下，打在刘冬小小的身体上，生疼却暖和，身子是那样旋来旋去的，多长时间也舍不得离去。出来后还是冷的，腊月的天，头发还在寒风里飘散着，被滚烫的热水滋润过的脸庞是红彤彤的，北风生冷地吹过，还有氤氲的热气在回荡。后来就随母亲去了厂子里的幼儿园，母亲的一个老乡在那里当阿姨，两个人就拉着手说起闲话来。刘冬那时候的心情是极好的，一种沐浴后干净的爽，看见后架那儿摆了一架脚踏风琴，直直地走过去，那琴盖带着锁头，那会儿，那把锁头竟是开着的，刘冬心里没来由地一阵高兴，站了一会儿，掀了琴盖，坐在琴凳上。身体是净的，心也是净的。黑黑白白的琴键，有一股生涩却好闻的味道淌出来，小女孩搓了搓手，在琴键上弹了一首流利的曲子。

　　一个阿姨跑了出来，叫了一声："谁家的小孩子？怎么乱翻东西？"刘冬噌地从琴凳上跳下。母亲这时也跑过来，抚了她的肩膀，朝那阿姨说："对不起，对不起。我怎么没看见她，就跑到这边来了？"那阿姨摇摇头，盖了琴盖，淡淡地说一句："哦，没事。不知道是你的孩子。"阿姨当着她们的面把锁头锁住了，取了钥匙，扭转身子走掉了。刘冬看着母亲的脸由卑微变成恼恨变成愤怒，还蕴着澡堂里热气的红扑扑的脸，由酡红变成潮红变成粉红，最后成了一抹白。母亲最后的那抹白是给了她的，是一种挣不开来的羞。母亲原来所有的硬都只是给了刘冬姐弟的，包括父亲，这会儿，刘冬看见了母亲在人前的软，那种没有骨头支撑的滑溜溜的瘫软。

　　没有问过她是如何会弹这首曲子的，没有问过她这首好听的曲子是叫什么名字的，也没有问过一向小心的她是如何大了胆子去弹那架脚踏风琴的。那个阿姨老乡出来了，笑一笑："这小妮子，有点天分的，不知会不会跳舞唱歌，像她外婆那样？"刘冬只看见母亲深深的一瞥，怨气从那两只眼睛里流出，死死地咬在唇尖上。

　　是记得有那么一个夜晚，天当时已经黑下来了，大院里亮了路灯，有几户邻居家的阿姨伯伯们在柳树下闲聊着什么，外婆家的房门却是紧闭的——很奇怪，那是个大门敞着也没人偷东西的年代，那一天，竟然却是紧闭着的。有昏黄的白炽灯光从门缝里泄了出来，一缕姜色的黄，是那种有点辛气的、逼人的黄，陌生而透着挑衅。刘冬轻轻地拍了拍门，叫了声

"外婆",又唤了声"外婆"。那几个站着聊天的阿姨伯伯们停止了说话,都转头来看着她,那些眼神是陌生的,带着奇怪的表情,上上下下打量着她。她的心里突然有点发怵,小小的心,不知会遇上什么的那种惊惶。她隐隐地听到房间里传来了声音,是种好听的音乐,却镇定不了她失措的身体,还有轻轻的、试探响着的脚步声,这使她猛然觉得害怕,无助的恐惧感环绕在她的周身,她忽然就大叫起来,她不知道为什么喊出口的竟是"妈妈",这两个字声嘶力竭地从她的胸膛里穿过,钻出她喉腔的时候,竟带着绝望的悲怆。

门轻轻地开了一条缝,是外婆,最先露出来的,也是她烫过的卷发,黑发里缠着丝丝缕缕的白发,但是她很妩媚地把它用手帕绾了起来,她低着脑袋看一眼刘冬,笑起来,回头对屋里的人解释什么一样:"是我们家姑娘过来了。"刘冬就撑开门,自己钻了进去。

屋里只有外公,窗子紧闭着,帘子也打了下来,小小的房间里氤氲着一股呛人的烟味。外婆的房间简单到极致,一张雕花的老床,一张油漆斑驳的五斗橱柜,一张带着两只木椅的饭桌,饭桌上有一柄留声机,滋滋地转着,一张黑胶唱片流出陌生的曲调来。

外婆掩了门,细细地拉着刘冬的手,刘冬就坐到那只木椅上。

那是她唯一一次看见外婆跳舞。外公的手搭在外婆的腰上,外婆的手臂搭在外公的肩膀上,他们配合得很默契,在仅有的空间里，旋转竟然是不拖泥带水的，小小地画着弧，小小地扭摆着身体，那闲出来的余下的空间是他们的舞场，嘭嚓嚓，快到右侧的床边了，一个收腿，外公就把外婆旋到左边的空档，嘭嚓嚓，快到东侧的五斗橱柜了，一个侧身，外公又把外婆搂进怀里，转一个圈，到了房中央。外婆那会儿也快六十了吧？身条却是挺拔的，一丝都没有走形。那双藏在五斗橱里的高跟鞋拿了出来，擦得锃亮，套在她的脚上，一双有点带荧光的玻璃丝袜也裹在匀称的双腿上，羊毛裙有点长，但随着音乐转起来，那种厚重感却有了张力，翩跹着起舞，带出了裙摆的旖旎风光。刘冬看得有点呆住。外公的右腿那会儿已经折了，身子却是灵便的，随着音律起舞，左一个滑步右一个趋步，完全让人忘记了他的那条残腿。外婆的脸一直灿烂地对着外公，在暗夜里，像对着一缕正午的阳光，明媚异常。过了几十年的春春夏夏，这幅景象，像小时候玩过的秋千，在刘冬的心里，不停地荡去又荡来。

外公不是母亲的父亲。外婆据说有过三次婚姻，头一次就生了母亲一个，余下的，再没生养过儿女。每一次的婚变中外婆都带着母亲，幼小的母亲总摆不了那个胎记一般的刺字，在人前昭然过市却不得不低下头去：拖油瓶。这个刺字从她自身受的痛传下来，一点一点移到自己的女儿那里。

外婆所会的一切，母亲都不许刘冬染指，跳舞，唱歌，那种诱惑男人的把戏。母亲是这样界定的。刘冬是听话的女儿，在那样严厉母亲的言传身教下，想不听话，也是行不通的。后来慢慢地，便成了人家女孩子的陪衬。是的，没有一点特色的女孩子，生来就是给人家拍巴掌喝彩摇旗呐喊的，除了羡慕，除了巴结，她没有翻身的机会。

可是做朋友，人家也是挑剔的。优秀的女孩子刘冬拢不了身，只能和普通的女孩子交往，小小地说一些私房的机密的话语，刘冬的心里到底也是不甘的。那个眼神，就梭巡到出众的女孩儿身上了。

胡丽君是家属院里的，子弟小学便在一起，因为高了一届，年级的差异，就像老少一辈的代沟，无法拢去。刘冬就在远远的角落里望着她。她的出众是因为她的头发，自然的卷发，如果从大澡堂里洗了澡回来，湿漉漉地披在肩膀上，那种惊心动魄，是任何理发师用任何烫发精也做不出来的。胡丽君快乐地笑着，肆无忌惮的模样，爽朗的笑声一浪高过一浪。并不是成绩很好的学生，只是那种很会文艺的女孩子，又长得有点巧，护旗的旗手，开大会时的报幕员，运动会时的播报员，都有她的份。有一次都放了学，刘冬还在做大扫除，从音乐教室里传出美妙的回响，一遍接一遍：让我们荡起双桨……刘冬悄悄地走近，看到音乐老师在弹着钢琴，胡丽君认真地和着音调，不厌其烦地唱着，身后有一架双喇叭的录音机，把她们的声音录了进去。六一晚会的时候，轮到胡丽君她们班上台表演，四个女孩子在舞蹈，录音机对着麦克风放出那首美妙的乐曲，音调有点变了，有一点淡淡的神秘的回音，但台下的学生们还是觉得新奇，纷纷猜测着是谁在歌唱。那个时候，刘冬小小地出了一个风头，"是胡丽君！她自唱自舞哩！"有同学羡慕地看着她，因为这样的秘密，她也能知道的，她的眼神里便有小小的得意，讲起那日的情景，便像述说自己的姊妹一般，亲如家人，她的眼光瞪在台上，胡丽君在那儿伸胳膊抻腿，投入地舞蹈，腰际弯下来，柔弱无骨：四周环绕着绿树红墙……台下的巴掌声响成一片。还有一次下暴雨，水把学校也淹掉了，女孩子踮着脚尖，一节一节的石头点着地，就那样扑棱棱地麻雀一样地飞过，张皇地乱叫一气，胡丽君就那样笑嘻嘻的，连裤腿也不绾，直接进到水里，水没过脚踝，把她的裤子鞋子全弄湿了，她走得有点缓，可是却英姿飒爽的，有一种男孩般的豪情，还有一种坏孩子的不安分，嘴角带出一丝不屑的浅笑，是吊儿郎当的出格。这一次刘冬又看得呆住，她看到这个女孩子的另一面，那也是她永不能企及的。她小小的心里便有了点叹气，不知道是什么，没来由的一种落寞。

后来便进了中学，仍旧在家附近的一所学校里。那时候的校风倒都是严谨的，不许穿牛仔裤，不许穿高跟鞋，不许留披发，更别谈烫发了。胡丽君终年梳个马尾，刘海那里有一圈波浪，一层层的，波涛澎湃，束着的马尾也是翻江倒海波澜壮阔的，教导主任对这种天生的自然卷无辙，瞪着眼睛看胡丽君顶着一头的波浪在那里怒海翻江。她也穿蓝的确良的春装，腰那里却用橡皮筋卡了进去，刚发育起来的身体就有了一点好看的弧线，也穿布鞋，却是带坡跟的白护士鞋，小腿的曲线在脚踝那里凹进去，收出一个窝来，看得刘冬止不住地叹气。她总在她身后走，她紧她也紧，她慢她也慢，课间休息和放学回家的路上是刘冬最向往的时光，她用眼睛扫着那个发育起来的女孩子的身体。那时候刘冬也还是有朋友的，还会有一两个把情窦初开暗恋的心思告诉她，把身体发育时的不惑相互交流一番的所谓密友。可是刘冬的心里总还有一种绵绵的愁绪，追着那个女孩子跳跃的身影：胡丽君在校会上唱歌了，胡丽君在舞台上表演独舞了，胡丽君有男同学追求了，胡丽君要考大学了……

等电梯的时候，胡丽君还在跟几个刘冬单位里的男同事说笑，落在后面点，林月芹赶上刘冬，小声小气地说了句："咳，你别说，你的朋友，每回都把我们的男同事弄得神魂颠倒了。"

刘冬不吭气，笑一下。林月芹又说："我们都觉得挺奇怪的，你和她根本不像一类人啊，怎这样要好的？"

刘冬反问一句："怎不像一类人的？"

胡丽君一伙嘻嘻笑笑地过来了，几个男同事说她："真有你的，原来只知道你的歌唱得好，没想到你的舞跳得那么棒。一场子的人，全看呆了。"

胡丽君花枝乱颤地跌到刘冬身边："哪里哪里，我就是喜欢华尔兹罢了。我是真喜欢华尔兹的。"

林月芹和几个女同事再不做声，眼睛看着电梯的显示数，一级一级地上来了。有个男人也跟刘冬打了招呼："咳，你今天没跳舞吗？怎么没见你的？"刘冬牵着嘴角笑了笑，两部电梯正好同时到了，大家急急地挤了进去。

分手的时候，胡丽君和一个男同事先上了招来的的士，开始还谦让着来着，硬要刘冬先上，刘冬却坚决婉拒了，虽然在南方，秋天的风在夜里仍旧有冬夜的寒朔，打在脸上还是生疼的，刘冬那会儿有点母爱的情愫在作祟，心疼地瞟了一眼胡丽君的装束。胡丽君的白色大摆裙在这种季节里明显的有些不合时宜，上身的紧身衣也明显的单薄了，尖头鞋更像是薄薄的凉鞋，整个人看上去有一些奇怪的感觉。

刘冬问一句："这套，是跳舞才穿的吧？"

胡丽君咯咯地笑起来："是啊，只是跳华尔兹用的。"

刘冬诧异地问一句："别的舞不能穿这个么？"

胡丽君仍旧咯咯咯地笑："一晚上的舞曲，就只华尔兹才配用得上。别的舞，什么衣服都混得下来的。"然后偏身上了车，和她同车的男同事，恭恭敬敬地给她开的车门，虽然有点自嘲般的做作，但总是像待贵妇一般地小心了。刘冬替他们关上车门，叮嘱男同事把胡丽君送到地方。

胡丽君的车已经走远了。林月芹一帮还等在路边，遥遥地向刘冬打个招呼。刘冬也回首对她们笑了一下。林月芹招招手，说："刘冬，我真不是奉承你的，你的歌也唱得不错。"另一个女同事也点着头："是啊，唱的是《海韵》吧？邓丽君的歌，是好听啊。"林月芹歪了歪头："邓丽君？我还以为是王菲的歌呢。"刘冬笑了笑，顺着街沿，慢慢地走了。

真的，她还真唱了一首歌的，那会儿上台时有点怯。她很少在大庭广众之下这样露脸。有时候在家里也哼过歌，那时候儿子尚小，她有过点玩心，老公的一个朋友做碟片生意的，非逼着她在自己的碟屋里选几张碟拿去。都是些K歌的流行碟片，那会儿家家也时兴弄音响，买了两个麦在家里也乘兴吼过几嗓子，嗓子练到一定的时间高处也润起来了，不过在人前献曲，还真是第一次。是一首邓丽君的老歌，《千言万语》。曲调刚起个头，舞场里就满了人，也是慢四的拍子，便是走路，也能和着节奏把它舞完一曲。刘冬悄悄看看舞场里跳着的人，男男女女的，没什么特色，便是相知十来年的同事，在黑黢黢的光影里，竟也不能分出谁是谁来。第一口唱出来，刘冬还觉得有些涩，拿着麦对着屏幕还略微有些抖，自己还摇了摇脑袋，慢慢地嗓子出来以后，声音就滑了起来，而且唱着唱着，还带了些感情，有点落寞的忧愁，很附合这首曲的旋律和歌词。台下有稀稀拉拉的巴掌声，甚至有一个男音粗着喉咙叫了一声"好"，刘冬兴致起来了，终于一腔深情地把这首歌唱完。可惜林月芹她们再怎么夸她，也是假的了，连她唱的歌名都没记住。

　　不记住她的歌没关系，她早就惯了，从小，她就是这样被人忽视地过来的。女人总是仇视出众的女人的，偏还不解气，找一个什么都不能和那个出众者相提并论的，胡乱地把她拔了高去。幸亏刘冬也到了这把年纪，什么人也算经过的，她可不是一粒棋子，过了楚河汉界的兵卒，真以为自己能当车和炮使了。

她掩了风衣的下摆，把它裹紧自己的身体。风真的有点凉了，吹到人的骨头里去，街上是成堆的落叶，有点脏相，可更觉得飘零，有点秋的落魄。刘冬的头稍稍昂了起来，身子变得挺拔。刚才她的音调应该起得再高一点，唱第二句的时候加点鼻音，那样的话，悲伤的感觉就出来了，是的，悲伤，一首失恋的歌，一首失恋却绝不懊悔自己曾用心付出过感情的歌，其实词早就背得烂熟，也可以像胡丽君那样脱词表演，如果K歌的舞台也算舞台的话，她应该是在聚光灯下挂着红金丝绒帷幕的背景下出场，台下是黑压压的一片人群，看不见他们崇拜敬重也许是不屑轻视的目光，看不见他们晃来晃去坐立不安的身影，听不到他们小声的嘀咕和议论，对着麦克风，一无所思，全神贯注，聚精会神，然后，她开始起音：不知道为了什么，忧愁它围绕着我……台下是一片肃穆。然后，曲终，是短短的，却是惊心动魄的静寂，再然后，哗——潮水般的掌声雷动。刘冬笑起来，她想要不要告诉许可，她在晚会上唱了这首歌呢？他还记得她在他的鼓励下唱过的这首歌吗？他说过她胆小，"胆儿是要练出来的。"他说过这句话吧？她轻轻地哼了一遍《千言万语》，因为在街上，她的声音有点压抑，快乐而自得的压抑。她轻轻地唱起来，唱起来，有点深情的，像多年前，父母刚装修完新居后对着洗手间里那面大镜子，怯怯地轻声地朗诵一段英文的小女孩。刘冬宽容地摇摇头，把嗓音憋了回去，仰脸朝向天空，墨黑墨黑的宇宙，闪着一点两点的星星，现出的是一点奢华，她看着黑幕下，有一件白色的裙裾在摆动，摇摇曳曳的，风情万种的，旋了一个又一个的圈，衬里翻出来又覆下，裙面翻上来又卷进去，像一层层的波浪，她仰脸看得痴住，低下头，吐出的是一口长气。

工作了以后，刘冬仍旧和父母同住，那时候已经搬了新居，厂子里的宿舍都一栋一栋排得整整齐齐，两栋楼之间有车棚还有成排的法国梧桐，夏天，浓郁的叶子倒是遮阴的，秋天，就有了那种萧瑟感，一夜雨下来，枯黄的梧桐叶片就纷纷坠地，潮潮地铺在地上，环卫员戴了大口罩，举着高过头顶的大扫帚，一下一下把它们汇拢去，点一簇火，慢慢地在湿潮和热气中挣扎，总成不了灰烬，缠缠绵绵的，缕缕轻烟就那样苟延残喘着。

外公已经不在了。外婆那会儿也快八十了，得了老年痴呆症，应该算有点严重的，不过她倒不脏，不会弄不清自己的屎尿让家人厌烦，母亲就把她接了同住。家人出去的时候，房门会给她锁上，因为怕她出去把自己给弄丢了。外婆的记忆停顿在她二十岁左右的光景里，总是浅浅地笑，而且那一低头的温柔里，有徐志摩最心仪的莲花般的娇羞，这个时代是再看不见有着那样风情的人物了。谁都不记得了，包括母亲。母亲仍旧板着脸，多少年过来了，曾经打在她身上的烙印，留在她心底里最深的一处痛，大约也像结了痂的疤，硬的地方已经慢慢褪去，成了新的皮肉，粉红的鲜嫩，只在轻触时，有一点隐隐的麻酥酥的痒。

刘冬给外婆洗脚，剪指甲，还细细地用棉签给她掏耳朵眼。外婆就那样微微地朝着她笑，桃花一般的笑靥，然后掩了房门，拉了刘冬的手，问她："你是柳家的二小姐吧？"刘冬就淡淡地看着外婆，也不承认，也不否认。外婆说："哎，我教你跳过舞的。"外婆拉过她，在房里开始嘭嚓嚓。那时候外婆的身体已经缩短了，像被人抽了一截似的，曾经修长的外婆，如今才只到刘冬的下巴颏下。外婆轻触她的腰，左手揽了她的右手，用膝盖点她的腿。外婆的嘴里嘟囔着一支曲子，她们一前一后地摆动着，然后外婆就笑了，外婆放了她，外婆说："你的身体还是这样硬，女人的身体怎么还能这样硬的？"刘冬也笑，刘冬问外婆："怎么你就嫁了陶珩生的？"陶珩生是外公的名字，虽然不是母亲的亲生父亲，但刘冬的记忆里，只有这个陶珩生才是自己的外公。外公说过，你外婆那时候梳个溜长的大辫子，人家都有一截密密的刘海覆在额头上，就你外婆，光洁的额头，雪山一样的净。外公还说过，你外婆才是真正的女人哩，身条儿也好，嗓音儿也好，你和你妈，再标致的身段，也赶不上你外婆的一点气。刘冬想问，那么年轻的外婆你都见过，为什么非要等到第三段婚姻，你们才结下这样的连理？可是刘冬没敢问。外公是个硬气的人，不然不会在那种运动中把一条好腿也让人弄残掉，听说差点还在一帮小年轻的手里要了命。后来拖着那条残腿在街上行进，围拥着他的人也盖不掉他的霸气，倒有一种凛冽的气势。他死的时候才七十一岁，没病没灾的，很少打麻将的人，竟然和了一个天牌，高兴地在桌上大笑三声，就那样俯了脑袋，重重地扣在麻将桌上，把面前的牌都撞翻了一地。没有儿孙，只有父亲母亲给他披了麻戴了孝，机关里的人倒来了一群又一群，送的花圈铺天盖地。那时候刘冬才知道，陶珩生是四十岁的时候才娶了拖着母亲的外婆。那么他的前半生呢？他四十岁以前的光景呢？

外婆微蹙着眉："谁？谁是陶珩生？"外婆把刘冬丢下，兀自在房里慢慢地转圈圈，她的胸挺着，腰立着，腹收着，左手悬搭着，右手支岔着，脚跷起来，嘴里哼着一首陌生的歌。母亲这时候推门进来，母亲的脸又回到从前的那种硬，铁一样生冷地板着，刘冬低了脑袋，走出来，带上外婆的房门。

那个秋天外婆就走了。也算一次意外，门忘记反锁了，回来的时候，就见门是洞开的，那个时候大家的心里便有些慌，冲进家，果然没有外婆的身影，不知道她带走了什么东西，能不能在茫茫人海里给别人留下一点她的线索，好让她得到归家的足迹。母亲哭了一场又一场，嘤嘤地，小声啜泣。自小在别人给的白眼里长大，让母亲不会流露过多的情绪，除了有点自闭般的坚韧，她几乎总是硬硬的，白水般的淡，顽石般的坚。找到的时候外婆已经早没气了，父亲去收的尸，送了殡葬馆，请那边的师傅给重新修整了外婆的容颜，在告别厅里推去火化的一刹那才得见外婆的最后一面，倒是安详的，脸颊还上了点腮红，可是眼窝深陷下去，两边的腮骨也突出来了，最后的时光便是父亲不让刘冬母女看见，也能猜出外婆受了点磨折。母亲的泪水终于汹涌而下，涕泪滂沱，伏在外婆身上捶胸顿足。这是刘冬看见母亲的唯一一次失态。转一个角，外婆的尸车就被推到看不见的地方，殡葬场里过一会儿就有袅袅的黑烟冒出，那天火葬的人很多，不知道哪缕烟是外婆的？刘冬看见那盘旋在人世上方的黑烟，像那个季节沿街烧埋的梧桐落叶一样，风积云愁。

看见胡丽君的时候，已经到了春光明媚的三月。

胡丽君没考上正规大学，只进了一个走读班，算修了一个大专文凭，回到父母的厂子里，以工代干地在宣传部里上着班。她穿着一件粉红的毛衣，把衣摆掖到下身的黑色大摆裙里，头发还是那样束着一把马尾，惊心动魄的波浪还在她头上怒海翻江。刘冬站在窗口，看着胡丽君从她家的房门前袅袅婷婷地走过，曾经的那种温柔慢慢地往上涌来，到了喉腔，差点喘不过气。

然后就开始算计。她上班的时间，她下班的时间，她从刘冬家厨房经过的身影，每天四次，有时候可能还要多，那个刘冬无法揣算，但是那四次，上下班的时间，刘冬一次也不想落下。厨房的窗子蒙了一层纱，为了遮挡蚊蝇的，年月久了，又因为厨房多年积下的油垢，覆了一层厚厚的渍，挡得住下面人的视线，却挡不住里面人的眼。

刘冬买了一辆单车，为了算计自己上下班的时间，单位比厂子里下班早一点，有时候便磨蹭一下子，看了表，再匀速骑回家来，停车，锁车，然后上楼，然后就到厨房。那时候厂里的下班音乐已在广播里放起来了，有时候是铿锵的《打靶归来》，有时候是缠绵的《太湖美》，老是这两首。在厨房里站一两分钟，那个身影就会从门前经过了。有时候是她一个人，有时候是和两个女孩子在一起，有时候就是一帮人说说笑笑的，还有几次，竟是和母亲同路，听得见她们的对话，"是啊，谁说不是呢？"或者，"好啊，那我帮您问问吧？"不知道是什么内容。有一次问过母亲，母亲进门的时候在换鞋，连刘冬的问话都显得茫然，刘冬感觉自己的脸上有一点烫，匆匆地便跑到自己的房里，埋进一堆枯燥的专业书中。刘冬记得胡丽君的装束，夏天是爱穿短裙的，露出修长而健美的腿来，冬天呢，爱穿长大衣，在浓浓的冬季里，那腰上的一收紧，显出温暖的春意。刘冬几乎没有和胡丽君面对面地相逢过，只一次，不是她算错了时间，而是胡丽君早退了，下班的那首《太湖美》还没响起，她就直直地往家赶去，那会儿刘冬正骑了单车，沿着车棚的坡道上去，就那样，面对面地与胡丽君相遇。

刘冬的心有点慌，刹车的时候用早了力，车在坡道上就卡住了，车头歪了一下，刘冬偏身下来了。她看到那双眼睛瞪瞪地瞅着她，带着点好奇，带着点询问，也许还想打个招呼来的。可是刘冬的头扭着，不朝那边望去。那个人就那样擦肩而过了，刘冬锁车，看见胡丽君穿一件铁锈红的衬衫，一件把屁股绷得滚圆的牛仔裙，她的头发披下来，长长的波浪已经到了腰际，一只蝴蝶样的发卡别在发际上，扑棱棱的翅膀像要飞腾一般。

后来刘冬就谈恋爱了。不是自己认识的，是母亲托人介绍的，母亲说，这样的话，知根知底些。刘冬就跟那个知根知底的人处上了。没什么太大的激情，见过几次，那知根知底的人抓了她的手，刘冬仍旧淡淡的，现在，她竟然想不起他的相貌来。那时候也应该是春天，晚风都是和煦的，吹在人身上暖暖的，还有点懒洋洋的熏醉，在一个小亭子里，他搂了她，旁边还有一对恋人，真正的如火如荼，缠绵悱恻。刘冬也不觉得羞，就那样偷眼看着旁边的恋人，听他们微醉的呢喃，悄悄地，笑。也许这动作鼓励了他，他就这样过来了，好像还问了一句什么的，嘴就那样贴上来了。没有路灯，却有明亮的月光，刘冬睁了眼睛，开始了她人生当中的初吻。不太好，真的不太好，她觉得不舒服，有一点洁癖的排斥，不知道为什么，她觉得脏，把干裂的唇都濡湿了，她的口水和他的口水，她突然觉得恶心，慢慢地推开了他。他问："不喜欢吗？"刘冬看着明亮的月光，如水地洒在他们身上，她淡淡地看着那月光，不摇头也不点头。

胡丽君也恋爱了。跟宿舍里的人打听了，是她中学的一个同学，毕业后进了远洋公司，老是出海去日本、香港、泰国，一切繁华如梦的地方。有一次真就碰见了他们，是个相当英俊的男孩子，皮肤是古铜色的，个子挺拔，宽肩窄腰，有体育明星的身材，胡丽君小巧地依在他的怀里，头冲他仰着，阳光般灿烂的微笑。刘冬和她面对面地走过，那个时候她已经能和胡丽君面对面了，虽然没说过什么话，但至少不再羞涩和胆怯了。可是胡丽君没有看她，胡丽君的左手拽着那男孩子的左手，右手在挥点着，那男孩子搂着她，俯看着，旁若无人。刘冬的心有了点淡淡的落寞，那一次擦肩而过，她的初恋也结束了。母亲有点难受，知根知底的人，而且还是各方面都不错的人，母亲有点遗憾，就问她："怎么就处不下去了呢？"刘冬望着窗外，那个时段，不是上下班的时段，胡丽君不会从眼前经过。刘冬摇摇头："我也不知道。"母亲叹了一口气。过了几天，介绍人传过话来，好像说主动要吹的是他而不是她，介绍人的口气有点洋洋得意，把母亲这几年来淡忘的旧疤又揭了出来，似乎在提醒母亲不要忘了自己的身份一样的，信口雌黄地说了一通，母亲的委琐又出来了，显在脸面上的又是那种硬，那种一碰就破的硬，是粥上的那层白膜，还带着一股黏稠的腻。母亲带点怨气地对刘冬说，末了，终于笑出声来，母亲说："这人，他说你像木头一样。木头？他可真说得出口！流氓！"母亲咬牙切齿地吐出最后一个词，刘冬和母亲都笑了。

胡丽君结婚了。

母亲他们都去了，赴宴的时候母亲问了一下刘冬，还没等女儿作答，母亲就自作了主张："算了，你们也不认识，就出了一个份子，还拖着个女儿，倒像吃人家似的。"母亲这么多年仍旧在乎拖儿带女，拖在她心中成了一道永远也无法解开的结。

刘冬也不想去，真的，没有什么比婚宴更无聊的了。送份子，收份子，然后吃席，然后评席。没有什么比这更没意思的了。一切人情都在钱上浸没了，多少年的交情，有时候比不过一张五十元一百元的钞票。父亲在厅里看电视，方太教做菜。他没什么爱好，就是喜欢做菜，人家最厌烦的一桩家事，他把它当艺术一样地品味。弟弟去约会了，他有点早熟，从初三的时候就开始处女朋友，来来往往有十好几个了，都是漂亮的女孩子，他追女朋友很有一套。父母是不知道的，他只跟刘冬说。母亲不允许他把女孩子带回宿舍区来，母亲很在乎这种名声，在乎了一辈子了。

刘冬就在房里哼一首歌，有点五音不全，多少年都没这样开过口了，开口的时候还有点羞涩，就像当年在大澡堂里洗澡，猛看见一堆堆光光溜溜的肉身，死活不肯脱下自己的衣衫一样。小时候跟外婆一块住，外婆烧了滚烫的水，往大木桶里倒，整个身子都在木桶里掩着，外婆说，女孩子的身子，是不能随便给人家看的。可是母亲那会儿发了恼，母亲已经光着身子了，死死地拽刘冬的衣衫，大伙儿就在旁边笑，哈哈地，全部赤身露体的，不要脸的大大咧咧。母亲是窘的，母亲从来不想成为人家关注的焦点，因为她，又一次暴露在人家的光天化日之下，母亲剥了她的衣裳，把她拖到了几个人共用的水龙头下。

音调真的有点涩，是生涩。刘冬亮不起来，嚼了尾音，把它吞到肚子里去。外面的天幕下有烟花在盛开，还有爆仗在鸣放。不知道是不是胡丽君的喜宴？

早上和晚上那一段时光里，半分钟的相遇，再也不会出现了。胡丽君披了嫁衣，成了人家的新娘。蜜月回来后，又发了喜糖，是亮晶晶的舶来品，巧克力，日本水果糖，泰国榴莲糖，马来西亚香橙软糖，香港利是糖。在别人剥开来啧啧称奇的慨叹里，刘冬知道，胡丽君是幸福的。后来还是相遇过一次，仍旧是上班的时间里，刘冬那天走得有点早了，碰上厂里上班的高峰时间，通往厂区的那条大道上，全是一溜一溜叮当作响的自行车，蜂拥的人群。刘冬和他们是迎头相碰的，他们进来，她出去。就那样巧，她看到了她。胡丽君的头发竟然成了直发，一根一根清汤挂面似的披在肩上，一袭白色的西装裙，里面衬着一件火红的内衣，她也骑了辆车，小巧的女式坤车，笼头和车把都和人家的不一样，想来也和那些糖果一样，是舶来品吧？她的腿紧紧地并拢着，踩车的幅度有点小，可能怕短小的裙子经不住折腾走了光，有点变了个人一样，优雅起来。刘冬愣愣地看着她，她在和一个男同事说话，脸冲着刘冬，就那样笑了一下。她们又一次擦身而过。

刘冬的心里有点回不过神来。如果再制造相逢的机会，也还是有可能的。胡丽君上班总是踩着点的，通往厂区的大道也有两百多米的距离，怎么样，也能每天算计着相遇。可是刘冬不想了，再相遇，是真正的面对面，不是以往她等着她，她看着她，她从她的出现守到她的消失，望穿秋水，意犹未尽。刘冬不愿意和她面对面，是的，多了那么多不相干的人和她一起冲过来，刘冬怎么能适应呢？

后来就开始了又一次恋爱。这回是母亲自己相上的，是分进来两年的大学生，和母亲在同一办公大楼里，母亲隔壁的科室。母亲说人是好的，天天最早一个来，拎了水壶把科室里的开水灌满，两年了，没断过，一个小节就看出了这人的品性。在家里相的亲，厅里的吸顶吊灯许久没有这样亮堂过，刚装修的时候选了这华丽的灯，后来母亲因为怕费电，很少打开，这一次因为女儿相亲，隆重地欢迎未来的女婿。灯有点炫目，照得人有点不习惯。父亲还是木讷的，半天没有言语，只问一句："哪里人啊？"对方小声地答道："江苏镇江的。"父亲便说一句："哦，那里的肴肉很有名的。"对方就嗳了一声。母亲一个人在那里说了很多，边边角角，无话找话地啰嗦，多是她们办公大楼的事，带点婆婆妈妈，那个人，也小小心心地应付，冷场的时候，突然就瞟她一眼。她一直低着头，坐饭桌边的一个折叠椅上，比他们坐的沙发高了一小截，他看她的一眼，她感觉到了，脸稍有点红，被那吸顶吊灯里十二盏灯泡照耀的，不知为什么，就觉得，就这个人了。反正，就这个人了。有点自暴自弃的。

后来，真的就是这个人了。谈了恋爱，就看电影，轧马路，他讲他的故事，她就静静地听，拉手，相拥，接吻。接吻也不那么让人讨厌了，她像个温柔的女孩子，任他亲吻，任他抚摸。其实她本就是个温柔的女孩子，好女孩子，身体里一点野性都没有的女孩子，普普通通的，大海中的泡沫一般，沙漠里的砂石一般，最适合的职业，就是做人的妻了。

他和胡丽君是一个单位的。有时候，会听到他讲起她，她在大礼堂里唱歌了，不是流行歌曲，是拉了高音的美声，一个晚会，就数她的风头最健；她在舞会上跳舞了，慢三慢四，还有伦巴、吉特巴，最厉害的是快三，收不住的旋转，一个舞场，最后就剩她一个在转；她曾经有很多男孩子追求的，弄得单身宿舍的两三个男的为她忧伤满怀；她曾经喝过满满一打啤酒，和人打赌不下桌子，赢了一件果绿色的长大衣；她和领导有点不清不楚的关系，就她那种以工代干的身份，也能混到出国考察的队伍里去。刘冬认真地听着，觉得和她想象中的她多少有点不太一样，但却是生动的，活泼的，生龙活虎的，姹紫嫣红的。然后刘冬听出了他话里的一些暧昧，刘冬笑笑地问他："你追过她没有啊？"他的脸面登时严肃起来，拉长了，一本正经："我怎么可能追她？交际花一样的。"她不知道为什么心里便有点烦，没来由的，她不知道为什么他就不能追求那个女孩子的？这种玩话只说过一次，因为他嘴里的那股正气，她心里就有点沉郁起来。后来就听到胡丽君生了个儿子，白白胖胖的臭小子。刘冬想，佛到底也有不准的时候。

后来，他们也结婚了，单位给她安排了房，他们搬到新家去了，离父母家有二十多站路呢，星期天才偶尔回来一次。后来，厂子有点不行了，老公托了关系，调到一个政府部门。后来，胡丽君的消息就慢慢淡了，偶尔回一次娘家，也只在中秋春节的假日里，没怎么听到母亲谈过她的事情。刘冬以为，她已经把胡丽君忘记了呢。

　　她给胡丽君打了个电话："你的费用报下来了，周日，有空吧？我给你送来？"

　　胡丽君的音调有点快："行啊，每回都麻烦你，谢谢了。"刘冬听出她的敷衍，有点打发的快捷。她听着胡丽君挂了电话，她才把电话慢慢地扣下。

　　厂子早就垮掉了。父母那一拨还能领到退休工资，后来归了社保局，每个月去邮局领社保，从前的同事相逢在一起，骂骂物价，骂骂当世，也还能将就着过下去。像胡丽君这样的，就有些惨了。文凭是不硬的，也没什么一技之长，当时为了偷闲进了宣传部，年轻的时候风光好玩过了，等到下了岗，才发现，那种部门是最没有资历去到社会上闯荡的了。年岁已经大了，便托了人，去一家幼儿园当老师，做少女状，带着一帮流着鼻涕的学龄前儿童唱歌跳舞，双手搭在脸颊边，腿还一蹲一蹲的，"太阳公公和我笑……"还是能疯，还是能喝酒，还是能打麻将，和原来的一帮同事又混到一处，孩子那会儿已经大了，闲了就丢给公婆，自己跑出去玩个爽快。也该是这样的结果，丈夫是跑远洋的，拴不住她的身子，也拴不住她的心，守了这么多年，三百六十五天里，只有两个月才能厮守在一处，她觉得对得住他了。又像未出阁的女孩子一般了，舞场里，K厅里，麻将场上，聚会的宴席上，哪儿哪儿都看得到她的身影，一来二去，和原来一个恋过她的同事好上了，干柴烈火的，就弄出一桩爱情来。婚很快地离掉了，儿子给了人家，她净身出的家门。第二场婚宴仍旧摆了几十桌，对方到底还是个未成过婚的男子，娶了她，婆家觉得有点亏，放的炮仗就有些响，硝烟弥漫的，像是要遮掩什么，像是要呐喊什么。抬桩的人倒来了一大拨，据说洞房闹得有点欢，出了格的，胡丽君还抬手给了人家一耳光，流言传得很广，好像是全国哪里都是"结婚三天无大小"的风俗，怎么一个二婚头就那样嚣张？传的人都在那儿掩着嘴笑，一件怎么看着都不太相衬的婚姻，多少便有了些热闹。

后来便又生了个孩子，这回是个女儿，很漂亮的一个丫头，看见过的人都说承了他俩所有的优点，将来比胡丽君还是个人物，那小丫头的头发生下来也是卷曲的，带点栗子黄，因了她肤色的特别白皙，衬着她的自然卷发，倒真是一个可爱的洋娃娃。可到底是个女孩子，比胡丽君头前生的一个，总短了一截。人家就会拿现在的老公来取笑："她倒是不向着你的，跟前一个有了交待，跟你，偏不想来个传宗接代的。"现在的老公就阴阴地笑，这样下来，就慢慢地埋了祸根，龃龉在所难免。再续的婚姻总是有这样那样的麻烦，原来的新鲜劲早过去了，剩下来的，就是每日里翻来覆去的折磨。胡丽君到底受不了这种冤屈，女人是越离越胆大的，三下五除二，又把这场婚姻结束了。还是净身出的门，女儿还小，但她也带不走，况且也不想带走。

刘冬在晨练的公园里看见她。胡丽君当时穿着一身黑衣，紧绷绷的，一双银色的舞鞋，卷发梳成了一条粗辫子，甩在脑后。多少年了，她的身板还是挺直的，胸脯高耸着，屁股微翘着，收上去，在腰那里窝进去，是一道好看的弧。她拍着巴掌，叫唤着人，舞着的人群停下来，围绕她。她用地道的普通话发着音："four这里是要扭一下胯的，one，再送出去。"她做了一下这个动作，胯开始扭摆起来，口里念叨："one two three扭，送two three回。听懂没有？"男男女女散开去，找着自己的舞伴，开始练起来。

刘冬在那边抱着双臂看着她。多少年了，她已经结婚生子分房提干成人，她不再羞涩得在人前畏惧了，她不再只敢躲在厨房后面偷偷地等着她的出现和离去了，她已经能够在几百人的公司里发言，和领导促膝谈心，和下级冠冕堂皇，遇事处变不惊了。她盯着她，含着笑盯着胡丽君。

胡丽君看她一眼，再看她一眼，微微地蹙着眉，有点似是而非的糊涂。刘冬迎了上去，叫一声她的名字。胡丽君看着她，有点疑惑地，刘冬报出自己母亲的厂名来，母亲的名字来，胡丽君愣了一下，拍了脑袋："哦，我的天，你是她的女儿吧？我的天，你都这样大了？！"刘冬笑起来，她笑胡丽君的大人大气，虽是母亲的同事，也不至于像个长辈一样。她等着她忙完，汗水淋淋的，刘冬请胡丽君去吃早茶。芋泥酥，榴莲塔，马蹄糕，还有木瓜炖雪蛤，胡丽君吃得香喷喷的，头上流过一丝汗水，把发际上的那绺卷发衬得更妩媚了。

胡丽君很忙，吃早茶的工夫，便接了两三个电话，应该不是一个人打来的。看到每个来电号码的时候，就微蹙了眉，她一点也不见老，经历的复杂在她脸上什么痕迹都没留下，抬头纹和眼角纹一点都没有，只皱着眉头的时候，在眉心闪出一道纵纹来，有点俏皮地挤兑着。然后接了电话，声音便小起来，就温柔起来："啊，是啊，下午哪有空哩？嗯，好的，好的。再联系啊！"她的嘴里还含着一口马蹄糕，声音更显得含混，也更糯糯糍糍的。她喝一口茶，把嘴里的糕点咽下，笑笑地对刘冬说："这帮男人，真拿自己当棵葱了。"

刘冬倒不好说什么了，只能看着她。胡丽君开始介绍自己的情况，幼儿园的老师早不干了，"如果你有过两个孩子，你怎么可能喜欢带别人的孩子？自己的那个每天就把你磨折死了，你还讨那个烦心不成？"她利索地辞了这份工作，开始做保险。"也不是人干的活儿。男人还罢了，女人，哼，"她叹一口气，开始回顾自己的往昔，"做业务的时候，感觉像鸡。关系拉得到就省了事了，可谁有那么多关系给你的？大热天顶个毒太阳，下雨天浇得一身水淋淋。有一次在街边擦个皮鞋，碰着旁边的男人，看着彬彬有礼的，装束也有点经济基础的样，忙给他递名片过去，他看你的眼神……唉，你都没法形容了，他咧着嘴，扫一眼我的片子，脸就那般冰冰的，他说，有缘的话再说吧，连碰都没碰我的名片一下。"

"后来呢？有缘没有啊？"刘冬笑笑地问她。

胡丽君拍了巴掌："真就是有缘的，不然也不会单把这事拿出来给你提了。当天下午就在科技楼前碰见他了。我迎上去，我说，你看，你还记得我吧，我们真是有缘的。他看了我一眼，想起来了。他也点点头，那行，你把你们的业务给我介绍介绍吧，反正我也正想买一份保险哩。就去旁边的小茶室里坐一下，给他叫了一杯椰子茶，我自己要了一杯白水，拿了我们的保险业务，给他一笔笔地介绍。你知道他最后说什么？"

"什么？"

"他没怎么看我给他介绍的那些业务，他直直地就问，你们做这一行的，我听人说，总是要付出点什么的吧？我当时没听懂，我还傻头傻脑地问，什么？他的嘴还喷了一下，他说，我要在你手上买一份，你总得给我点好处吧？这下我听懂了，我看着他，说，先买了再说吧，这个，总对你自己有好处，对你的将来更有好处。他低下头，小声地问我，你喜欢做爱吗？"

刘冬瞪圆了眼睛。胡丽君笑嘻嘻地看着她："你也觉得奇怪吧？那会儿天还是亮堂堂的，虽说是间小茶室，不过全是装的几十瓦的日光灯，桌椅都是复合板的，奶白色的板面，干干净净的明亮。窗前走过的人，全是行色匆匆的，下班的时候了。我看着他，收了那些业务表，我站起来，我大声地说，我，性冷淡！我拉开小茶室的门，就走到大街上了。"

刘冬微笑地点点头。

胡丽君兴奋起来："我没看见他的表情。你知道我为什么要赶快离去吗？我就是想先走一步，那杯椰子茶，要五块钱呢，我才不要请他！后悔的是我只要了一杯白水，那是免费的，早知这样的结果，我该要一碗芒果刨冰，那会儿有一个女孩子要了一个，我看着都有点眼馋了。"

　　保险就那样没做了。因为没意思，低头低脑地求人倒不怕，只是觉得少了点尊严。后来干过很多的活，摆过夜宵点，卖油炸臭豆腐干，生意也还不错，但太累了，熬夜让人吃不消，不想为了几个小钱，把青春都赔掉。胡丽君说到青春这个字眼的时候又笑起来："不能这样说吧？好像装嫩的感觉，可是总觉得，我自己还年轻。"刘冬就点头："你真还年轻。"

　　卖过衣服，弄过美容，不过这些都太要本钱了，光是糊口也能将就，想做得大一点，没本钱是不行的，现在行业竞争太激烈了，你的店小一点，就被人家大店给吃了。已经三十多了，谁不想穿得漂漂亮亮地坐在有空调的办公室里熬那下半辈子呢？胡丽君说，我也想像你妈妈那样，顺顺利利地混到退休，老了每天打两场麻将的。或者，她又说，像你外婆，一辈子也是好的。她知道刘冬的外婆，她还记得她外婆穿了一件米灰的柔姿纱洋装，黑褶的筒裙。哦，柔姿纱，多少年前的事情了！她向往地回忆道："那会儿老太太都有七十了吧？看着气质那可真是压倒一方。到厂子里来找你妈妈，一办公楼的人都跑过去倚在门角里看。你外公等了多少年才等到的她。你外公也是个人物啊，听说早年就留学出洋了，在社科院，可是比尖的人啊。"

　　刘冬不吭气，她的外婆，她不会比胡丽君知道得更多。往事早就随着风吹雨打散去了，人家只看到繁花似锦的堂皇，可是谁记得她母亲的苦哩？被人家戳过脊梁，被人家耻笑，外婆的三次婚姻被无数次地拿出来晒过，光天化日之下的毒日头，是风骚，浪荡，不贞，还有，破鞋。母亲自己用一辈子的严谨来化解曾经烙在她身上的印痕，再接再厉，让刘冬也依着她的模子成为一个庄重肃穆的好女人，没人能说得出半句闲言的好女人。一个女人的名声可以影响一代人，挽回这种名声，也许需要三四代的女人去用三四代一生的刻板来修复。算了，不谈也罢。

后来，就去教人家跳舞了。胡丽君接着说。没有什么比这个职业更适合她了，这真是她的舞台，她的地盘。

她啜一口茶，不看刘冬，看着饭店的窗外。那天是个礼拜天，来吃早茶的人很多，三三两两地带着老人和孩子，来晚了的，还没位置，在饭店外面拿着号牌等着人家的撤场，心是焦的，胃是饿的。酒足饭饱后的人悠闲地买了单，满足地擦拭着嘴角上的一点残汁，用眼角快乐地瞟一眼等着吃饭的人群，那种感觉竟然是居高临下的。刘冬想，老公在家里也等急了吧？还答应过儿子的，今天一家三口本说好了要来这饭店饕餮一顿的。可是，有什么关系？

刘冬说："我，能不能也来和你学跳舞？"

胡丽君一点也没觉得奇怪，她满口应承起来："可以呀。你要平时早上没时间，周六周日过来吧。"她找服务员要了纸和笔，给刘冬认真地写了具体的时间和地址，郑重地推给她："你要还有朋友，也可以介绍过来的。女人嘛，练舞是很重要的，会跳舞了，才有媚气。"胡丽君拍了拍刘冬的手背，知心地说："也是熟人了，算个八折给你们吧。一天四块钱。哪里省不下这四块钱呢？比你跑步总要对体型强多了。"

刘冬笑了，点点头。

周六的早上，练舞的人很多。男男女女，老老少少的。刘冬站了最外围，像观场的人，并不怎么随着胡老师的教导而起舞。闲看的人也很多，胡丽君大概也在这边有了点小名气，比公园里另几个场子的人多多了。

她仍旧一袭紧身的黑衣，在腰那里，三角形地斜裹了一件银色的外衣，她的身段就分为两截了，胸是胸，臀是臀。穿了一双粗跟的鞋，鞋跟钉了掌，每滑一个舞步，那鞋掌就在水泥地面上磨一下，带出刺人的响声来，不过那响声并不让人讨厌，从生理上来说，有一种本能的吸引，好像站在高楼处俯首下望，情不自禁地想要纵身一跃的那种地心引力般的自然。

她在前面舞动，教一个新的动作。可能是个四拍的舞，她一直在用英语念着数："one two three four,one two three four……" "走一步，屈膝，胯送出去，然后，转两个圈。快一点，一个节拍下转两个圈。"大家就空着手，抱着团空气搂着团空气在那儿走步。刘冬不知道为什么很想笑，特别是看着那些学舞的还有年岁稍长的老头子，迈着铿锵有力的步伐，哚哚哚地，像走行军步一样了。一早上，翻来覆去就那几个动作，人家都找着舞伴互相认真地练习，头也昂着的，胸也是挺着的，腰腹也是收着的，不知道为什么，在没有音乐的背景下，在公园早晨虫鸟啁啾的空地上，就有那么一丝滑稽。

胡丽君终于走过来："你怎么也不练习一下呢？我看你一直就在旁边站着，用眼看是怎么也学不会的，得自己动啊。"她做出一个姿势，让刘冬左臂搭在她的肩膀上，她的左手捏住刘冬的右手："我带一下你。"她滑出一个步子来。刘冬的腰被她的手用力点了一下，人就跟跄地蹿了出去。胡丽君笑起来："你的身子怎么这样硬啊？女人的身子，不可以这样硬的啊。"刘冬不好意思地摇了摇头。胡丽君头扬到另一边："许可，你带一下她。用点心啊，这是我朋友！"

有个男人懒洋洋地过来了。

是个很高挑的男人，长得有点瘦，仍旧是春天，在清晨，还是有料峭的寒风，这个男人却只穿了一件白色的丝织衬衫，扣子开到胸口，嶙峋的胸前搭着一枚翠盈盈的玉。他把手冲刘冬伸过来。刘冬腼腆地说了句："我不会。"他不搭腔，握了刘冬的手，强行地把她拉入怀里，开始走步。

脚步是跌跌撞撞的，手心是冰冰凉凉的，刘冬被他带着，无措地晃晃悠悠。许可扬着脑袋，不看她："眼睛平视前方，别看脚底下，跟着我的节奏走。一二三四，一二三四。最简单的步子，靠感觉来跳。注意我在你腰上的暗示，对，现在转一个圈。"刘冬跳完了，逃一样地钻出许可的胸膛。那男人的手是汗涔涔的，湿湿潮潮的汗，而她自己，已满颊飞红。

接近尾声的时候，大家伙儿叫起来："胡老师，给来一段吧。"胡丽君笑起来，看看许可，刘冬这才知道，许可是她的搭档。许可就按下录音机的键，过来了。

音乐响了起来，两个人开始有节奏地跳起来，一伸一收，转圈，再转圈，荡漾再荡漾。是现代舞，刘冬仍旧叫不出它的名字，两个人跳得很投入，大约也是早已配合多时的舞伴，相当默契，按部就班，一招一式都是设计好了的，像表演，没什么激情澎湃的感觉，脸冲着脸的时候，也是那种木讷的表情，可是，竟也是天衣无缝的，叹为观止的。

旁边有一个乞丐，真正的那种乱发蓬蓬，衣衫褴褛的乞丐，他坐在一株树下，跟着节律打着拍子，他讨钱的瓦盆被他敲击得叮当作响，也是合着音节的，一丝不苟，有条不紊，有人朝他扔过去一枚钢镚，很脆的响声，他大幅度地点头夸张地表示着感谢，手上的拍子仍旧没有停下来。刘冬看着他，笑起来，走过去，掏出一张拾元的票面，小心地放入他的瓦盆里。他的眼睛空无地看着前方，仍旧停不下那个打拍子的动作。

许可给她发个短信过来，刘冬看一眼，拨了号码过去。

每回都是这样的，这个男人，连电话费都舍不得在她身上花，而且理由还冠冕堂皇："你总是在单位里，公家的电话，也轮不着你掏钱的。"刘冬就点头，说得没有不对的地方啊，她没理由不赞同他。

什么时候开始的呢？好像是大家一起去玩，那会儿是胡丽君提议的，想带刘冬去真正的舞场演练一下，正好他们有个活动，免费的，就一帮子过去了。也算是老男老女了，进了舞场，跳了几曲，刘冬的舞伴仍旧是许可，好像是固定了的，每一曲都是他。刘冬也觉得怪难为了他，她看过许可的舞，是个老油子，跳得棒极了，逢着她，就有点伸展不了胳膊腿的窘困，她怕他难受，还劝他跟别人尽情地跳去。可是许可摇了头，散漫地说："没意思，老和她们跳的，一点劲都没了。"她觉得了一点知心，长这么大，和男人，其实还是隔着一层深深的膜的，她没和哪个男的这样亲近过，手啊，腰啊，被人这样亲昵地抚过了，虽然以舞之名。后来就去了小包房，一起K歌。那种场合，刘冬除了静静地坐着听，或者摇旗呐喊地附和几个巴掌，怕也没什么节目。然而他给她点了首曲子，他翻着电脑选页，透过一大堆邓丽君的歌，给她要了这首《千言万语》。许可说："你一定会唱的。老歌了，曲调没什么变化，很平的一首歌，也短，你总得来一首的。"她就真的推不过了，拿了麦，许可给她调放了原音，邓丽君的嗓音水一样地滑出，她就开始随着哼了那一曲：不知道为了什么，忧愁它围绕着我……大家都在干别的事，几个人围在桌子边掷骰子赌酒喝，声音喧腾得很大，胡丽君和另两个男的在私语着什么，一会儿笑得花枝乱颤，前仰后合，没什么人听刘冬唱歌，就只许可陪着她，从头听到尾。刘冬勉强唱完了，还下意识地吐了一下舌头。许可淡淡地拍了拍巴掌，只说了句："嗓子是可以练出来的，就像胆儿一样。你就是太胆小了。"他意味深长地看她一眼，在闪烁着光影的包房里，炯炯有神。

这算是开始吧？刘冬也说不清了。

他和她没什么话题，刘冬连他正经是干什么工作的也没打听过，结没结婚、有没有孩子就更不知道了。不是刻意不打听，而是总忘记了。他倒是问过她的，工作呀，家庭呀，甚至家境。而她，她只想从他嘴里知道胡丽君的消息。

"她就靠教人家跳舞挣钱吗？"

"是啊。早上给这些业余的教着玩，有时候下午和晚上就到健身房里教人家跳。运气好的话，还能到一些酒吧里唱两首歌混点钱的。"

"不知道她怎么想的，准备这辈子就这样下去的吗？这都是青春饭哩。"

"青春饭是你们这些人眼里的。她的青春长着呢。她喜欢搞这个，有什么事，能抵得过喜欢两个字吗？"

"她没有男朋友吗？开始，我还以为你是她男朋友哩。"

"我？"许可笑起来，"你也真会想。"他沉吟一下，"不过，从外形上，很多人说我们挺配的。"

"你们，好过的吧？"刘冬吐出这句话，用了一些劲，这劲用得有点拧了，连看他的勇气都没有。

"你，在意这个吗？"许可问。"像她那样的女人，少不了男人的。少了男人，反倒对不起她了。"刘冬的牙齿紧咬住嘴唇，她的脸已经很红了。

许可哈哈哈地笑起来，倒在床上。那会儿他们开了房，登记的时候是刘冬的名刘冬的钱。开始的时候有点紧张，看着前台的服务小姐，连她们细声细语的询问都不大听得清了，然后拿了房牌，在男服务生的带领下走向电梯。进了电梯她才想起许可来，用脑袋张望一下，这家伙跟着他们身后已经跨进来了。

旋了门，一眼看见的就是那张铺着雪白床单的大双人床，明目张胆地孪撒在那里，有点不知羞耻的不要脸。刘冬愣了一下。

门咔嚓一下带上了。许可过来，自然而然地，环了她的肩膀，像每次起舞前一样。刘冬慢慢地把那只熟门熟路的手臂推开了。她的眼睛抬上来，盯着他："说好了的，只是谈话。"

许可放开了她，摊开手："这有什么？这没什么吧？"

他以为她迟早会是他的。他以为错了。孤男寡女同处一室，也可以是什么事都做不成的。他想不到，他当然想不到。

刘冬悄悄地笑起来，其实在外面也能谈话的，可是外面的阳光太明媚了，太刺目了，哪一个街角，也都会有她的熟人，哪一家餐厅茶室咖啡屋，也能撞上相识的人，而且，不止一个，是啊，谁叫她三十多年的人生就在这座城市驻足的呢？每一处地方都有可能碰到认识她的眼睛。然后呢，然后就有说不清的风言风语，一个男人一个女人，太多的猜测和想象了。可是开了房，在一间两人独处的空间里，遇上人的概率几乎是零，危险系数其实是更大的，如果碰巧有人看到她开了房？那么，母亲大概会跳楼了，她的清白是怎么也说不清了。可是，她对得起她母亲的，她对得起母亲辛辛苦苦熬下的这些声名的。她不怕。

许可过来了，抚一下她的头发："你知道我真的喜欢你，第一眼，就爱上了。你和别的女人不一样。真的，一点也不一样。"

许可的眼睛里有一丝深情，刘冬垂下眼，不去看他。刘冬这辈子，最怕的就是深情。没人在她面前表露过深情，父亲，母亲，弟弟，甚至还有老公。老公没说过他爱她，没说过，他们本就是街上对面走过也停不下来的一对路人，硬有人拉扯着停了脚步，彼此颔首，成就了一份相谐的姻缘。没有什么前世，没有什么沧海桑田。爱？怎么这样夸张的一个词。

"胡丽君的男朋友，你认识的？"

"啊？"许可点了一棵烟，在床上抽起来，他抽烟的动作其实很漂亮，也是，这种模样的男人，大概也能迷住一些女人的。"我说出来你可别问她。真的很好笑，你知道她相处的是个什么样的男人吗？哈哈哈……"

她听着他淡淡地讲，有点嘲弄的口吻，他斜倚在床靠背上，那是一张漂亮的床，靠背是藤条做的，枝枝蔓蔓，床头灯也是艺术的，配着床，同样的藤条，同样的枝枝蔓蔓，如她的心一样。他的烟还叼在嘴上，停一下，吐一个圈，烟圈散在空中，过一会儿就淡了，升腾上去，再也寻不见踪迹。

他看见她流了眼泪，他有点骇住了，他忙从床上起来："怎么了？"

她摇头。他哪里懂？他哪里配懂？她把眼泪抹一下。

他抚了她的脸颊，泪在她脸上扫得莽莽撞撞，粘着皮肤，真是不舒服死了。"你，为了她？不至于吧。你们怎这样好的关系？我还以为她没有过女朋友呢。像她那样的女人，哪有真正的女朋友哩？"

他开始解她的扣子，嘴唇递过来，想要吻她。刘冬死死地挣扎着，不动声色，可却是坚硬如铁的倔强。几个回合以后，他败下阵来，其实哪是败，男人哪有对付不了女人的道理，但是他灰心了，吁出一口气，又回到床边上。"到底怎么了？出了什么事吗？"

"说了，只是谈话。"

他笑起来："我的天，谈个话还跑来开房？你让谁想得出来？"

刘冬不做声。

"哦，就为了跟我套她的情况？怎不直截了当地问她？"

她仍旧不做声。

"你们什么样的关系啊？你，让我有点害怕了。"许可又笑了。他的笑是那种能够勾引女人的笑，无所谓中带着一点坏，最致命的诱惑。

"那，除了她现在的恋爱，你还想知道什么呢？"他温柔地问。一点也没有被人耍了的那种气愤。他还顺着她，不可理喻地顺着她。

她摇了摇头。

"唔。就这样，那我走了。"他起了身，稍有点犹豫，用手轻轻地又抚了一下她的头发，"你真是个奇怪的女人啊。"他的调子始终是淡的，转身旋了门，轻轻悄悄地走了。

也许和他接吻会很舒服的吧，也许和他做爱也会很舒服的吧。刘冬站在房间里，看着床上的那些褶痕，许可刚才躺下弄皱了的地方。她在房间里静静地又待了两个多小时，关了手机，拔了电话线（天知道，会有谁往这里给她打电话），她静静地待着，觉得对自己总算有了个交待。

就开过那一次房，什么也没做过，然后，连再在一起喝个茶的提议都拒绝了。刘冬没再和胡丽君他们一块混了，周六周日早上的练舞也没去了。胡丽君打电话来问过她，她的借口是：忙。还是会和许可联系一下的，有时候他发个短信过来，她就拨个电话过去，都是上班的时间里，他是个聪明的人，或许本就是个调情的老手，知道对付一个有夫之妇在什么时段最合适，他不想拆了人家的家。话其实也都是淡淡的，三言两语就说完了的，但因为单独地处过一间房，他还说过他爱她，不管是真是假，这辈子，真就只有他一个男人对她说过他爱她，她没办法不敷衍他。"周六有个舞会，挺好的，不过来吗？"

"不过来了。"

"哦，挺忙的吧？"

"是。周六要洗床单，打扫家里的卫生。"她顿一下，"她还好吧？"

"还是那样吧。真有什么大事，我会头一个告诉你的。"

"哦。"她听出他的一点揶揄，对她的行为无法理解的一丝嘲笑。

"行。那就这样了？"他浅浅地笑一下，挂了电话。

她哪里能再跟他们一帮子混？她知道她这辈子生活的轨迹。再这样下去，也许是又一个外婆也说不准的。男男女女在一起，相拥而舞，欢歌笑语，没有情也会来情了。母亲说得有道理，歌唱得好，也是给人听的，舞跳得好，也是给人看的。这些人是什么人？男人！她想，她不能对不起母亲几十年苦撑的心机。而且，她也来不及了，风光的年龄早过了，便是一副好嗓子，一副好舞架子，再怎么折腾，也是快败了的烟花，即使绚烂也是拖沓而无力的。

她还是会约她。单位的晚会，刘冬是逢场必邀胡丽君的。她喜欢胡丽君的张扬，喜欢胡丽君散发的咄咄逼人的霸气，那是人所共妒的，你看看，连平常不显山露水的林月芹也掩不住的妒忌，京剧的腔，华尔兹的舞步，只有她一个人拿得下，只有她一个人在舞台上玩得转，整个晚会的中心全是她，所有的男人都围着她，所有的女人眼里都喷着火，她把刘冬从小的梦想都显现在了眼前，她唱着，她舞着，刘冬的血脉都偾张了。

星期天，刘冬给胡丽君结账。每一回的晚会都有出场费，一千块人民币。胡丽君笑笑地接了钱，数一下，小心地放入坤包里。胡丽君并不知道，这是刘冬私人出的钱，她一个部门里不痛不痒的副职，能有什么长袖善舞的能耐，能说服领导，请得了演员来捧场？

胡丽君今天有点高兴，她突然提出来："要不，我请你去洗个桑拿吧？走吧走吧。你看，我从没请过你的。"是的，她真从没有在刘冬身上花过钱的，一起出去干什么都是刘冬掏钱，吃饭，喝茶，打的。算起来，刘冬的薪水真还没有胡丽君挣得多，只不过一个工薪阶层，哪里有什么多余的外快呢？刘冬迟疑了一下，点头答应了。

那天她们很快乐，去蒸了桑拿，把毛巾裹在胸上的时候，胡丽君还开过刘冬的玩笑："我的天！"她叫一句，笑得有点调皮，她的手淘气地抚一下刘冬的胸襟："你怎这样平的？都结婚有孩子多少年了，怎还这样的？"刘冬就红了脸笑。胡丽君撇撇嘴，悄声地对她低语："多让家里那位揉揉就好了。你看你的身板，真是太硬了，带你跳舞的时候都感觉到了，怎么一点女人的灵气都没有的？"

刘冬岔开话题："你为什么，不教人家跳华尔兹的？"

胡丽君摇摇头，有点不屑地冷笑："华尔兹可不是随便什么人都能学得会的，得是女人中的极品。你知道它对女人的要求多高？不是出众的女人，谁敢碰它？"她仰脸看了一下天花板："话说得有点不自量力了。不过，真的是这样的。不相信自己是女人中的女人，就不要有胆子跳华尔兹了。很小的时候，我看见你外婆跳过一次舞，和你外公，在社科院的小礼堂里，前面的曲子大家已经跳了好久了，大概是什么慢三慢四吉特巴一类的，没什么感觉，大家伙都像走路，搂一个抱一个就走上去了，也不丢人，只有华尔兹，曲子一放，场子里就没几个人了，零零星星的几对，后来，全招架不住了，都退下场来，只有你外公你外婆。那时你外公的腿已经瘸了，可是气势还在，搂着你外婆在舞池里旋转，你外婆穿一件紧身的毛

衣，没见过的款式，想是她一直珍藏的东西，着一条灰白的羊
毛裙，摆的悬垂感很重，转一个圈，裙摆就舞动一下，露出里
面啡色的衬里来，波浪形锯齿形的翻转，脚下是一双尖头的皮
鞋。那会儿她已经不年轻，可是身段仍旧是曼妙的，一看就知
道是绝不糟蹋将就自己的女人，她的脸始终对着你外公，浅
浅地笑，很动人很娇媚，小鸟依人，却又旁若无人。一场子的
人都看呆了，男的女的，那些大人，全都呆住了，我听过她的
很多风言风语，可是有什么关系，一辈子，活在男人倾慕的眼
光里，活在女人发妒的眼神里，有什么关系？！你知道那个时
候我的心都被扯进去了，我不知道世界上还有这样可以让女子
动人的舞步。再也没见过了……"外婆的样子，刘冬已经淡漠
了，便是从别人的嘴里转述出外婆那样的风情，她也觉得与自
己毫无关系了。有一点东西，其实在她的身体里面，早已经慢
慢死掉了，像母亲那样，也像母亲期望的那样。她只看着眼前
的胡丽君。

那天真的很快乐，刘冬陪了胡丽君一天。后来又去了麦当
劳，因为胡丽君的女儿过来了，小小的年纪，长得倒是洋气，
可是因为父母的离异，眼睛里便有了单亲家庭孩子里通常有的
那种萧肃，看人的时候，带着一点巴结，也带着一点疑惧。刘
冬很喜欢她，对胡丽君说："和你小时候一样哩，是个美人胚
子。"胡丽君笑起来："她爸可忌讳这个呢，还有她奶奶。
你看他们给她打扮的这个样子，哪有女孩子的一点色彩。"是
的，小妮子穿着一套运动衣，样子是中性的，颜色更是老气的

深蓝，头发胡乱地扎着，什么装饰品都没有。胡丽君给她重梳了一条马尾，只有那曲曲折折的自然卷发，悬泉瀑布，飞漱其间，怎么也忽视不了的惊心动魄。刘冬对小孩子其实是不大喜欢的，说不清为什么，就像小猫小狗一样，有的人爱得如性命一般，可是呢，刘冬就觉得脏，觉得麻烦，觉得有一点说不出来的讨厌。小孩子对她来说，也有那么一种感觉，她从没有在真心里有一种渴望去搂抱人家的孩子。但是看着那个小妮子，胡丽君的小妮子，她忽然就有一种感动，一种前世的缘分。刘冬看着那小妮子，她也定定地看着刘冬，一点怯气都没有。刘冬忽然问胡丽君："你听说过一句话没有，是佛说的：儿女是灵魂的所向，如果一个女人生了儿子，那是因为有个人的灵魂爱上了这个女人，投生做了她的儿子，而生女儿的……"刘冬把话咽了下去，而生女儿的，是有个女人的灵魂爱上了做母亲的那个女子，投生做了她的女儿么？多么可怕的篡改。佛啊，原谅我的不恭吧。

胡丽君在给女儿擦拭嘴角上的一点番茄酱，咦咦呀呀地支吾着刘冬的话："不知道啊……你看你，这样大了，女孩子，总该讲究一点吃相的，佛说什么来着，我不太信那些，吃东西的时候，得小口地吃，女孩子啊……"刘冬看见她抹掉的那片番茄酱全揩到那张雪白的餐巾纸上，猩红的一片。

她的第二任前夫把孩子接走了。刘冬以为母女俩都会难受的，然而，分手的时候倒都是笑嘻嘻的，看来惯常如此了。只有那第二任前夫的眼始终歪斜着，不朝这边正眼瞅一下。胡丽君笑着对刘冬说："她奶奶很怕我把这闺女带坏了，你看，防得什么似的。小姑娘家的，也不打扮漂亮点，以为这样，就能成为他们想象中的好女人了。"

刘冬不吭气。

胡丽君说："你要没事，陪我去江边走一下吧。那边修好了，挺漂亮的。"

刘冬的手机在包里震响，是家里打来的，也许是儿子，也许是老公，好女人这会儿应该在家的，相夫教子，其乐融融。然而刘冬没有接听，她把手机铃声调到无声状态，她想，也许是最后一次陪胡丽君了，从此，刘冬仍旧做她的好女人，她已经坚持三十多年了，不想前功尽弃。

江边的风吹得有点凉飕飕的，到底是晚秋时节了，有一丝寒气逼人地袭来。胡丽君在江滩边坐了下来，拍拍旁边的石阶，示意刘冬也坐下来。

很久，她们没有言语。江边修缮得真是漂亮极了，刘冬好长时间没有来这里玩过，岸边新垒了石级，斜栽了柳树，到底是秋天了，柳树有点残败，虽说仍旧是绿枝萦绕，但已经没了精神气，萎靡不振地摆动着，石台上幸亏还有几株桂花，正是茂盛的时节，风一吹过，便有扑鼻的香气，浓郁得有了微熏的感觉。对岸建了排排整齐的楼房，硕大的广告牌矗立在江边，霓虹灯耀眼地闪烁着。江上不时驶来灯火通明的一艘游轮，看得见在甲板上欢歌笑语的人群，令人向往的热闹。

胡丽君淡淡地说了句："我现在处的一个男人，昨天和我分手了。"

刘冬不能做得声去。

"没有人相信我会和这样的一个男人好上。可是那会儿，我觉得他真是爱我的。你不知道我们相差得有多么悬殊！可是我想，总抵不过真情。这辈子，谁不想要一份真情，我那么热闹过了，真的只想平静。我以为，他总会待我好的，什么我都不计较他，长相，身材，从农村来这里讨生活的背景，还有，还有一个妻。他以为他是做梦，他说，他从没想过一个仙女般的女子，一个那么出众的女人，会躺在他的怀里。"

刘冬看着那艘游轮驶过的水面上，泛起了涟漪，浪一层一层地卷过来，冲到岸边的石级上，江水襄陵，沿溯阻绝，抖起了汹涌的波涛来，江水溅到脸上，有星星点点的湿潮，还有一点苦涩的咸。

"还是没有善终。真是想不到，是他不要我的。昨天我们去了旅馆，最后一次，我忽然觉得舍不得他，抱着他瘦瘦的身体，我想，这样的身体，也是不属于我的。这一次，我没有用避孕套，我就想真真实实地接触一下他的身体，管他什么后遗症，可能，真想破罐子破摔了吧。"

她停了会儿，笑一下："走的时候，忘了拿避孕套。杜蕾丝牌，十只装的，有点贵哩。我一直到现在都心疼那盒避孕套，连封都没拆，不知便宜谁去了。"

胡丽君小声地啜泣起来，斜依在刘冬的肩上。浪又打过来了，一层一层的，那种声音，真是寂寞的。

刘冬把胡丽君拥在怀里，用力紧了紧，她感觉到她的一点挣扎，有点仓皇的，有点下意识的，如果胡丽君推开她，刘冬也许就立刻放了她，比她挣脱她的劲还要大，还要无辜，还要张皇，可是胡丽君没有，她偎在刘冬身体里，鲜活的肉，软软的一沓。刘冬悄悄地吁了一口气，她想，她已经喜欢她多少年了。

无名女郎

赵姐姐过来的时候，洛洛正在帮一桌"60后"的"成功家"弄截屏功能。这帮成功家，有的是知名律师事务所的合伙人，有的是著名会计事务所的首席会计师，还有的是风投公司的董事，个个都算有头有脸的人物，却全玩不来智能手机的功能，孩子般地，拿着都是大屏的华为、酷派、三星——咦？他们大都不玩爱疯，虚心地向洛洛讨教。

赵姐姐指着过来的一个年轻人，个儿不算太高，戴副眼镜，脖子上围着BURBERRY的围巾，左手拿着杯只够嘬一口的红酒："这是David，是美国COLUMBIA UNIVERSITY力学工程的硕士，前年回来的，现在是大卫红木制品有限公司的董事长，在欧洲城和红星美凯龙都有自己的卖场。"

David微笑一下，用空着的右手握洛洛的手，然后用左手扬起他的红酒杯，轻轻地抿完了最后一滴琥珀色的浓液。洛洛回转身，也拿过自己的红酒杯，干了杯中的酒。

David说："你妈妈说，"他有礼貌地向赵姐姐曲一下身子，"待会儿你还要去大中华海归年会。我本来也要去的，但今天这场，"他小幅度地转了下身，指了指周遭喧嚣的人群，"去不了了。莫华伦是我们请过来的，等下要陪他们。"他又小小地耸了下肩膀，"得捧场。"

洛洛点点头，也笑笑："那我可真失礼了，我答应那边的，得过去。年终总这样，一场接一场的年会要赶。"

David还是微笑："没事。你在莫华伦开唱之前就走，不算失礼的。"

然后，他们别过。赵姐姐甚至都没看一下洛洛的表情，就和David一道走回自己的桌位了。

洛洛想了想，把自己的爱疯拿起，照相设置到自拍状态，悄悄地摁了一张。然后，放大，悬转，再放大，看自己的脸在图片上的显示。她从不自拍图片放到任何社交群落里，所以没有设置美肤功能。这让她看清自己实际真实的状态：肤色均匀，眉眼清澈，一点腮红一点眼线都恰到好处，只唇上的一抹口红，因为菜式早已过半，有点脱色，不过在这种欧式的宴会大厅里那似明亮却浑浊的光，一点也不影响。但是她还是有点紧张，有点苛责地想了想自己的身材，在现今中国的审美观念下，她似乎有些丰满了？不过杨竞说过她，你是男人眼中最好的身材。那会儿她嘲笑杨竞，男人？你才多大啊，还男人呢！杨竞低了眼，不再搭话。

她喜欢杨竞的样子，高挑，帅气，阳光，眼睛里少有的清澈。他画画时的专注和凝神，烦恼时咬着画棒的那阵蹙眉。她冲下山道的那副滑梯上，他紧紧地抱着她……

菜又从侧厅过来了，一个个打着黑领结穿着黑西服戴着白手套的侍者鱼贯而入，全部受训好的模样，左手端盘，右手笔直地垂放于裤腿中缝处。宴会厅热闹起来，好像又一拨敬酒开始了。洛洛的桌上又走失了一大半的人，只右手的那个大律师是赵姐姐的朋友，还在流连忘返地品着自己的那盅汤。

"你妈在给你张罗对象吧？"大律师已经把汤抿进了肚里，拿起手边的毛巾小心地擦拭了下嘴唇。

洛洛笑，点下头："赵姐姐爱操心这个！"

"你可说小也不小了，再怎么样，总得谈个恋爱，结个婚，生个孩子，这是人生。你是明白人，这道理说浅显也忒浅显了，可有多少人能真明白？是吧，孩子？！"

她叫她"孩子"！她比赵姐姐应该小几岁，也许也差不多大，小波浪卷，额头和两侧的边发撩上去，一枚精致的发夹，穿MAX AZRIA酒红色长大衣，里衬橄榄绿羊绒连身裙，铜锈绿的丝质衬衣的领和袖不经意地露出来，那款巴黎世家的铜钉机车包就扔在脚下。雪白的肌肤，自然色的口红，琢磨不出真实年龄的笑容——她们都是一样的装扮，精致的，咄咄逼人的暗藏杀机。有一天，洛洛也会成为她们中的一员——她的起点已经很高了，在这种年纪就和她们推杯论盏。她会不会还没有到三十岁，已然也是她们这副披盔戴甲的模样？

"最近太忙了。去年还在爬坡呢，今年业务一下子就好起来了！"洛洛还在笑，"也不是说有多好，就是比去年进步大多了！"

"我有个朋友的孩子，加拿大回来的，长得挺帅的，和你错两岁。改天也约你们见见？"她是哪家律师事务所的合伙人，洛洛想不起来了，他们新八路光这些大律师就有七八个之多。有段时间赵姐姐整天不着家，洛洛问她去干吗了，赵姐姐说最近在社会政治学院办了个班，都是统战部组织的，全是一帮事业成功人士。洛洛说这倒挺对她的路的，她那会儿回国一年多了，事业才起步，好想结识一下这些人士，研究别人的成功秘诀。总之，培养些人脉也是好的。赵姐姐就给她报了下期的班。他们是第八期班，笑称自己是新八路。

"行啊！"洛洛倒爽快。

"你倒是给我说说你要什么条件的？"大律师很正儿八经地问洛洛，眼睛非常认真地看着她。她们的桌子在宴会厅的正中，来来往往全是拿着高脚红酒杯走来晃去的人，个个体面，神采飞扬。

"有钱吧！"洛洛诚实地说。

"哈？"大律师眼睛假装瞪圆了，仍旧带着一丝调侃的笑，"你还缺钱啊？你这样的，应该找帅气的。男朋友在你身边一站，嗬，那个有型有款！多长脸啊！那才衬你的成功啊！"有一晚他们新八路集体受邀去参观一个"同学"的会所，都有点喝高了。回来后，在学苑宾馆的宿舍走廊里，一个风投的男老板笑着对两个女企业家说，你们来我这儿敲门，拍一下，我就知道是慧过来了，拍两下，我就知道是娟过来了。洛洛正穿过他们回自己的房间，笑笑地说他们，拍三下，慧和娟一块儿进去，你们还3P呢！他们几个，所谓的大人，全僵在那儿，糊里糊涂地看着洛洛一点不知廉耻地进了自己的房间。他们真把她当孩子吗？十二岁就出去了，一个人坐那么久的飞机到那么一个陌生的国家，什么都是陌生的，人种，衣着，土地，风俗，信仰，甚至，风啊，雨啊，雪啊，就连太阳也是陌生的。她自生自灭地度过了自己被他们认为最单纯的年龄，那种被父母哄着读心灵鸡汤的年龄，那种被老师羞羞怯怯地跳过生理卫生那一章的年龄。

杨竞倒是帅的吧？他的眉骨挺高的，眼眶朝里凹，伸出的睫毛又特别长，鼻梁挺拔挺拔的，典型的希腊式。他不大像西北人，性格上特别温柔和细致，说话总是慢条斯理的。可能和他从小被母亲和姐姐庇护有关。洛洛不喜欢太粗犷的男人，国内的女孩子有时候觉得粗犷代表着野性，轻放缓行的男人反而被认为娘炮，洛洛在英伦待久了，有时候会在论坛上歇斯底里地盖楼，让那些受虐狂去领教野蛮的侵袭！

洛洛喝了些酒，"同学"一拨一拨过来敬，领导也来走场。好像桌子也快轮完了，演出马上要开始了。赵姐姐拿了包过来，陪了洛洛这桌一轮茶——因为要开车送洛洛，大家都体谅。广东还有一点好，不灌酒的。她们悄悄地从侧门出去了。

赵姐姐说："等下我还得回来，统战部换了任领导，我得陪陪人家。你那边弄完了，自己打个的回家吧。"

洛洛点头，把窗户摇下来一点，任窗外的风吹得自己脑门儿发疼。

"这个David，你上点心，我看他对你印象特别好，我告诉过你的，他家的背景也不错。主要是自己也挺厉害的，也才两年，企业做得不错了！"

洛洛冷笑一声："一个学力学工程的，倒去卖红木家私了。这倒多少有些专业对口，人体的承重总能算到最科学的精准和舒适度了！"

赵姐姐也冷冷地撇一下嘴："五十步笑百步了不是？你还牛津的牛人呢！一个学数学的，去做珠宝买卖的电子商务了。"

"不就因为我自己走了岔路，所以见不得人家也专业不对口嘛！"洛洛早过了和母亲吵架的年龄，她的叛逆期甚至赵姐姐都没领教过！而现在，赵姐姐的更年期似乎她要领教了。

姐姐，她一直叫她赵姐姐。打从爸和赵姐姐离婚后，洛洛就这样唤自己的妈妈。她是年轻的，她是有魅力享受再一轮幸福的。事业做得再大有什么用？地位在社会上做得再高有什么用？赵姐姐需要一个赵姐夫！

洛洛不需要爸爸，她已经过了渴望爸爸的年龄了。她甚至都不想和他来往。婚姻是一场合作，如果对方资源太强，你就会被对方甩掉，如果你的资源太强，你也会把对方甩掉。公平合理！

杨竞的父母没有这些鸿沟，他们一辈子待在陕西南部的一座小县城里，他们一辈子都处于同一水平线上。杨竞的家应该算幸福的，爸从邮政所退了，妈从当地的文化馆也退了，有个姐姐，嫁了个不错的婆家，唯一不好的是生了个女儿，因为对方是独子，现在铆足了劲想生二胎，到处查生儿子的偏方。

他自小喜欢画画，可能和妈妈在文化馆工作有关，一路从蜡笔、水粉一直画到油画，拿过国家级报刊的大奖，然后作为艺考生进了中央美院。

"县里过来人，在我们家张贴了大红条幅，送了奖状给我们家。我奶奶家是高干，曾经在县里也挺有名气的，不过二十多年前就败了，没想到在我这里又扬眉吐气了。"

洛洛陪他坐在那所小花园的亭子里，看他勾出一幅三角梅的素描来。杨竞的部门是大小休轮着来，小休的话，他会赖在床上到十一点，磨磨叽叽地收拾好自己，早饭中饭一轮解决掉，然后，他会拿出画板，调色，一点一线地勾勒。可是很久，要等很久，他才会有一幅完工的作品出来。

杨竞初来深圳时，到处找不到对口的工作，差点绝望地要去必胜客当小弟。后来就进了一家知名的童装公司，到了设计部，整天描摹名牌公司的服装，行话叫抄板。三个月后，薪水就到了一万二，成了公司的主力。他在景田那边租了间公寓，靠地铁，有独立的卫生间和厨房，最主要的，是在关内——他才来多久，也这么计较关内和关外？洛洛会小小地笑话他。

"不是。是因为安全和方便，有时候，公司会加班到很晚的。"杨竞低下眉睫来解释，他的不平不缓的语气里有藏不住的自傲。杨竞应该是自豪的，像他这种年龄，陕南小县城的背景，父母的一点退休社保，还有任谁能一股气地拿这么高的薪水？可是一万二，在离关内十公里的位置，也连一个平方米也买不了呢。

洛洛问过他，这样的一幅画能卖多少钱？杨竞说几百吧，还要加一句强调下，因为没名气啊。

洛洛又问，你没想过在大芬村画画吗？听说那里的收入也还不错。杨竞摇头，绘画是我的爱好，不作职业的。

洛洛笑起来，如果也能带来丰厚的收入，爱好和职业结合起来是最好的上上策了。

杨竞半天才答，那不可能的，以他这种年龄，至少还得再熬两个他的时光。

洛洛接触的新八路里，也有做文化产业的，他们大都玩国画：山水，人物，工笔，写意。好像做的思路是，看中一个有潜力的画家，一般也有五十岁以上了，在这个圈子里略有点名气，可是却叨陪末角，然后开始拿钱投资：进国家美协，请评论家好评，办画展，小范围地拍卖。气候形成局面了，也花了五到十年的功夫，原先一张千儿八百的画，一出手就是十万以上的价。画家就有名了，投资者全赚了大钱。

洛洛说，你慢慢来，总有你成名的那一天。

杨竞仍旧专注在他的画面上，嘟嘟囔囔地说："世界只有一个克拉姆斯克依。"这下洛洛知道杨竞最崇拜的画家是个俄罗斯人，她到度娘里赶紧查了，放大那个画家的画，大多是人物肖像画，可是她无力和画中人对视，因为会觉得被画中人的眼神攫取进去，摄了魂魄一般。

她想，有一天，杨竞会不会耐着性子为她作一幅画，像那幅《无名女郎》一样？

他们约在太平洋咖啡馆里。David早到五分钟，洛洛倒是准时，踩着点儿来的。然后一人叫了一杯黑咖啡和卡布其诺，坐在搭着帆布棚的室外。

他仍旧戴着那条BURBERRY，这让洛洛觉得一丝可笑。海归分好多类，留澳的追名牌，留加的爱豪车，留英的最守时，留美的其实顶随意了，特别是从美国那些名校回来的，基本上都是休闲打扮，傍身的全是不起眼的二线三线美国货，哪有这样弄些嚣张的LOGO来打点自己的？可是冬日的风虽然伴着暖阳，却冷飕飕地吹过来，David紧了紧自己的围巾，倒让洛洛对他的护颈吃了醋。

"你会觉得留学的日子白过了吗？"他戴了副眼镜，光从背后打过来，看不清他的脸。"我们现在都不是靠自己的专业了。"

洛洛笑："没有白过的日子，青春本来就是用来浪费的，不是吗？"她朝街心望去，有个打扮相当时髦的女子，搭着件乳白的羊绒大衣，挺直地推着一件玫红色的行李箱，她的长发轻轻飘起，目中无人的眼神直视前方。三十岁左右的年龄，体态姣美，应该是个有故事的女人。洛洛想，有故事的女人才有阅历，但谁知道浸淫在这些故事里，能否千锤百炼百折不挠地冶炼成钢呢？如果成钢，这是多么可怖的结局。

David说："我倒是有点可惜自己白修了那么多年，你知道吗？我还真是个学霸呢。"

洛洛说："我也是。"她当然是。她曾经那么努力刻苦地争取门门A+，在那么多优秀的学生族群里，她要做得出类拔萃！她几乎没什么朋友，把闲下来的时光都交到了那所著名的图书馆里，她看到她的同胞每周一起约着去中国餐馆吃火锅——她有次也和他们一起去过，有趟碰到了来参加灯饰展的一帮中国参展团，她听到里面有个帅气的青年男子恶狠狠地朝向他们说："瞧这些富二代，拿着父母的钱不学无术！我一定要让我的孩子成为老板，让他们给我的儿子来打工！"她一直记得从那明朗的脸庞里吐出的那些咬牙切齿的句子，字字揪心。她从那以后再没和同胞们去过中国餐馆集体吃那种火锅。她得要多努力，才能平息下这些给别人打工的人的怒火，心甘情愿地折服在她的学历里专业里阅历里。看吧，又是阅历！

洛洛说："我本来回来是想找个大公司，历练历练。可惜对口的专业也没有，难不成进研究院？那还不如回牛津算了。也是自作的。"

"没想过待在英国不回来？"

"怎么没想？国内也有那么多问题，特别是食品安全问题，你看现在曝光的那些，谁还敢吃什么？有时候想想，饿死算了。"洛洛终于拿起杯子，抿一口卡布其诺。她其实不喜欢咖啡，尤其不喜欢这种甜腻腻的带文艺范的小资符号类饮料。"可是要想有所建树和作为，还是国内的大环境才有机会。英国和欧洲差不多（她像英国人一样不把英国当欧洲），不像美国，再努力，不经过个几十年的折磨，你休想创立一家自己的小公司。马云马化腾们的成功，哪有可能复制？"

David好脾气地看着她，洛洛想，天，她是不是伤了他？他为什么回来？坊间有个说法，海龟现在都成海带，如果能在国外混的，一般绝不回来打拼了。她刚才的那番言论，是不是否定了David的美国七年？

"其实，最主要的，也是为了赵姐姐。"洛洛画蛇添足了一句。天知道，她怎可能真为赵姐姐回来？她十二岁就出去了，早是黄皮白瓤的香蕉人，再是孤苦伶仃的妈，也用不了她的一生去陪伴。

David说："我是为了我母亲回来的。我和我哥同父不同母，哥现在已经着手管理父亲的产业，母亲可能有危机感。"他淡淡地笑一下，他们这代人，对上一代的感情之事，总是带点宽容的嘲弄，"而且，她也就我这一个儿子，不想让她觉得没有依靠。"

"没准备在你父亲的公司做吗？"洛洛是知晓他家的情况

的，那么大的家业，如果他父亲走了，哥哥还会让他沾手吗？

"也无所谓。现在做这行，也是积累经验。商场都是一样的，此处的经验，彼处也适用。父亲的公司，将来总用得着。"David侧过脸来，光线这时移过来了，像一条虫子一样爬在他的脸颊上，怎么看都有一种狰狞之态。

赵姐姐周日要出去打网球。她挺奇怪的，像她们这类人，打高尔夫的居多，圈子里的女企业家啊，大律师大会计师啊，阔太啊，都在高尔夫俱乐部里混。赵姐姐喜欢李娜，从2000年李娜初露头角，她就爱上她了，随她学起这种多少有点太耗体力的运动。洛洛想，赵姐姐骨子里还是喜欢霸气的女人的，霸气而且成功。洛洛叹口气。

赵姐姐说："你不要老关心毛爷爷，你也要关心关心自己的个人生活了。介绍了那么多男孩子，总得约着出去玩一下。你的公司一天没你不行吗？"

有时候，真的是，洛洛的公司离了洛洛，地球倒仍旧转，公司却僵立不动了。没办法，现在还在起步阶段，虽说生意好起来了，可是搞电子商务的，哪有关门的时间段？培养的几个小干部还真不知能不能脱手呢？

洛洛关掉电脑："是，今天不管公司了，不赚毛爷爷了。今天本尊去约个会！"

赵姐姐侧脸看看洛洛："要约会，也弄个靠谱的。连辆小车都没有的，你就别浪费时间和人家混了。"赵姐姐拿了她的那套网球行头，关了门，头也不回地走了。

洛洛没想明白自己在哪里露了馅，和赵姐姐时常地斗智斗勇，赵姐姐一般还是占了上风。有时候洛洛想，赵姐姐得过尽多少千帆，才练就得如此火眼金睛？

杨竞带她去了关外的一处偏僻社区，离地铁站都有十五分钟的路程，路上只一间小超市，连着超市的还有一间沙县小吃店，然后是社区外赭红色的高墙，冷冰冰地直通到小区的大门处，修得倒巍峨，露出的是没有人气的虚空。

再往里走，是一排连体别墅，都是四层楼的，空间面积倒不大。杨竞兴奋地说："我租这里了，我以后就在这里办事了！"

他辞了职，和两个朋友合伙开了家淘宝店，专卖新奇有趣的电子类消费品，巧克力型充电宝，马卡龙暖手宝，空军一号挂式扩音器香水，魔方式多头插座。货品分门别类地堆在一层和地下层，他们的办公间在二层，三台电脑摆在桌上成品字形，两个女孩子探头探脑地和洛洛打了声招呼。边上还有张小方桌，堆满了圆通的快递单。

杨竞把洛洛带到三层，那里是他的房间，和他在关内那套公寓里布置得一样，干净而充满艺术气，墙头挂着一幅印象派的画，简易衣橱顶上，是各式的雕塑小件，对着窗的，是他的画室，一幅未完成的画被一层亚麻布遮挡，下面是零散的画板和颜料，还有一枝一枝的画笔。

洛洛笑："这可有段日子了呢。你都没吱一声。"她不太爱发火，这么多年的闯荡，她早学会如何掩饰自己的脾气，便是猪一样的队友，下次不再合作就是，便是驴一样的下属，找个借口打发走就成。

杨竞解释，意思是想给她个惊喜，然后可能确有些兴奋了，讲得比往常多些。

那家公司再好，他看了看，这种抄板的日子是毫无前途的，累，而且，永远卡在那里了，下不来也上不去——他只是个抄板的，画得逼真就行，再怎么也成不了独树一帜的设计师——他也不是那个专业的。早几年过来的几个师兄，已经全不干本行了，现在是电子商务的时代，他们早做了淘宝店主，一月下来，有的销售额都上百万了，利润极其可观。杨竞从窗口指给洛洛看，那对面另一社区的小别墅群里，和他一样的淘宝店，都有几十家了。别墅群太偏，交通极其不便，业主买的时候大约只为投资，简单装修了，三千元钱一个月就租给他们。

"那你不画画了？你做这些根本不是你本来的专业啊，你这么多年不白学了？"洛洛问，她其实并不特别了解杨竞，就像杨竞一点也不了解她一样，他从不知道洛洛的背景，一个"90后"已经有了一份发展不小的珠宝产业，在水贝都有两家实体店——要知道得先砸进去多少钱，才能运转起来这种行业？她没谈过赵姐姐，也从没带杨竞去过那在深圳最豪华地段的高尚社区的复式楼，她的家。

"我想了很久我的将来，我要在深圳立足，怎么能靠那些薪水呢？深圳机会还是多的，我已经想好了，我还要上亚马逊，做跨国生意。现在是互联网时代，是电子商务最好的发展时期，我不想错过。"

洛洛也是做电子商务的，她当然知道这是一个什么样的时代，不然她不会也做这行背离她专业的选择——当初和赵姐姐讨论的是，珠宝这个行业，相对来说在电子平台上竞争者少多了，没法和那些大厂商比，但是和电子商家来论剑的话，她们家的实力还是有的。

"你还是觉得有钱才是成功的唯一标志。"洛洛说了个陈述句，一如她的口气。杨竞和她同岁，也是"90后"，他们也都二十五了，如果不把握好起点，什么样的人生才是将来在头发花白的时候能说不后悔的人生？

他们认识两年了，并没说过恋爱的事情，她没承认过他是她的男朋友，就像他从来没对她有过半点暗示一样。她一直喜欢他的阳光，他的帅气，他的眼神里的清纯，没被这个世界污浊的清纯，现在，他也仍旧有双清澈的眼神，总不能说想做点事业挣多点钱就不明净了吧？

他一直蒙着那幅画。洛洛其实很想看，她很想知道杨竞会不会画个她？

家里，黑黢黢的一片，赵姐姐还没回来。她的生活一向丰富多彩。自洛洛懂事起，赵姐姐就像那个上了发条停不下来的木偶，永远准时跑出来击一下掌，不知谁发明的，简直让人虐心而死。

　　洛洛进了自己的房，开了电脑，简单浏览了下今天的业绩，平平常常的，既不是双11，也不是双12，还没到情人节，这些必须忙到恐怖得想自杀的时段。她进了一个网站，细细地浏览那个叫克拉姆斯克依的俄罗斯人作的画，她一幅一幅地放大，盯着细细地看了很久，然后，她关了电脑。在黑暗里，她坐在大落地玻璃窗前，外面灯火辉煌，看得见的车水马龙，想得到的在每个娱乐消费场所的窗口，那些玩得人仰马翻的成功人士，觥筹交错，衣袂飘香。洛洛愣了半天，眼睛湿哒哒地涌出眼泪来。很多年前，她在那个著名的陌生的宿舍里，也流过眼泪，那个时候MJ被曝过世。

　　在很多年前，洛洛曾经很想成为一个歌手，拿着把吉他，浪迹天涯的那种。她想把歌声留在她的流浪里，在以后回忆起的日子里，她的不堪回首的人生充溢着伏特加、行为艺术、颠三倒四和醉生梦死。但是梦想永远只是一个梦想，她成了最好的学生，拔尖的优秀生，数理化门门第一的尖子生。她知道她永远也成不了一个艺术家，虽然没有人会把流浪的歌手当作艺术家，但是当电视新闻里在回顾MJ的一生的时候，她看着那个曾经样貌多么隽永，瞪着一双炯炯有神的大眼睛的黑人孩子，因为白化病的痛苦折磨，经受了那么多舆论和媒体无情的嘲讽，仍在坚守着自己的音乐的神圣的时候，她绝望得痛苦得直不起腰身。

　　这辈子，她注定在一个自己完全不会喜欢的领域里去驰骋了，她会慢慢成功，凭着自己的能力和家庭的背景，她会成为某个领域的领军人物，一个商会里的领头羊，甚至一个政协委员，一个功成名就的最后只致力于慈善事业的翘楚。可是所有的人生都是矛盾的，她想做的，仅仅只是用那种"什么都可以牺牲的"态度去幻想和向往。

她在黑暗里给杨竞拨电话："你等等我，也等等你自己，给我二十年的时间，也给你自己二十年的时间，你会成为一个最优秀的画家。"她看过他的画，那画中人的眼神，把她的魂魄像几个世纪前的那些最著名的油画家一样，攫取进去了，再也找不回来。可是二十年以后她要干吗？她已经是个成功的商业家了吧，她要去炒作她看好的画匠，把他从二十年闭门造车埋头苦干不覆芳华潦倒半生的困境里打造出来，炒作成为一个将来会遗世千载的艺术家？

杨竞在那头："喂，喂，洛洛吗？怎么没说话？到家了吧？"

洛洛在这头："呵呵，是。"

婚礼在年前举行的。伴娘伴郎各十人，全是一样的装扮，挑的都是小鲜肉和小女神。据说光伴娘伴郎的服饰就每套花费了两万元。在五洲宾馆的贵宾厅举办的，盛况空前。

新郎是洛洛他们新八路的，也是富二代，自己有独立的企业，做得也真不错。新娘家是老辈世交，背景也是相当了得。

"同学"中有人问："新娘的首饰是洛洛公司的吧？"

洛洛挺骄傲，新郎买她的人情，专把这绝好的机会给她。

洛洛亲自和公司的设计师专程去了一趟意大利，花了一笔不小的设计费，连保险金都投得很高——赵姐姐淡淡地看她忙乎这笔生意，旁敲侧击地提醒她进了这些圈子，她的路会越走越宽越走越广。

David过来——圈子还有一点好，出头露脸的人总在圈子里混，说出来大家都熟，还隔三岔五地总能碰到。

"你男朋友吧？"那个想给洛洛介绍加拿大海带的大律师悄悄地顶了下洛洛的肩，洛洛笑笑。

前段见了David的父母，据说老两口都极满意，赵姐姐的身份，洛洛的履历，赵姐姐的企业，洛洛的事业。David的母亲很漂亮，也有五十多了吧，长卷发搭在前胸上，瘦削，妩媚。她说："牛津的，多厉害啊！我在海德堡大学的时候，当时我们国际经济系有好几个想去考牛津的硕士呢！"洛洛很是惊吓了一下，想着能半路杀伐得到这种家业的女主人，果然是个了不得的人物。

她颔首，优雅地，"好多富二代，都是养娇了，除了炫富烧包，大约也不会干什么了。"她点点脑袋，"没有这个了。"David的父亲，那个已经七十岁的潮州老人，很欣赏地看着David的妈妈。

他们算正式订下了。有一点点高攀，但在女方来说，也算门当户对。

"你要不喝酒的话，你就开车吧？今天是冬儿的喜事，我得喝点。"David看来是女方的嘉宾，叫得挺亲热的，估计也非常熟了。

"我也不能不喝啊，今天可是梓强的喜事。"李梓强是洛洛新八路的同学，就是那个新郎，将来也是会亲密的，多少总有生意往来。

"那行，到时候我叫司机过来，把你先送回家。"David不粘人，和一桌的新八路打了招呼，就此离去。

"什么时候也吃洛洛的喜酒啊！"新八路的中年人，总是在这种热闹时候显得特别年轻，大叫大嚷起来。

洛洛举了杯，干了那红酒，"一定的，一定的！"她一点也不谦虚，一点也不作少女的羞涩和矜持，这是海归派的作风吧？

那幅《无名女郎》挂在那个卫生间里，应该是出自大芬村的某枝画笔，在低暗潮湿的画室里，一笔一画地临摹了这幅名画。宾馆是五星级的，便是卫生间的配图，要价也不会低到哪里去。他得到这笔钱，也许日子会好过点，留点时间给自己的画吧？

洛洛细细地端详这幅临摹，踮起脚，起身用手指轻轻地触摸那轻微凹凸的油彩。她一直在想杨竞那蒙在亚麻布下的那幅画，有可能画的是她吗？或者，就是像这样临摹一幅，也是不错的啊！

她想到了MJ，那个已经作古的迈克尔·杰克逊，他的歌声他的灵魂曾经附着在她的肉体和灵魂上，而现在，外面喧嚣的锣鼓已经让一切都现实起来，上帝曾经给了她一个机会，就像给每个人机会一样，像给杨竞的一样，可能或大或小，她像飞蛾一样捕捉过艺术，而现在，她披盔戴甲，循规蹈矩，像这个时代公认的正常的人一样，去寻求金钱带给她的成功了……

一九七九年的一次出差

上午第三节课的时候，音乐老师把我叫了出来。音乐老师姓汪，她很少找我，我一直以为她和妈很熟，刚有她课的时候还心里得意得不行，自以为有了一座赖以依靠的后山，直到有一次她在课上冲金辉发了好大的火，把金辉那么坚强、锈了的铁钉扎到脚板心里都没哭出来的眼泪都给招出来了，我就开始怵她。

她的办公室里有一架脚踏风琴，在每回上课时由强壮的四个男生搬到教室里，我一直觊觎能去触摸里面的琴键一次。

汪老师对我说："你跟你妈说一下，让她帮我带条紫色的绸巾回来。"她从口袋里掏出两元钱，揉得很皱了，可能还不小心在水里浸过，有点条条坎坎的发白。我呆了一下，没有敢立即去接那张钞票。

汪老师还在说："就是那种紫，你懂吗？有点茄子色的，没熟的那种淡茄色，带点粉的。千万不能是熟透了的那种茄子紫，那可有点泛黑了。"她的嘴"嗞吧"了一下，环顾了办公室的四周，找不着能给我说出的相近的色泽。其时她和美术老师在一起办公，我本来想提醒她用美术老师的色板给我看一下，可是我到底怕她，没有敢说出自己的主意。

熬到第四堂课上完，准备收拾书包回家了，大队辅导员刘老师也过来我们班上，她在教室口高声唤我："李月红，你到大队委来一下！"

金辉冲着我走过来，金辉对我说："你妈要出差了，已经定下了，我爸昨晚就给我妈说了的。"

散了课的同学一下子围拥过来："李月红，你妈要出差啊？真的吗？"

我突然骄傲地说："是，去上海还有大连。明天晚上的船！"同学们的眼里都发散着艳羡的光芒，把我照得像领袖一样光彩照人，他们说了一大堆巴结我的话，前天还和我撕扯着打了一架的邓小翠，有点眼巴巴地看着我，我连眼皮子都没朝她挪一下，踏着大步冲她身边呼啸而过，把她的宝贝塑料笔盒带到地上，我听到唏里哗啦文具撒在地上的声音。我知道她的那具笔盒，盒面上有突起的孙悟空大闹天宫的图案，如果把一张白纸放在上面用铅笔涂抹，能完整地拓下那副生动的图片。那是她三舅从北京带回来的，牛得她得意了两年了，谁都不能碰那玩意儿，前天我不小心地碰了一下，她冲过来没好气地数落了我一通，我的嘴没她那么利索，被她激得急了，冲着她的头发就抓过去。那一场好架！可是现在，哼！

刘老师已经把饭打回来了，小白菜还有一点蒜薹炒肥肉片。刘老师长得挺漂亮的，两把小辫梳得溜溜光光，浓眉大眼的，嗓子也好，不光是我们子弟小学的大队辅导员，还兼厂里的广播员。有时候厂里开大会搞文艺会演，她还当报幕员。刘老师的胸前一直戴着一条红领巾，她打的结都和我们不一样，不知道怎么弄的，她就是比我们打得好看。我妈说她是吃了鸡巧儿的，小时候吃多了鸡巧儿，就在女红上有天然的领悟力，辫子比别人梳得好看，围巾比别人戴得好看，毛衣也能比人家织得俏皮。

刘老师看着我进来，刘老师把她旁边的一个凳子搬给我坐，刘老师说："你坐。"刘老师说："你妈要去上海出差的吧？"刘老师说："你让你妈给我带两条绸的红领巾来。"刘老师说："上一回化工厂子弟小学的李辅导员来了，她就戴了一条绸缎的红领巾，我问了她的，她说人家给她在上海捎回来的。"刘老师取出一元钱来，刘老师又说："钱肯定是够了的，就麻烦你妈替我找一找这种红绸巾，李辅导员说文具店里买的，可能要一张子弟小学办公室开的介绍信。我开好了，你一并拿去。"刘老师把介绍信递给我。刘老师送我出门的时候还大声嚷嚷了一句："你记得要你妈开张发票来啊！"刘老师的声音仍旧很好听，有点舞台腔，像报幕时候用的音调。

中午父母也就一个小时的午休时间，已经从大食堂里打回了饭菜，四份，小白菜和蒜薹炒肥肉片，还有一小碟花生米。弟弟已经回来了，正在扒拉着他的那份饭菜，家里小小的地方挤满了一帮人，大多是我认识的，我爸我妈老来往的几个同事，还有些不认识的，知道是谁的爸妈，但平常很少和我们打交道。

李全丽的爸爸给我妈一个条，他一直说："这种药我打听过了的，只有上海有卖的。你们说她哪门子着急上火成那样？一个晚上，头顶的头发就没了。我替她急啊，我还跟她说，这种鬼剃头，只要心里清净了，不用药也能治好，她不听的，她不知道，便真是她掉光了头发，我还不一门心思地对她？我们的感情，你们大家伙儿也不是不知道？！"

李全丽就住在我们家正楼下，她妈和我妈关系还不错，有点妖里妖道的一个人，刚兴卷发，她就头一个把头发弄成了鸡窝状，我妈还艳羡得不得了，我爸不同意我妈也学她，我妈嘴上答应着，隔了两天也顶了个鸡窝回来了。旁边的一堆人听着李全丽的爸说的话，都抿着嘴在那儿笑，我们也断断续续地听说了，李全丽的妈前几天还跟人搞破鞋来着呢，他们家吵得翻了天掀了房顶快直通我们家了，这会儿怎么又假模假式地做些感情来？

我妈也不吃饭，很认真地一行行地记下人家要的东西和递过来的钱。我爸大概也没吃，在旁边给她收着钱。两个人的表情都有点兴奋，终是有人求上门到我们家来了。

邓小翠的妈说："你总是要去上海的，干脆到财务科去支点钱出来，捎点那里有的稀罕东西，回来后大家还不抢着要啊？！现在谁能想得清带什么回来呢？我看厂长大金他们出差，就那样的，每回他们带回来的东西都不够分的。可人家到底是领导，我们这拨人，不是因为你有这样的差事，谁还敢求到他们门上？"

另一个女的说："要不咱们起的那个会，本来这个月是轮到薛猴子的，我们去跟他说说，让他这个月让给你得了。你还可以多带点钱。"

旁边的人摇摇头说："好不容易轮到他，薛猴子那个小性样，眼巴巴地等了好久的，这会儿他会让？"

大家都说起来："那有什么不愿意的，现在有多大的事啊！人家可是要去上海出差，他要能出这种公差，谁还跟他商量这事啊？！别把他太当人了，说什么商量不商量的话，起的会都是轮流坐的，总不会碍了他一个人。让他把这个月的会让出来，话讲狠一点，我们一起去，他能怎样？"

我妈说："这倒是个好主意。去财务室，也就能支一点定钱，捎不了什么东西。这个月的会钱轮给我，真还能给大家伙带点东西回来。上海啊，开玩笑的？"

有个男的说："大连也不错的，也有好些稀罕物……"

旁边一个人抢白了他："大连算什么？和我们武汉差不多。人家到武汉来出公差的，还专程去商店买皮鞋呢。武汉的皮鞋总还是全国数得着的。大连？大连有什么？"

我爸说："你可别小看了大连，大连也有不少稀罕物呢。上回我父亲出差去大连，给我们家丫头带了好多头绳呢！那些可真不错呢！"

大家就争起来，有的说上海好，有的说大连也不赖，争来争去就到了上班的时间，大家伙儿就意犹未尽地散了。

我这时候才把两个老师的托付交给我妈。我妈嘴里"吧嗞"了一下："这个小汪，怎么不自己过来找我，要孩子带话儿？"

我攀着我妈的胳膊："妈，你可一定要给她带回来啊。上次，金辉的爸爸没给她带东西回来，你不知道，汪老师在教室里找着茬把金辉一顿好损！"

我妈鼻子里哼了一口气，对我爸说："你看小汪，就是这种小性儿。人家金辉的爸是什么？你又算什么？还挺硬实的，拿人家孩子出气。大金毕竟是个总工，有得报复她的！"

我爸说："得了，人家大金哪里会为这种小事跟她计较。这倒是说真的，你这回提上来，又能出趟差，也多亏人家大金的举荐，今晚我们去一趟他家，问问他要不要捎些什么回来？虽是同乡，帮你也要知道感恩啊。"

我妈横了一眼我爸："这还要你说？！"

弟弟拽着妈的胳膊肘儿，弟弟说："你给我带一柄枪回来，能射出水来的那种。妈，你可一定记着。"

妈没好气地说："不还有明天吗？这些怎么都像催命鬼似的？让我这脑子里一通得乱！"

妈虽然装得不耐，我还是能看出来，她心里得意得不行。

我也有想要我妈带的东西，我现在不想跟她讲出来，我要等到明晚送她去轮船上，当最后告别时刻到来的那一分钟，我才会郑重其事地告诉她。我知道，那样远比弟弟现在提出要让妈印象深刻得多。

妈晚上的时候仍旧很忙。看得出来她挺高兴的，财务室预支了钱，薛猴子的会让给了她。妈带足了钱，把它们小心地缝在自己的衣服内里口袋里面。晚上来的人一点也不比中午的少，妈还是小心地记上别人要她带回的东西，让爸爸在旁边做会计收着钱。给了钱要我妈捎带东西的人依旧不肯离去，坐了我们家满满一屋子，抽着烟喝着茶，在那儿高谈阔论着。

我和弟弟的作业没办法在家写了，到隔壁的陈阿姨家做的。陈阿姨的丈夫是军人，一年好像也就回来一次，穿着很威武的军装，在我们几家合用的大厨房里，他会一连劈几天的柴，汗水滴哩哒啦地流下来，把他里面的背心都汗湿了。陈阿姨家里也有客人，串门过来的另一个邻居。

陈阿姨问她："你没让月红她妈给你捎什么？"

那人吃着一捧葵花籽，那人把满嘴的瓜子壳吐在地上，那人说："我可没什么好带的。你也不看看凑热闹的那帮人，都是什么歪瓜裂枣的？全是些才翻身过来的小资产阶级。我们是谁啊，几个孩子能吃饱就不错了，还整这些花花事？"

陈阿姨说："是啊。都说自己没积蓄的，这会儿好，都露了本儿了。"

那人说："怎么就能轮上她的？出公差这种事，不是就只有采购和厂长，还有那些工程师的事吗？她不还算工人吗？怎么就能定下她去这趟肥差？"

陈阿姨没作声，陈阿姨在织一件毛衣。

过了一会儿，陈阿姨对我说："你妈这两天高兴的！"

我点点头："可不？！"

陈阿姨问："你妈终于是提成干部了。你妈和大金什么关系啊？听说大金力荐的你妈。要不，现在你妈还在酸洗房里做活儿呢！"

那人的瓜子吃完了，嘴上有一层黑黑的膜，那人笑着说："不是早调到工艺科描图去了吗？总是脱离了工人这一行当了。"

陈阿姨解释道："就是先抽到工艺科描图的，然后又调到技术科了。真是的，比王洪文爬得还要利索。"

那人说："好像有文凭吧？现在开始重视臭老九了。"

陈阿姨的鼻子里"哼"了一下："什么文凭？也就一个中专生。大串联的时候欠了一屁股的公债，刚分到厂里，每个月扣得都连饭也吃不饱，结婚以后她婆婆替她还清的。你看吧，月红她爸以后算是有得受了，原来屁颠屁颠地把她都当个宝，现在上去了，还不把她当凤凰一般得供着啊？"

那人冷笑一下："你以为是什么好事？"

我心里很生气，用劲把陈阿姨家的铁板凳弄出了难受的声响。那铁凳是我爸帮她做的，还上了漆，一共两对。陈阿姨看着我："哟，小丫头片子，还真是个人了呢！给我们脸子看了！"

我气得拽着弟弟就走了。

妈和爸不在家，房门敞着，几条凳子乱放着，家里一股臭臭的烟味，一地的狼藉。两张床也是乱的，我爸妈那张双人床，还有我那张单人床，想是许多人在上面坐过的，两张床单皱皱巴巴的。我的那条上，还有清晰的一个黑鞋印。我很生气，骂道："什么人啊！"

家里又来了几个人，看着我妈不在家，我的脸面也不好看，问的话我都夹枪带棒地顶回去，说了两句，那帮人都讪讪地走了。

后来来了一个男的，我认识他，是技术科的万科长，这回和我妈一同出差的。他可能是第一次来我们家，我看见他在楼道门口还向陈阿姨打听我们家来着。因为是妈的顶头上司，我还是知道些的，我便对他稍微客气些，把他迎进了房，给他倒了一杯水。

万科长问："你妈呢？"

我说："不在家，可能和我爸出去串门去了。"

万科长点点头："也没什么事，我就想跟你妈提一句，毛巾牙具什么的带全点，旅社招待所里的不太干净。还有这回工作上的文件，提醒她放在一个重要的单独的包里，别和衣服什么的放在一起，揉得烂烂的。到时候拿出来，看着怪难受的。"

他在房里转了一圈。我们家很小，也就十六平米，两张床倚着一面北墙一面西墙靠着，屋里没什么周旋的地方。他转了一圈，就走出门去。我追着留他："再等等吧，他们很快就回来的。"

他没回头，摇了摇手："不了。有事明天在班上我再跟你妈说吧。"

爸妈回来得有点晚了，人家都关灯闭门了，弟弟早躺在家的正中夜里睡觉时才铺开人那张行军床上，呼呼入睡了。只有陈阿姨，听着我爸妈回来的声音，还探着脑袋说一句："老万刚才来过你们家的。"

我爸的眉头皱一下，关上我家的房门后，小声嘀咕了一句："他来干什么？有什么话不能明天在单位上说？"

我妈说："人家总是领导，我的顶头上司。来了也肯定是好心好意，你就别说这种话了。"

爸在那里把被子铺开来，爸说："我觉得这人挺阴气的，我不喜欢他。听说他和他老婆关系也不好，两口子吵了嘴，半年都可以相互不讲话。哗，这也叫男人？跟自己的老婆都能置气的。所以你看他们两口子，只生了一棵独苗。"

妈笑起来："你别胡扯了，月红还没睡呢！"

爸就把灯绳拉上了，屋里一下子漆黑一片。

我听到黑暗中的妈说："多久没出去了？真是像小孩子一样兴奋了。你不知道有多少人，长这么大，连火车都没坐过。以为自己是真的汉口人，大武汉的！门都没出过，哼，小鼻子

小脸的，瞧着人家都说是乡下人，真到了上海，你才知道什么
叫乡下人呢！"

爸笑起来："我是去过上海的。那年来武汉，就在上海
上的船，走了三天三夜呢。我妈给我在大上海码头上买的饭，
里面有香肠，我吃了一下，还得意地对我妈说：'不就是咸肉
嘛！'"

妈说："对了，给两老也买点什么呢？你爸每回出差，都
给我们捎东西，你说我们给他们捎些什么呢？"

爸说："也是，我爸妈给你的东西还真不少。你自个儿有
点良心，看着办吧。"

妈说："你又在那儿来了！还让人走之前有个高兴点的事
不？"

我听见爸小声地哄着妈的声音，妈笑着叫了一声："好
痒……等会儿，月红还没睡着吧？你就那么急吗？"我的眼皮
子都抬不起来了。

第二天下午放了学以后，好多人都到我们家来了。陈宁陈
波的爸妈也来了，他们两口子都是厂里的高级技术人员，平常
和我们很少打交道的，有一回我听妈说："都是下江帮的人。
下江人别看说话吴侬软调的，走哪儿可都拉帮结派的，一荣全
荣，铁得很。"

我问妈："那我爸也是下江人啊，我爸也是他们帮的
吧？"

我妈当时鼻子里哼了一口气，有点泄气地说："你爸？

你爸是工人啊。他们怎么能拉上你爸呢？！"我听得好一阵心酸。

陈宁陈波的爸妈捎了一个包袱过来，陈宁陈波的爸说："给孩子的舅家和姑家带的一点东西，麻烦你帮忙递一下吧。"陈宁陈波的爸讲话不卑不亢的，陈宁陈波的妈笑起来也不是那种谄媚的模样，到底是有文化有知识的人，平常也不是那种摆架子的人，现在真有事求到你头上，我妈还没法拒绝了。哪里能拒绝，简直是心甘情愿接受的模样，又岂止接受，我妈甚至都觉得一种受宠若惊的荣幸了。我妈讨好地说："小宁小波的舅舅和姑姑还都在上海啊，真是很了不得呢！你们家老人还在宁波吧？"

陈宁的爸说："早不在宁波了，当时都往上海跑，宁波是我们的老家，上海是我们从小长大的地方，后来呢，唉，碰上这些年闹的，我们几个兄弟姊妹都出来了，现在上海也就剩他们两个，还有几个苦些，猫在云南和新疆呢！"

陈宁的妈感叹地说："真还是想回上海啊。这辈子怕是回不去了。"

我妈讪讪地说："总会有机会的。"

大金来催我妈："赶紧走吧，我跟厂办说了，给你们派了辆小车。你们快出门吧。老万已经收拾好了，就等你了。"

我求着大金："我也要去送我妈，我也要去送我妈。"

我爸不高兴地呵责我："小孩子怎么这样不懂事的，你妈是去办正事，你以为玩儿去的？！"

大金对我爸说："那就让月红去吧，你也去送送。老万就一个人走，车子坐得下。"

我急得催着我妈。我弟还在外面死疯呢，我放学时候路过那块工地，他和一帮猴孩子正在沙地里摸爬滚打。我真怕他回来和我抢，我妈肯定要我让给弟弟了。我妈还是想起了我弟，我妈被人捧送着出了家门，转回头对陈阿姨说："我们家小子回来了，你帮我带着点。"

陈阿姨用手摆着她："你尽管放心好了，我弄得住他！"

我和我爸妈坐在小车的后座上，我爸进去的时候还给司机递了一棵烟，司机矜持地接了，爸给他点了火，他探着脑袋抽起来。我爸环顾了一下车里，搭讪着跟司机说："刘师傅，这都多少年了，你还记得不？上回生月红的弟弟那一次还坐过你的车，这都七八年了。"

刘师傅在前排没回头，透过后视镜看着我们一家，他笑笑："是啊，我这车，接过厂里多少新生的孩子呢！"

我急着问："生我的时候，也是这辆车吧？"

我爸说："也是。厂里真是这点好，哪家生孩子了，就是半夜两三点钟，师傅也赶忙开了车送进医院去。生了后，也是师傅把孩子和妈从医院接回来的。"

刘师傅说："生你们家丫头，不是我的车。"

我爸大着嗓门说："怎么不是？你忘了？月红她妈的羊水都破在你车上的。"

我妈上了车就一直正襟危坐地矜持着，这一回，眉头就蹙起来了。

刘师傅笑笑地摇着头："那可真不是我。你记错了，是范师傅的车吧？"

我爸仍旧大声说："我可真是记性好的。绝对是你！错不了。"

我妈终于拦了我爸："你就说点着调的事吧。"

刘师傅笑起来："月红今年多大？我八年前才转业进的厂呢！"我悄悄地注视着刘师傅握着的方向盘，他时不时摁一下的喇叭从哪里发出的音，他的刹车把似乎和公交车的不一样。我一直认为司机是个骄傲的职业，我想有一天，最好我弟去当个司机，我们家终有个显摆的差事。

我爸拍着脑袋，刚想回忆我的往事，车子在拐角处停下了，万科长拎着一个皮革包，穿得笔挺地站在路边上。他探头向车里望了一眼，就把前门拉开，坐在了副驾驶的座位上。

一路上因为万科长的加入，我爸终于安静了。我侧着脑袋一直在看街上的风景，天已经黑下来了，街上的人倒不多，我们很少晚上出门，就记得一次，今年元宵节吧，听说哪里来了闹龙灯的，好像好多年都没经过这种场面了，我爸自己就有点兴奋劲了，和我们眉飞色舞地说起他小时候看闹龙灯的花头，把我和我弟说得馋死了，我爸就带着弟弟和我跟着那队闹龙灯的人走，走了好久好久，一条街都快走到尽头了，跟着队伍的人越来越多，那群闹龙灯的始终没有闹起来，我和我弟弟都累死了，我爸没法了，这才踅回家的。现在小车就沿着这条街走下去，在车上的感觉和在地下走路的感觉真是不一样的，我觉得路上的行人都看着车里的我们，我就瞪着眼睛，得意地和他们对视着。

很久，老万才说了一句："我从厂办借了一部照相机。"

我妈激动地说："真的？你会摆弄吗？"

老万在前头，也没回头，只说："会了，他们教给我怎么用了。"

我爸忙插嘴道："我父亲也有一部相机，他挺会摆弄的，我倒不会。有时候星期天出去玩，都是我父亲给照相的。他知识多，挺能耐的。"

老万在前头点点头："你父亲我知道，军工厂的总工吧？真是挺有风度的一个人。和你……不像。"

我爸没心没肺地说："那是，他解放前还留过洋的。前几年也没少受苦，我弟我妹也下放了。我是我妈托了多少关系参的军，就那样，也因为他，在部队都没入上党。"

我妈使劲地用胳膊肘儿捅了我爸一下。

码头到了。

船上的人很多，我妈和万科长在四等舱，小小的一间房，有六个高低铺，睡了满满的十二个人。万科长对着我妈说："你睡下铺吧，下铺方便些。"

我妈一直在房间里来来回回地看，听着这话，忙说："不了，我就睡上铺吧。我喜欢睡上铺呢。"

万科长就没再坚持，把妈的行李包接了，和他的一起放在铺下面，万科长说："那些工作文件和重要的东西，你随身放着吧？"他说完，还兀自瞅了一下房间里另外铺上的人，人家都挺忙的，有的在弄茶水，有的在吃瓜子。

我妈小声地说："嗯，我知道，都放好了。我随身带着呢。"

爸也来回看着舱房，爸背着手说："嗯，还不错，挺通风的。"爸对妈说："包里还放着五香牛肉呢，你拿出来，别闷坏了。"

我大叫起来："你们还有五香牛肉啊！"

妈笑起来："总是躲不过你这张小馋嘴。"妈掏出包来，拿出爸卤好的五香牛肉，递给万科长，也拿了给我几片。

爸说："味道还可以吧？我自己是坐过船的，知道船上的东西比火车上的还差劲，自己家里做的总好些。"

万科长笑起来："伙食费是可以报销的。"

爸点点头："我哪里不知道？不过出门在外，也要图个舒服！"爸又问妈："你先弄清楚厕所在哪，免得到时候急了……"

妈生生地打断了他："你们该回去了。"

船上真的响起了一声长鸣，高音喇叭喊了一气。有穿着制服的船上员工过来了，生硬着态度，叫着："送客的赶紧下船了啊，赶紧了啊！"看见我们这里有吃葵瓜子的，眉毛都竖起来了："你别吃得满地都是！累不着你是吧？"那人忙把瓜子收起来了。

妈说："你们赶紧走吧。"

我走到妈身边，郑重地说："妈，你可记着，你一定得给我带一盒泡泡糖回来。你可一定记住了哦！长条的，红纸包的那种，包上印的一个男孩子……"

我爸催着我："好了，好了，你妈记着呢，我们赶紧下船了，否则得把我们拖下去了。"

我还一步三回头地对我妈说："妈，你一定记着啊。红纸包的那种，长条的泡泡糖，包上那个男孩子，吹着好大的泡泡！"

我弟在家里哭得天昏地暗，因为错过了坐小轿车、上轮渡码头的热闹场面，而这种场面，几乎在他眼里不可能再有第二回了，他悲痛欲绝。我爸哄了他好久，也没能挽回他的一点绝望，我爸还说，回来的时候我和你姐坐的公车，转了两趟车才回的，都累死了。刘师傅只是出公差，送了我妈和万科长，他立马就打道回府了，可没等我和我爸呢！

陈阿姨也跑过来说："把人给闹得，一栋宿舍楼里的人都过来劝，怎么也止不住他的哭声。后来玩了一下，差不多也就忘了，你们一回来，把他的劲又给激起来了。"

我爸说："谢谢你，谢谢你！"

陈阿姨倚在我们家门栏边问："走了？"

我爸说："走了。"

陈阿姨又说："这下你可有得想了。得十几天吧？听说还去好几个地方。"陈阿姨笑了一下。

我爸立刻抢白她："你和你们家的，两口子一分就是一年两年的，也没见你怎么想他的？你倒刺弄起我来了。"

陈阿姨挥手走进来打了一下我爸的肩膀，笑一声："死鬼！你还上头上脸了呢！"陈阿姨就咯咯地笑着走开了。

妈妈不在家的日子，其实也不觉得怎么样，反正家里的饭菜一直是爸爸做，妈妈就管一下我们的学习，妈妈一直觉得读上书才能有出息，现在妈妈走了，我一点也不想她，倒乐得轻松。我偷偷拿着一本书，在看《青春之歌》，妈妈在的时候，是不许我看这类书的，就连厂里放电影《柳堡的故事》，妈妈也不许我们看。可是现在好了，妈妈走的那段日子，厂里放了好几轮电影，都是连场，有一天，先是一部《穆桂英大战洪洲》，咿咿呀呀地唱得挺热闹，还是彩色片，不过我们都没兴趣，差点走掉了，后来听到下班赶过来的大人悄声说，下面还有一部精彩的，我们就愣坐在那里不肯走掉。

我爸到礼堂来找我们，拿了饭盒来，我和李全丽金辉在一起，我爸说："你们吃完了就走吧，等会要清场的，下部片子小孩子不能看。"我爸就坐到后排去了。穆桂英打完了仗，旁边昏暗的壁灯亮起来，喇叭里面传出刘老师的嗓音，说是让我们都回家，我们挺丧气的，一个个站起来走掉。我们看到隔壁薄板厂的好多人也过来了，抢了我们的座位。

金辉说："我们不走，我们到厕所里去待一待。"我们就跑到厕所里去了。

下一部电影开始了，我们在黑暗里又钻出来，没有空位了，连过道里都是站着津津有味地看着片子的大人们，我们三个人挤在一起，酸胳膊酸腿的，目瞪口呆地看完了那部电影。

散场的时候，我问她们："看得懂吗？什么意思啊？"

金辉说："弄不太清楚，她哥为什么要给自己的大腿扎一刀啊？"

李全丽笑起来："挺下流的，你们没看见吗？那个记者尿尿的镜头都给拍出来了，还有那个什么婆年轻时候，洗澡的样子。哇……"她笑起来，羞得捂了一下脸，我和金辉也笑起来。

第二天上语文课的时候，老师发了很大的一通脾气，老师说有人用"支"字组偏旁，竟然写了这么个字，老师在黑板上写了个大大的"妓"，又写了个女，我们都小声地念起来：jì nǚ。老师很气愤地问："你们谁昨天看了《望乡》的？"我们都不敢吱声了。我本来想，要是妈回来了，可以给她炫一下我们看过的这部片子，我妈是最爱看电影的人了，她在外面热闹了，可错过了家里的喧哗了。可老师那态度……看来是不能跟她说这部片子了。

爸裤衩上的松紧带不行了，爸拿了根新的，穿不上去，拿了裤衩让陈阿姨给穿。陈阿姨笑着说："看来老婆是不能离家的。"

我爸说："女的最好在家待着，太能了倒不像女人了。"

旁边过来那个邻居，她仍在吃瓜子，一嘴的黑膜："一男一女的出差，李师傅，你心里不咯硬得慌？"

我爸生了气："你在胡扯些什么呢？！"我爸连自己裤衩都没拿，气鼓鼓地回了家。

陈阿姨用嘴咬着线头，陈阿姨小声地斥责那邻居："你不能少说两句？这些天，碰着老李的就拿这话逗趣他，他早烦了。"

那邻居仍旧吐着一地的瓜子壳："嘿，那不是他自个儿也紧张的？孤男寡女的，谁知道一出去二十来天，会有什么事啊？"

陈阿姨摇着头，把裤衩递给我："给你爸去。"然后转向那邻居："吃瓜子也堵不上你的嘴！"

那邻居叫起来："你是不是耐不了寂寞了？你和老李也可以有一腿嘛，连人家的裤衩你也拿鼻子嗅了。"

陈阿姨气道："你小心别开玩笑过火了，我那口子可是军人！破坏军婚是什么罪！"

那女邻居讪讪地走了。

爸不太管我们，有时候弄我们吃完了晚饭，他就跑出去跟别人下棋打扑克，贴了满脸的碎纸条，还高兴得不行。有一次爸喝醉了酒，大声地叫唤："我是李向阳，我是杨子荣！"拿着个空酒瓶当枪使，"哧哧哧"地威武得不行。

陈阿姨在一旁给我爸弄着醒酒的醋茶，摇着脑袋说："你这样子，让月红的妈怎么待见你哦？！还是她在家你能像个样些！"

爷爷奶奶说过爸："你自己也要长劲点，现在什么时代了，不兴再这样胡混下去了，这样也让月红的妈看不上。她都快提干部了。"

爸说："她要当女陈世美，我就去告她！"

爷爷摇着脑袋说："我也管不了你了，你自己好自为之吧。"

爸不敢和爷爷顶嘴，可是爸私下里对陈阿姨说："我这辈子没吃过苦，也没遭过罪，挺知足了。"

陈阿姨嗔道："真是的，才三十多点的人，说什么这辈子？这辈子长着呢。月红的妈想的可不是这辈子这点知足的事。"

妈可终于回来了。

下午放了学，我得了信就往家跑去。汪老师把我拦住："李月红，你记得给我带回来！"

我停下步子："要不，你和我一起去家吧，你找我妈拿。"

汪老师撇一下嘴："那像什么样子，我终归还是个老师的。"

刘老师在大门口看到了我："你妈回来了吧？"

我对她说："明天我给你带过来吧？"

刘老师犹豫了一下，"算了，还是我和你一起上趟你家吧。你知道吗？今年可是国际儿童年，有好几个活动呢，我还要去参加市里的辅导员大会，得要这样的红领巾。"

我和刘老师一起去了家。

家里已经围满了人。

妈带的东西已经在床上摊开来，真是琳琅满目的一堆。妈看见刘老师，忙起身招呼了一下："刘老师，我给你带回来了，真是难找啊！"妈忙从那堆东西里翻出两条红绸的领巾，真是鲜红的色泽，摸上去还滑腻腻的，一看就跟我们的红领巾不一样。刘老师忙说："谢谢您。"妈拿出了她的那个小本，把上面写的东西划掉，又找出放得齐齐整整的一包发票来，翻出一张和找的零钱一块儿给了刘老师，刘老师还在说"谢谢谢谢"，却也并不走掉。

床上摊了好多东西，邓小翠的妈还有陈阿姨一帮人都在拣着看，有一条灰色的裤子，有一件绣花白毛衣，还有一件白衬衣，但是那白衬衣和我们平时穿的纯白的不一样，那上面胸前两侧都绣着淡绿的花，还有几段布料，一双红色的凉鞋，凉鞋也和我们平常的不一样，红皮面的，看着挺张狂的，还有好多零零碎碎的东西。看的人都在那里抢着。刘老师很喜欢那件白衬衣，用它在身上比划了半天，刘老师问我妈："多少钱？"我妈笑一下，刚想说什么来着，邓小翠的妈就把白衬衣抢过去了，还给刘老师翻了个白眼："你可来晚了，这件我要了。"刘老师愣了一下，就又去翻拣别的东西去了。

我一直在问妈："泡泡糖呢，我的泡泡糖呢？"我妈始终在跟人家忙个不停地讲话，一直没搭我的腔。我妈的样子有点不太一样了，好像这二十来天的出门把她给弄漂亮了。我还记得妈有一次问我："是我漂亮还是隔壁的陈阿姨漂亮？"

我当时回答说："陈阿姨漂亮。"陈阿姨是长得不错，特别是她家玻璃板下压着她年轻时候的相片，眉眼很像演海霞的那个女演员，而且她身条也好，比我妈高些也瘦些，最主要的，她脾气挺好的，从没见过她对他们家那两个上房揭瓦的调皮小子发过火，不像我妈，吼起我弟和我来，几栋宿舍楼的人都能听到。我妈当时挺不高兴的，我妈说："什么眼光？陈阿姨那么黑呢！"我妈这回回来也黑了，可我妈看着就比原来漂亮些，不知道是哪里变了，可能是精神头吧？神清气爽的，腰背也直了，看着挺像个女干部样了。

李全丽的爸上来了。我妈给他找出那管药来，我妈说："挺难找的，大小去了好多家药店，才找着的。"

我不喜欢李全丽的爸妈，妈出差去的那几天，我和弟弟有一次在家里比赛跳绳，还没多久呢，她爸就抡着一根铁杆在下面戳我们家的地板，她妈还尖着嗓子说："闹什么闹？闹丧啊！"我和弟弟都吓得不敢出气了。

李全丽的爸并不接那管药，李全丽的爸说："我还正想跟你说呢。全丽她妈的头发已经全好了，我就说过的，鬼剃头这种病，只要心情好了，哪有什么事呢？你就把钱给我好了。"

旁边的人都盯着李全丽的爸，我妈的脸都涨红了，我妈说："老李，你可不能这样办，我退给你钱了，这药可让我怎么处理呢？"

李全丽的爸说："那怎么办呢？全丽的妈已经都好了，再弄上这种药放在家，倒觉得心里难受得慌。你把钱退给我吧，你自己看看还有没有人要这种药。"

陈阿姨也在旁帮着腔说李全丽的爸:"你也是的,怎么这样呢?"

李全丽的爸索性坐在我们家床上:"那不行。我不要这东西了,你今天一定得把钱还给我的。要不,我赖在你们家不走了。"

一屋的人都向着我妈,开始狠狠地数落李全丽爸的不地道。李全丽的爸就那样跷着腿坐着,一副无所谓的样子。

我妈气得把钱数给了他,我妈一字一顿地说:"好,你记着,你看日后有谁再给你带东西!"李全丽的爸拿了钱,哼着小曲就走了。我妈的眼泪都出来了。

我喜欢我妈带回来的那件有突起的竖条纹的绿花衣裳,我妈说,这是上海现在最时兴的料子,叫灯心绒,我比了一下,就是照我的身材买的,我想妈一定是给我买的。我又问妈:"我的泡泡糖呢?我的泡泡糖呢!"

妈眼泪吧哆地瞪着我:"你还在旁边起个什么哄?!"

陈阿姨哄着她:"算了,当他是个人呢!"然后就要妈讲一些出差的趣事来。这引发了我妈强烈的表现欲,我妈的兴致马上上来了。

我妈说:"上海人管冰棒叫'棒冰',比咱们这儿的好,还有刨冰卖,刨冰你们懂吗?"有人插嘴道:"知道知道,就是把整块的冰放在刨床上,打出花来放进玻璃杯里……"我妈又说:"上海还有黑人。和老万从南京路走过去,一个女的走前面，我当时还纳闷呢，觉得她哪里有点怪，一回头，冲我咧嘴一笑，差点没把我给吓死，一嘴的白牙，整个人全是黑的，像从炭里出来的。"家里坐的人都笑起来。我妈说："人家上海女的，从大宾馆里出来的，还有穿连衣裙的。"女人们都惊讶地叫一声："连衣裙？那么大的人还穿连衣裙？连衣裙不是小孩子才穿吗？"我妈叹道："要不怎么说我们这儿土呢，人家大连的马路上，也有女的穿裙子呢，就这种天，真穿裙子呢！"有人就在那儿看着天花板想了一下："哇，那得是呢料的吧？呢料的做裙子能行吗？"妈说："武汉人在外边还挺仗义的。我们从上海坐船去大连，老长的队伍，老万和我都想插个队，看见快到窗口的有几个东北人，我就挤上去，问能不能让我们一块儿买票。我的东北腔没变化吧？可人家连着翻白眼，愣没理我这个茬。老万听见前面还有讲武汉话的，也跑上去求人家，说我们有急事，怕买不上这趟船票。武汉人一点没含糊，说，你就排我前面吧。真让人感动。"一屋的人就全部说起武汉人的好来。

妈打断他们，神秘兮兮地说："告诉你们，我差点在大连喂了鲨鱼。"

大家都惊奇地叫起来："怎么了？你掉海里去了？"

我妈摇着脑袋，脸上有了点潮红，我看着我妈，真觉得她确实变漂亮了，我忙挤上去，听我妈的故事："在上海码头吃了点海鲜，蛤蜊还是毛蚶什么的，我也闹不清，味道真是好极了。你说这辈子在武汉，哪能吃到那种东西？我贪嘴，多吃了两碟。老万说他是闻不得那股味儿的，他一丁点没沾。好了，这下好了，从在海上开始，我就不停地拉，又吐又拉，拉的吐的全是水，人整个儿虚了，在厕所里出都出不来。船上幸亏还有护士，看着说不像晕船，不知道该用什么药能止住，船离了岸进了海，不可能再为你一个人去靠岸抢救啊！把老万都给吓傻了。要护士给我打了点滴，也不知什么药，最常用的消炎药还有葡萄糖什么的吧。护士说，再顶不住，她也没辙了。你们说，那我不得死了就地扔海里？给喂鲨鱼了吗？老万当时头发都急白了，一直守着我。我终还是命大的，熬过了一晚上，虚得流了一身汗，人还是止住了拉和吐。后来都是老万要船上的厨房给我熬的白粥，说我肚子空了，胃口又不好，吃这个才能顶点事。真是亏了他。"妈的脸在家里白炽灯的映照下，变成了玫瑰色，很好看的。

大家听到这儿倒都没出声了，陈阿姨干干地说了一句："也是，出门在外的，同志间的友谊嘛。"我看见有人在相互递眼色，捂着嘴在那里偷笑起来。

我们家的人一直没断过，到临睡时还有人过来。妈已经忘了李全丽爸带给她的愤怒，很多捎带的东西都给人家了，还有些，是妈用这个月的会钱从上海大连买过来的东西再卖给人家，好多是妈的朋友，也有得了消息赶来的人。我瞅了个空出去玩了一会儿，下面有好多小朋友在玩捉迷藏，他们问："你妈给你带了好多东西吧？"我不吭声，骄傲地把脸仰着，明天我就要穿那件灯心绒的春装了。

弟弟回来了，在屋里哭，妈忘了给他买那支能射出水来的枪。我的心一下子提到嗓子眼，我问："那我的泡泡糖呢？"我妈嘴巴张成了个大圈，比我想要的泡泡糖吹出来的圈还大，我的眼泪也出来了。

屋里很晚了还有人敲门，是我们不熟悉的一个女人。她笑笑地望着我妈："还有什么吗？我听人家说你带了好多稀罕东西呢！"

我妈忙说："都挑得差不多了，也没什么了。就一件白毛衣了，因为贵些，没人敢拿去。"

那女人比划了半天，狠下心来："我就是听别人说了这毛衣，真还是不错的。你把发票拿给我看看！"

我妈忙把发票递给她，她看了看发票，把衣服套在自己身上，我觉得那人真是好看了一截，我妈说："真是要想俏，一身孝啊！多衬人啊！"

那人跑到我们家的穿衣镜前，穿衣镜被吃饭的桌子挡住了一半，只能看见上半身，她点点头："那行，我买下了！"她把衣服拿走了。

爸有点生气地说："你怎么把这些带回来的东西都卖给人家了？你怎么也得给月红留一件吧？"

我心里一慌，我问："那件绿花的灯心绒上衣呢？"

我妈笑一笑："给金辉了，她妈刚过来拿走了。"

我大哭起来，为我的泡泡糖，为我的绿花灯心绒上衣，我骂妈妈："就你会拍马屁，就你会拍马屁。连一件文具都没给我带！"

我妈搂着我："谁拍马屁了？那么贵的衣服，我哪有钱送她啊？她自己拿钱买的。"

门又响起来，爸过去把门一开，是李全丽的妈。

妈没好气地说："你们家老李，可真让人受的！"

李全丽的妈笑道："唉哟，你也替人想一想，谁家会要那种不中用的东西。"

我爸生气说："你们家不要，只好放着进别人的垃圾箱了。"

李全丽的妈不理我爸的茬，李全丽的妈说："你看，我不给你赔个不是来了？！"她手里攥着一条绢花的手帕，拉住我的手，放进我的手心里。然后又笑着说："早就觉得楼上闹腾得不得了，不想来凑那个热闹，现在终于清净了。来，那件白毛衣给我吧，听人说漂亮得了不得的，就是贵了点。我要穿得好，我买了去！"

我妈翻着眼说："你来晚了一步，被前楼老黄家的女人买去了，才走。"

李全丽的妈叫道："她？她能穿什么白毛衣？她也不看看她什么身条？！"

我妈就不作声了。

李全丽的妈咬着嘴唇说："我不管，你还有什么东西，你可得全给我拿出来。"

我妈摊了摊手："真没有了。"我妈想一想，从抽屉里拿出两个假领来，一个雪白的绣着一圈蓝花，一个粉红的绣着一圈紫花。

李全丽的妈忙冲上去，急急地说："我都要了。"

我爸抢过来那个粉红的，瞪着眼说我妈："这个一定得给月红留着。"

李全丽的妈看着我，笑了笑，递过钱来，拿了那个白假领，就下楼去了。

送了客，掩了门，我们家终于安静了。我爸笑着对我妈说："可终于静了。没想到我们家也会有这么多人巴结的。你看他们看着你的样，要不就是羡慕，要不就是嫉妒的。"

我妈把我们偷偷地叫过来，我妈神秘地很是兴奋地对我们说："你们看，我给你们带回来什么了？"

妈拿出一个封得严严实实的纸盒来，小心地打开，我和弟还有爸都屏住呼吸看那件东西，豁亮的，一个烟灰色的放着亮光的长方金属盒。妈小心地把电线接上，小心地摁了一下按钮，一股好听的音乐从那里涓涓地细细地流出来。弟弟爸爸和我全都呆住了。妈低着嗓门告诉我们："这就是三洋，叫收录机！"

爸有点惊讶地说："咦，留声机现在弄成这样的了？我爸原来有过一个，好像有一只朝天的大喇叭的，现在这喇叭哪里去了？"

我妈笑起来："这是最新式的。可以录音的。再不用那种唱片了，只要卡带就行了。我当时愣在上海第一百货大楼的柜

211

台前，像中了魔咒一样地看着它。老万晓得我的心思了，老万挺体谅地说，要不你就买一个吧？这在武汉可见不着呢。老万还说，你是不是没带够钱啊？我能给你凑一点的……"

爸有点生气地嘀咕着："这东西，不当吃不当喝的，你买这个干什么？"

可是我和弟弟兴奋得不得了，整个家属院里，谁家有这么个玩意儿啊？去年金辉家里买了一个华生牌的座扇，一个夏天他们家都在厂里神气得不行呢，再也不用在外面的大阳台上睡露天了。陈宁陈波的家倒是有一台留声机的，可从来没见他们放过音乐给我们听，用她妈勾的纱罩着，宝贝得不行。

爸有点生气地说妈："咱们攒的钱，你就弄这个了？我还以为你会带回来一点火腿肉方什么的。"

妈讨好地说："吃的不好带，油腻腻的，吃下去也留不住什么念想。"

妈推搡着爸："老万也说，我可真跟别的女人不一样。不是小鼻子小眼的人呢！吃穿算什么啊……"

爸嘟着嘴，一直没再吭气。

拉了灯，我听见妈小声地还在对爸说："什么上海人啊，你不知道，他姐姐一家六口挤一屋，有辆凤凰的自行车，当宝贝似的，每天抬回来，就挂在墙头上。铁钉倒是够粗的，能承得下那重量，可看着，让人挤兑得慌。小气死了，就给我和老万一人一杯水，是吃饭的时间了，也没客气几句，想我们大老远地，替她弟弟给她送东西来的。"我知道妈在念叨陈宁陈波的姑姑，我的眼快闭上了，我听见妈说："老万真是个好同志，挺照顾人的。那顿饭还是他请我吃的，爆京片，真是全肉的，没一点夹带，比你爸上回请我们下的那家馆子要好。武汉的菜式，真还不能跟上海的比。老万就动了三筷子……"

爸在暗夜里没有吭声。

妈又淡淡地叹了一口长气："出差的感觉真的很幸福啊！回来的感觉也真好。你看全丽的妈，平常都是她颐指气使的，现在她的眉眼里，却是那种顺着我的表情呢。也知道自己两口子不讲信义的，还拿了绢手帕来，算是了了一段过节。真想再能出差呢！总能出去该多好啊……"

爸唉唉地说："你以为！也就一次逮着个机会了！"

妈声音大了一些："要是能评上工程师，像你爸那样当个总工什么的，出差怕也只是平常事的。"

爸冷笑了一下："你以为那么容易的？出个差可把你给兴奋的？！"

我在床上终于叫起来："妈，你去考个工程师吧，我也喜欢你出差的。"

妈笑起来："这丫头，还没睡哟。也怪虚荣的。"

汪老师很高兴地看着我妈给她带的紫色的绸巾，汪老师说："就是这个色，你妈眼光真还是不错的。"我看着汪老师，汪老师问："你妈没给你带什么吗？"我摇摇头，汪老师说："这家伙，听说带了一行李的好东西回来，就尽着显摆自己的能耐去了，也不记着点孩子。"

　　我没有吭气，我没觉得特委屈，我差点想告诉汪老师，我妈给我们家买了个三洋呢，不光能放声音，还能录声音呢，你们等着瞧稀罕吧！汪老师说："下午的音乐课，你来弹一首曲子吧，我好像听你弹过的，你好像会弹《草原英雄小姐妹》吧？"我兴奋地点着头，我想，妈的出差给我带来的好处可抵消了那包传说中的泡泡糖了。

　　星期天一起回了一趟爷爷奶奶家，妈给奶奶带了一双毛巾袜，给爷爷带了一个皮革的笔记本，爸爸的脸上全是讨好相，可我看得出来，爷爷，特别是奶奶，一点也不高兴。奶奶把袜子给了我，奶奶说："这种颜色，我哪能穿得出去呢！"妈的脸上讪不搭搭的。

　　我听见爷爷在厨房里小声对奶奶说："总是她一场心意，你何必不给她点台阶呢？"

　　我奶奶冷笑着说："我给她了多少东西，你能算得出来吗？好容易出一趟差，就给我一双毛巾袜，给你一个笔记本？这媳妇，和我们家那傻儿子，长不了的。小事能看出来的。我把话放在这儿了。"

　　奶奶的话放了一年，我爸我妈终于把婚离掉了。

　　妈那趟出差就有了太多的闲言碎语，好多同事都说我妈和万科长在外头搞了破鞋，好多人把话传到我爸这儿，绘声绘色地讲述我妈和万科长在外头的风情。我爸原也不信的，可妈出差回来后，真的越来越喜欢和技术科的人耗在一起，和万科长，几乎白天夜里都厮磨在一处。我爸哪能受得了？爸天天和我妈闹，鸡飞蛋打的，弄到了非离婚不可的场面，那些人又过来劝我爸，他们拿李全丽的妈举例子，人家被捉到床上了，还不照样关起门来过日子？敞开门走出来，人家夫妻照样恩爱，谁也不敢欺侮他们！

可我爸受不了那些了，一级一级地上去，连厂长和大金都出面了。厂长和大金不信人家的传言，厂长说："大家都是出过公差的，多少人一个房间地睡着，在哪里能搞上破鞋呢？"

大金说："船上照顾也是应该的，出去了不就是亲人一样嘛。吐得拉得成了那样，还能干什么破事呢！"

我爸不依，我爸是铁了心的，我爸说："就那趟出差，她就变了，回来后就去做了好多套衣服，厂里第一个穿连衣裙的就是她！第一个买高跟鞋的也是她！她还偷偷地学跳舞，她彻底变了。你看她出差带回来的是什么？不是火腿不是香肠，甚至不是皮鞋不是新衣裳，她竟然带回来一部收录机！"

大金劝着说："她也变上进了。你看技术员考试，她可拿了第二名，已经转成干部了。"

我爸犟着脖子说："那趟出差，把她给毁了。她以为她出去见了世面了，什么也瞧不上了。还每天抱着个收录机假模假式地学外语，她以为她还能出国了呢？！"

大金说："那倒不能这样说她，考工程师得要过一门英语的。"大金顿一下，"以后，兴许出国对我们来说，也真只是平常事呢！"

我爸冷笑着说："你们看她照回来的那些照片没有，都是谁给她照的？冲着镜头的那副脸子！哼！十九天啊，男男女女的在一块儿，你想怎么也能磨出感情来了。人家大小也还是个头儿！"

厂长气得大叫起来："以后不管怎么样，我也不许一男一女出公差了。怎么描也是黑的了，这还整出这种事来了！"

大金在旁边看着气鼓鼓的我爸，叹了一口气。大金只说了一句："唉，真是秀才遇到兵了。"

我爸恨恨地道："什么？什么？这还有阶级了么？"

大金就走掉了。

许多年以后，我参加工作当了一名中学老师，我爸挺高兴地说："这工作挺适合女孩子的。"

顿一顿，我爸淡淡地说："就是把人给困住了，你想出差都是很少有可能的事了。"

衣　道

怎么说，他也该算我的老师。

二十年前我大学毕业，那时候不用担心工作的事情，学校和单位早就联系好了，一个萝卜一个坑的，好像是，一出了校门，就进了单位，社会就这样扑面而来了——虽然单位不甚理想，专业并不甚对口，然而，父母总是高兴的。而我，对着刚报到了的单位，那间小小的银行储蓄所，那些看着我，有的漠然有的欣喜的面庞，不知道为什么，心总是有种难以言说的落寞的，这种感觉，说出来你也许不信，过了二十年，还能隐隐作痛的一种落寞。

是盛夏的季节，天，是燠热的，到了晚上，也还是被一种潮潮的热气裹挟着，那种圈在蒸笼里熟透了的小笼包，奔腾欲出的感觉。我对父母说，我想学裁剪。那时候不叫服装设计，很朴素的，就叫裁剪。一把剪刀，一卷皮尺，一个练习本，一支笔。就这样简单，进了我父母单位办的一所夜校。那时候夜校很热闹的，好像很多年轻人都有去夜校学习的，英语、汉语言文学、电气工程、化学工程，最多的是财务会计，还有就是企业管理，学的人都挺用心的，白日里上完了班，在酸碱池旁，在铣车旁，在机修车间里，甚至在集体制街道办的简陋的小厂房里，裱完了电池的包装皮，糊完了盛皮鞋的硬纸壳，匆匆地吃完晚饭，挟着包跨上自行车就去了夜校。那时候年轻人的脸上总有灿烂的笑容，好像是，学出来就会改变自己现状的那种浮想，就会真成了会计技术员工程师甚至管理干部的浮想。当然也有旁的，美容美发，服装剪裁。这种旁的，在人们看来，似乎有点低一溜的，好像没什么大出息一样的，就像当时人们常说的一个词：低级趣味。

而我，在那段时间里，情绪因为有那么一点郁郁的，脑子里也似乎有那么一点空空的，就把曾经整晚在宿舍里和女友们高谈阔论将来所谓的理想、所谓的造化的大段大段的现在闲下来的时间，交给了能学一点女红的课堂。

他就是那时候来到那间灯火通明的大教室的。

其实我是认识他的。自小我就认识他，他可能也就比我大个三四岁，在我父母那个有着五六千职工两三万家属的企业里，他也能称得上一个传奇。

很小的时候他得过一场小儿麻痹症，左腿就坏掉了，一直是崴着脚走路，幼儿园，小学，中学，一路就这样上下来，身子总往左边斜着，左手扳着左腿，挪一步就画一个圈，书包总是斜挎在肩上，可能习惯了，他这样走着也不吃力，有时候也能飞快，脸上总是笑嘻嘻的，从没见过他愁眉苦脸的样子，也一样和同学打闹，疯逗，男孩子能玩的他几乎都能玩，滚皮圈，抽陀螺，甚至还能打乒乓球，到了大家学雷锋的日子，也会起早床把另一个低一届的也是得了小儿麻痹症的却只能坐着轮椅上学的女孩子推到学校来（平常是那女孩子的弟弟干这活儿的），他的脸上还洋溢着一股阳光般灿烂的微笑。那个日子大家也都觉得很好笑，一个瘸子推着一个瘫子，两个残废的孩子心无城府的快乐，只有那个日子，才让大家想起来，他原来也是残废的。

他的书念得还不错，小学毕了业，就升了初中，中考后，竟然还考上了市里的一所重点高中。这个时候问题就来了，好像是，他这种状况，那所重点高中是没办法收他的。读高中是为了什么呢？不就是为了考大学嘛！而一个瘸子，怎么能够上大学呢？他父母就劝他，看着他长大的叔叔伯伯阿姨们也劝他，就连那个带了他三年的中学班主任，也跑到家里来劝他。那个时候好像父母的单位也有很好的就业制度，对这种情况也还是能照顾家属的，初中毕业了，也能安排到企业的门房去做个收发报纸的活儿，多好的事儿啊，也轻松，也是正式职工，比那些只能在集体所有制街道办窝着的小青年不知能强上多少倍的，可是呢，他那会儿就犯了点脾气，照说，像他这样的孩子，也是多多少少有点拗脾气的，甚至怪脾气的，因为身体上的与人之异，可是从小儿看着他长起来的邻居们，这一会儿才发现，原来以为与别的孩子没什么两样的他，确实有一股残疾人身上通有的拗脾气和怪脾气。他说，我是一定要读高中的。前前后后，他就只讲这一句话，多了也没有，而且呢，眼神是直愣愣的，有点不达目的誓不休的意思。他的父母当着那么多好心人的面，多少有点发窘，劝的话倒比旁人更显空洞，好像是，那些劝他的话，倒不是讲给他听的，倒是自己知道别人的好歹而且心领了的一种歉意。最后呢，都有点下不来台，他这种年纪，要说真是孩子呢，你也可以哄一下压一下的，可是又毕竟读了八九年的书了，打不得骂不得也压不得的，要说不是孩子呢，真也就是十五六岁，你又不能太伤了他的心。这一辈子，你便读了高中还想怎么样？！这种话是真说不出口的。大家就晾在那儿了，那片纸一样薄的东西谁都不敢戳破的，那可真能要了一个人的命，倒不真是生命的命，而是，怎么说呢，一个人能活下去的魂吧？那个魂让人给闪了折了，这孩子，这虽然人人都觉得不可能有多大造化的孩子，可能就此真毁了。

　　班主任叹了口气，班主任站起来，班主任说，你要真想去那所高中，我就尽我的力给你跑跑吧。他的脸朝着班主任，眼睛里就有了一丝光。吐了口气，班主任说，实在不能上，你也别太倔劲了。班主任转头看着他的父母，又说，你看你爸你妈为难的。他这时候才咬着嘴唇，轻声地说，好。他的嘴唇上已经一片青紫，邻居们都摇头叹着气散了。

　　高中他真的很顺利地上了，比我们预想的要容易得多。那所重点高中的校长和教导主任甚至都来了他家，对他求学的上进心表示极度的夸奖，而且他因为中考优秀的分数被编进了重点班，还因为他离家太远，像他这样的身体来去一趟的不易，学校甚至拨了物理实验室旁的一间废旧小仓库给他做了宿舍。他那时候已经很少回家属院来了，可能因为功课紧，也可能因为搭乘一次公车的不便，他的母亲逢星期天去给他换洗一次被褥和衣衫，碰到一帮邻舍时，总会温温地笑一下，唉唉地说，谁叫他认这种真呢？话语是谦恭的，带着点无奈，虽然也还带着点欣悦，到底她的孩子总不是自暴自弃的，但她的身体里面，总能让人感觉着一种骨子里的无望。

　　他就是那会儿成为我们整个宿舍院里家长们教训小孩子的榜样的。

　　看看，人家都那个样了，还那么要求上进，你，你，你，你的条件，唉，你是真不知道好歹的。

　　他的父母听到这里，总是苦苦地笑一下，摇摇头走开。

　　据说，他的学校，也把他当作典范来教育旁的学生。校长在大会上总会点他的名，他的努力，他的刻苦，他的一次又一次的拔尖。他成了这一片学生中的名人，无人不知，无人不晓。然后便是考大学。大学便是考上了，他也不可能进的，这个，大家都知道。他呢，想必也是再清楚不过了。还是很刻苦地学，还是很努力地备战高考，还是一次又一次地在每回的模拟测试中拿年级前三名。这时候我们已经长大了，知事了，觉得他的这种辛苦倒不成了我们的动力，小小年纪的我们，听到他每回的独占魁首，反倒产生了一种悲苦，一种深深的怜悯，一种感觉徒劳的遗憾。都知道结果是什么，都知道。

他的分数下来了，考得相当不错。上清华北大倒不敢打包票，可是浙大武大是绝对没问题的。这分数一出，家属院的父母们都觉得挺难受的，好好的孩子，真有点可惜了的意思。见着他的父母，谁也不敢提这件本该高兴的伤心事了，就觉着，怪可怜见儿的，又得是一场什么样的闹啊？！谁都记得这孩子三年前非要读高中的倔模样，而现在，三年过去了，都到这份上了，唉，怎么说啊？

我们就那会儿才又见到他。三年了，他的五官也长开了，是那种相当俊朗的男人像，如果不是那条残腿，他也该是个美男子。他长高了好多，手不撑着腿走路了，换了副木头拐子在腋下，右腿是正常人的长法，左腿就悬在了半空中，走一步，左腿就画一个圆圈。他的背是挺直的，肩膀也是阔阔的，身上是一件火红的T恤，绷得他健壮的胸脯都快撑破了。那件T恤衫到现在我都能回忆起来，真是招摇的，真是惹眼的，真是能把人晃得眼花缭乱的，大家都斜着眼看着他，那种颜色的衣裳，他怎么就敢穿？！他的身体，他的命运，他难道不该悠着点的吗？他呢？倒还是笑嘻嘻的。这回也没人再听见他家里的闹了，倒是看见，在那个火热的苦夏里，他一趟一趟地帮着家里做事情，守着炉火熬绿豆汤，搬出晚间乘凉的竹床来用水一遍遍擦拭，哼着歌曲洗家里人换下的衣衫，还能骑上自行车，就那样偏腿坐上去，再用木头拐子一点地，车就离弦一般地驶远，去给家里驮米运煤，这时候，大家又忘了他的残废的身体，他的同学也会叫他来一起下河游泳，甚至，你简直想不到，他还会拄着拐杖灵活地在篮球场上奔跑，甚至，还投进去好几个球！

我父母说，看看，看看人家。我父母的嘴巴啧啧的。可是我们都知道，他还能怎么样呢？

那个夏天，他的工作就有着落了。他的父母还不到退休的年龄，本来硬是退下来让他顶职去工作也是可以的，那时候都兴这样的，虽然他这种身体怕也干不了他父母的活计，可是厂子里觉得了他的努力，觉得了他的一股气，觉得了这样待他倒像有点不公平的样子。好家伙，差点就上了浙大武大了，差点就成了大学生了，这让人怎么能小瞧他呢？竟然就破了格，招他去到厂里的图书室做管理员了。我们厂的图书室还是很大的，对孩子的诱惑力也还是很大的，不光清闲，不光不用出体力，还能有一点附庸风雅的书卷气，还能呢，或多或少有一点小小的权利。不瞒你说，我小时候最大的梦想就是当一名图书管理员，真的，能看书是一个方面的，对着还书者颐指气使甚至有点爱搭不理的样子，也是叫人觉得一种权利的向往的。

这叫人怎么说呢？多多少少是要人有点嫉妒了。还有那么多小子姑娘窝在集体制街道办的小作坊里，还有那么多人觊觎着国有化企业职工的一席之地。怎么就便宜了他呢？怎么就？怨气只能到这份上了，再说下去，反倒没什么意思，小子有时候是浑的，姑娘有时候是泼的，但在这种事情上，他们看着他的那条残腿，还是真讲道理的。现在回忆起来那些小子姑娘们，他们都比我大了快十岁，可也是什么苦都吃过的，小小的年纪赶上了上山下乡，回城后又没有正经工作，熬了一把年纪又赶上国有企业的倒闭，在那种一辈子里，却也是堂堂正正地走过来的，对着该流泪的就流泪，对着该微笑的就微笑，大事上是从没有胡搅蛮缠过的。有时候，我真的是从心里敬重他们的。

然而，他，放弃了那种令人深深扼腕痛惜错过的好机会。他对他父母说，我会自己养你们的。

他就这样站在这座灯火通明的大教室前。是几盏六十瓦的日光灯管，把每一间教室都能照得雪亮。那时候的夜校真好，灯火就看得出光明。楼下有人拿着把吉他在唱：我来唱一首歌，古老的一首歌，你轻轻地唱，我慢慢地和……是罗大佑的《闪亮的日子》，我听得眼泪都快掉出来。

他慢慢地在讲台上站定，说，做衣和做人是一样的。

他已经出落成一个挺拔的青年了，腰板还是笔直的，肩膀绝不歪斜，头发梳理得一丝不乱，上身是一件鹅黄的圆领衫，下身竟是一条雪白的西裤，脚上是鞋油上得锃亮的甚至还打了蜡的一双皮鞋。他的左腿仍旧蜷着，腋下还是夹着一根拐杖，不过不是木的了，换了一种铝合金的，银亮银亮的，看着不是一件让人觉得自卑的依附品，倒像是一件让人艳羡的武装了。我注意到他的裤子，裁剪得相当合身，在脚踝那里包上一点儿，不管左腿右腿，裤长都比腿略长一寸，是正经西裤的做法。他是真的讲究的。

听过很多他的传言，他不肯去干那件曾经让人眼馋的图书管理员的活儿，是因为他当时已经立志去做一名裁缝！

为什么？他父母声色俱厉地问。

不为什么，就因为喜欢，也因为适合自己。他答。

图书室的工作有什么不好？他父母泪如滂沱。

我选择不了我的身体，但我总能选择自己的喜好吧？他小声地说。

我能养活我自己的，我也能给你们养老送终的。他又说。

后来就去了宁波，听说宁波那里有一个相当了不得的裁缝，他就收拾了简单的行李离乡背井地去了那边。家属院的人们还是有些不解的，因为此时南风正盛，多少好看时髦的衣服都是从那边过来的。宁波？大家都摇着头。然而他母亲说，他是早打听好了的，宁波的那个裁缝，真是个师傅，凡人不授的，也是托了多少人通了多少信求了多少回才接纳了她的儿子的。听的人就有点心不在焉地敷衍着了。一个裁缝？能有多大的讲究呢？我母亲还笑笑地对他妈说，是啊，做个裁缝挺好的，我听说国外那些皇室贵族，是不到成衣店里买衣服的，都有专门的裁缝给定做的。旁边听的人就附和一下，嗬嗬，那是了不得的。他的母亲就讪讪地笑，讪讪地走了开去。我妈回来唏嘘不已，唉唉，怎么就想当一个裁缝？我爸很深地看我妈一眼，不说话，就那样深深地看一眼，可是连我们也能懂了：他那个样子，出师后真做了个裁缝，也就能养自己一辈子了，还能指望干点别的什么呢？

那以后的几年里，家属院外的街道上看着就热闹起来了，有了许多小小的铺子，开小饭馆的，弄理发店的，卖衣料的，开杂货铺的，修理钟表的。好像都是原来没法争气上学没法到国营企业工作的，甚至还有些"严打"被关了局子教养过的不成器的家属子弟们一伙风儿地弄的。嗨，个个看着眼不丁丁的，就都熬成火候了。我们家楼下的那个，前几年因为偷看女工洗澡被整教了的，这种小偷小摸的作风问题便被派到总务处去了，干什么呢？专管厂子里各车间办公室的厕所卫生问题了，那工作是不体面的，工资也养不下四五个孩子的，老婆就辞了附属厂的工作，也在街道上支了个摊卖起早点来了，就那种，五分钱一个的面窝，一个一个在油锅里炸了，用废报纸包了卖给过往的路人，上学的学生，也就几年工夫，有一天，他们家小子竟然就开了一辆的士回来了。我妈在阳台上气得鼻子都歪了。

他就是那腾达开了的第一批人。

听说满师回来就开了小店铺。店铺没开多久，就已经打出了一片天下。他可不是一般的裁缝，他对衣料是有绝对悟性的那种裁缝。怎么说呢？好比如，你拿着一块面料给他，不用你说做什么样子，他把叠得整整齐齐的面料哗地一抖开，看一眼，再把料子团成一团，拿在眼睛底下，那种近法，倒不是看，而是嗅了，或者说，是跟那段料子低语了，然后呢，他再用他的眼光扫扫你。真的，真不是看，真是扫，他扫一眼，就打量出你的大约身段了，你的气质了，你走路时的步态了。他就会告诉你，这段料子应该做什么。而他对衣料的概念，又有固执的观念，怎么说呢？放着一句不好听而过时的话，那就是，他对衣料的看法也带着明显的阶级性。毛华达法兰绒的，得是有气魄的人穿的，那种天生有贵气的人才能穿它，便你是厂长书记，从大老粗升上来的，没经过一二十年的官场熏陶，你的神色和霸气，是配不上这种衣服的。还有呢，像香云纱这种绸缎料子，也是得离休退休赋闲在家的老干部，和那些有点闲情有点阅历的女人穿的，香云纱这种料子，是很奇怪的一种衣料，要淌过汗后才能越穿越亮，这真是很矛盾了，配穿香云纱的人会流那许多汗吗？所以他说，一般的人，还是不要碰它，因为你承不起。什么叫承不起呢？他就会微微地笑一下，说，再怎么侍弄它，它都和你没感情。你是想跟他说个究竟的，你的心里是有个模式的，你急急地说出来，把你的样子画给他，甚至拿了别人的成衣丢给他，让他照模照样弄出来。然而呢，他把料子摊在他的面板上，淡淡地听着你的，淡淡地看着你，淡淡地笑着，那嘴角的一丝气，怎么说呢？来的人先就虚了，再也讲不下去了，自暴自弃地推了料子，好像是跟自己赌气地说，算了，你看怎么好就怎么做吧！他就走过来，其实是挪，左脚是悬着空的，右脚是不离地面的，蹭挪过来，扳过你的身板，三下五除二，你的三围就全在他的脑子里了。

　　在他那儿做衣裳，其实也不是很愉快的，因为总是违了来者当初的意，留了衣料在那里，心里总是觉得空得慌，也冤得慌，取了衣服回来，站在穿衣镜前试了，看着镜中的自己，也没觉得很高兴，因为跟原来的想法太大相径庭了，就使人觉得一丝委屈。好看却是别人说出来的。这色，这样式，这腰身，啧啧，真是满天下找不出第二件了。女人的自信是让别的女人眼里的羡慕和嘴里的啧啧声制造出来的。这才真觉得这料子的花色与这样式的合衬，这才真觉得这料子这样式与自己的衬。满世界找不出第二件了！哪个女人不为这句话动容？一来二去的，他的名声也就渐渐传开了。

那条街上，裁缝倒也不少，那时候成衣的品种还是少些，样式呢，也都千篇一律了些。裁缝就很吃香了。不过呢，好像好裁缝自己的衣服倒是不怎么样的，就好比，好的理发师，他自己的头发弄得倒有点乱蓬蓬的。那条街上的另几个裁缝，也有手艺不错的。一个乡下来的女子，也是得了师傅的真经，做出的衣服，领是领腰是腰的，真就是合身的，不管胖的瘦的，在她手上弄出的衣服，也都是合衬得不行的，但这个女子呢，自己的衣服就穿得差些，不知道是她自己的眼光不好呢，还是有些别的意思，她身上的衣服太过朴素，花色呢，也太过晦暗。找她剪裁衣服的人倒也不少，因为，怎么说呢，就拿我妈的话来说吧，她看着就实诚些呢，你说什么样子她就给做什么样子，眉眼总是低顺着，老实得就像人都不能把她往小贩那儿靠的样子。而他呢，似乎是个特例，他是真的很讲究的，总是衣着笔挺的，而且干净，在那间小小的店面里，你如果留了心去观察，他几乎是一天一套的，春去秋来的，那种不重样，倒让人心生得嫉妒起来，心生得难受起来。好像是，自己的这副好身板，还没受用过那些华服呢，而他，偏偏他，就能穿了遍去？！但实在是，拿了好的料子，琢磨不定做成什么样子，或者有些已经开始特立独行的时髦女子，仍旧求到他的店铺来，让他嗅嗅那段料子，让他和那段料子低语，让他扫扫自己的身形，然后呢，就把身板交给他去，很信任地，由着他把自己的衣料裁剪成他认为的样子。

做任何衣服，他的配里也是很讲究的，要的就是那个挺，而怎么挺呢？就得往里面塞垫衬。这些，一般的裁缝都不弄，想来也是怪麻烦的，唰唰唰地裁了料子，唰唰唰地就递到了后面的小工手里了，小工接过裁好的料子，按照边线，踏着缝纫机，唰唰唰地拼凑起来，一件衣服也能得了。而他呢，一件衣服在他，肩是要弄得宽些，扛起来是一条线，袖子接起来的地方得有型，挂着也能竖起来，而领子呢，则是彻底的平括，您怎么样的坐相，领子也是服服帖帖地粘在衣服上的。这就是他做出的衣服的规矩了。胖的人，量了他的胸高或肚腩高处，在小册子上密密地算一遍，做成的衣衫，摊开来看呢，前襟比后襟要短一些，穿在人家的身上呢，却是前后一码齐；有小肚子的女人呢，裙或裤的包腹处就凹进去裁，再收在腰线上，看着就平展了一截；宽肩膀的人呢，最好是做插袖，成工的衣服，穿出来便使人显得柔一些。看他做工呢，也其实是一种享受的，那剪刀挨下去，特别是那种软滑的绸缎衣料，或者是名贵点的呢绒衣料，小裁缝的手都会抖的，而他呢，是真从容不迫的，狭长的剪刀，紧贴着布料，哗的一刀下去，啦啦的布料绞过的声音，是一曲优美的七弦琴音，一点也不拖泥带水的，这个时候才发现，他的手倒是长得真漂亮的，白，长，而且细腻。手背突出的骨骼也不带男性的粗犷，只一点妥协的硬，骨锋也是圆的，甚至有一点润。那样的手挨着那些柔软的料子，就觉得是天经地义的，就觉得真是天造地设的，仿佛，他生来的那双手，就是要和那些洁净的而又略带点香气的衣料配衬的。

只是有一条固执的原则，不管怎么样，他也不给人家做旗袍。再好的绸缎，再好的身量，他都轻轻地推了料子，对着要求者有些怨艾的脸，他带着一点那种跋扈的坚决。

他说，不是身材完美的人穿什么衣服都能合衬的。他还说，衣服和穿它的人，是有爱情的。我们听着，都在底下偷偷地羞羞地笑起来。

那个时候，听人说，他似乎恋爱了。

是个相当美丽的女人，在我父母的那个企业里，真是实打实的一枝厂花。人是下江的，说的普通话里夹杂着一丝吴侬软腔，糯糯的，带点糍。是重点高校毕业，学环境保护的。我父母的那个企业是一家大型的化工厂，要说她的专业呢，倒也能沾一点边，但是受到重用呢，怕也不大可能。她分在厂办大楼里，这比那些专业对口的大学生分得总强些，他们呢，是分到各个车间里，在第一线，与各种刺鼻的污染性原料打交道，在各种实验里一日一日地度过，熬成助工、工程师、高级工程师，最后如果能成为总工，就所谓功成名就，不负所学了。她呢，大约原也是对自己有所期望的，就像我们一样，而现实是这样迫不及待地扑面而来，你不得不中规中矩地走下每一个别人给你安排的脚步。当然，是有很多小伙子追求她的，她呢，可能因为工作的原因，开始总有点郁郁的，后来，大约也顺应了，脸就开始有了点朝气，这样，追她的小伙子就更多了。

他和她是怎样相识的，大家并不知道。要是猜的话，大约也就往剪裁衣服上面去想了，这样可能最合理些。因为，整个那一片街上，只有她，穿上了他做的那件旗袍。

她的故事讲起来，就有些长了。说到底，拿我母亲那帮人的话来总结，就是糟蹋着过了。进厂没几年，经过了最初的一点沉郁，就也恋爱结了婚，她的爱人，去了企业在珠海的一家分厂，听说还不错，薪金也不少，比内地的本部强上许多，经常还给她捎回一些那边过来的走私货。那个时候她已经开朗了许多，还担任了企业的团支部书记的职务，有点活泼可爱的感觉了。穿的衣服一天一件不重样，不过总以素色的为主，倒看出她的一点贵气，腰是紧紧地一卡，臀是刚刚地一包，样式倒是朴素，简单得让人觉得有点不屑，可就偏是穿出来招眼的，领子上一点小小的圆弧，腰线上一段接缝的分际，裙侧开叉处一粒闪光的金属扣，就让人觉得点了睛，整个地活起来了，有声有色起来了。配了她披下来的长发，配了她永远闪闪发亮的漆皮鞋，配了她挺挺密密的小碎步，看得人是没办法不叹气的。夏天，在家属院落里，有时候会看到她洗完了澡，拎着一个红色的提桶，从大澡堂子里出来，身上就穿了一套珠丽纹的藕红色睡衣，绸缎的面料松松地套在她身上，一转头，整个婀娜的身段就在软软的衣料里显出来了，长发窝在脊背上的一处湿，要多妩媚有多妩媚了。谁都知道，她的那些与她合衬得严丝密缝的衣服，从姑娘到少妇的那些年，便是他一件一件精心地做出来的。谁都知道！

他的家里已经有意向给他找个媳妇了，那时候，他已经是一个知名的个体工商户了，还担着个协的副主席、残联的理事什么的职务，也算有点地位了。知道他的心有点高，相的对象呢，也不往通常的残疾人只能娶的乡下姑娘那里靠了，况且，不说他的残腿吧，也是个一表人才的青年。可是呢，全看不中！就像跟谁赌气了似的，那会儿想上高中的闹劲又出来了，倔得人心里面直发麻。其实很多人都看出来了，他的父母也有点猜着了，可这是哪跟哪呀？！原来人家没结婚的时候没有机会，现在人家都有了家了，那就一点念想都没有了。他不说话，抿着嘴，用香皂净了手，把她拿过来的料子精心地剪裁了。

只有那件旗袍是花的，有点招摇的花色，大朵大朵的牡丹配了大块大块的叶片，红的绿的，黄的紫的，在整段衣料上盛开，没有一点留白处，你竟找不出一点这段料子原来的底色，姹紫嫣红，七彩纷呈，热闹得简直让人吃不消。看不见挺梆梆的高领，看不见做式精巧的盘钮，看不见领口袖口的滚边，纷扰的衣料把一切都遮蔽了，只有她玲珑的身材，稍突的胸，窄斜的肩，盈盈一握的腰，略翘的臀，她挽了发髻，额头梳得精光，就这样袅袅娜娜地走过来，把整个厂子的眼睛都晃迷糊了。我妈她们看着她，瞪着晃得有点发涩的眼睛，轻轻地说，这个女人，怕是有点故事了。

　　很羞的一个故事，讲起来，我妈她们都还觉得有点对不住这个人似的，好像是，她怎么就能往那上面靠了边的呢？她是那么洁净的一个人，看着她穿的那些衣服，你也能揣出她的品味来。怎么就会那样了呢？很落俗的一段苟且之事吧，是和厂里最受器重的销售经理好上了，一个是罗敷有夫，一个是使君有妇。本来也只是放在私底下里猜测，这种事，如果只是猜测，就有了点美丽的暧昧，偏偏呢，做丈夫的，脑子有点不够数，竟然天遥地远地赶了家来，在家里把两个情人捉了个正着。这样的结局，就让一点浪漫的传言有了赤裸裸的污秽。四个人都在厂里有点待不下去的意味，那时候，偏又是不好调动的，辞职就更谈不上了，她整个人就是那时候暗了下去的。一个活活泼泼的团支书，便成了一个灰突突的小寡妇似的，再也没见她穿什么让人感觉一亮的衣服来了。头总是低着的，身子也不再挺拔，她爱人从珠海抽回来了，听说一直在和她爱人闹离婚，真是奇怪的，她爱人这时偏又是死活不离了的。销售经理却被调走了，也去了沿海的一家分厂，临走前，他倒干脆利落地离掉婚了。

　　有时候她走过他的摊子，一些好事的人就在那儿笑起来，大着嗓子喊他的名字她的名字："嗨，你的梦中情人来了！"原来是不敢这样招摇的，原来也是没这种胆量的，因为这女人被捉奸在床，闹的人就有了一些居高临下的资本，他却是不容人小觑的，从来没有容人小觑过的，这时候偏发了窘，看着她低着脑袋走过，涨红了面皮，反不知说什么了。有一次闹的人喊得急了，女人停下了身子，就这样微微地一回首，侧着目，那种眼睛里的寒光，把所有的人的胆气都逼走了。他也看见了，心便有点落，沉沉地慢慢地往下落去。女人一转身，闹的人小声地对他说："她都这样了，你也怕是没戏啊！"他听了，血就那样往上涌去，整个喉咙都觉得了一股腥潮。

过了两年，政策放开了，大学分配下来的本科生也能停薪留职了，那个销售经理已经在沿海打出了一片天下，回来的时候成了衣锦还乡的薛平贵，牵了女人的手，意气风发地把女人也办到了特区，两个人昂首挺胸地在整片厂子里穿梭着办手续，眼睛里看不见一个人，一片光明的前途在他们的眼前铺陈开来。

这至少是一个好的结局，对那个离乡在外的女人，总归收获了一场爱情，而且赢得有点志得意满。

女人走的时候把所有的家什都留下了，应了流行的那句话，不带走一片云彩。她的气冲霄汉的前夫把她所有的衣物都弃在厂子大门口的垃圾桶前，好多人跑去看的，啧啧啧地带点可惜了的意思，也有拣了几件回来的，嘴上嘟囔着要给家里的乡下亲戚或是小保姆穿的。那件炫丽的旗袍，也被人拾了去，仔细地看了，竟都是手缝，穿针走线的手法竟比车缝还细，翻遍整个衣身，竟找不到丝毫缝线。那种精巧，真是叫人瞠目结舌的！人们都诧异起来，开始细细地琢磨女人留下的衣衫，那些没有商品标志的，应该是他的作品。翻过来看，全是有衬里的，夏装是软缎的，冬装是斜纹里布的，每一个接缝处，与拉锁，与胸线，与腰际线，都是挺括的，不带一丝皱褶，荷包挖出来的纹路也与整件衣服料子的纹路秉承无罅，裁剪的花色都在每一个接缝处连起来，料子上的每一处细小的花纹，每一段几何形的图案，全都严密地接起来，每一个边边角角，每一截丝丝缕缕，就像不曾剪过的一样，一张开，仍旧是一段完整的衣料！好像是，这做好的成衣，本就是一块白布，完工后才拿到印染间里去漂印了一样！一点小小的脱节都没有。人们看着便有点呆，想不出他对女人的衣服在每一件上都动了多少心思，想不出他在那些细细的针脚里，缝进去了多少心思！呆完了后大家略醒过来，也都笑起来，那时候大家已经知道，他对那个女人的爱情，已经深到什么程度了。

可是有什么用，他的恋爱，便是经过了七年八年，便是经过了荡气回肠，其实也只是一段单相思而已了。就连她知不知道这件事，谁都没把握呢！大家拿着女人弃下的衣物走到他的摊前，有的真是谁家请的小保姆，穿了他做给那女人的衣衫抱着孩子在他的摊前晃悠来晃悠去的。他淡淡地对着顾客笑，仍旧听他们描绘想要做出怎样的衣衫，嗅了人家的料子，他就走过来，其实是挪，左脚悬空，右脚不离地面，板直的身子，掷地有声的步音，平直而骄傲的眼神，不容置疑的算计，你成形后的衣衫，全进他脑子里了。

那几年，我们也成长起来了，一样地恋爱结婚生子提干分房，人生的幸福好像哪一样也不曾少过。同学在一起，还是会经常聚一聚的，从刚涉世未深的青年，终于熬成了久经世故的资深人士，大家在一起，不再像曾经有点觉得现实与理想相悖的抑郁了，都懂得认命了，都懂得怎么在既定的环境下好好地生存下去，努力下去，然后茁壮成长艳丽开花丰盛结果了。我父母常对我说，人生，是要好好招呼的。招呼，在我们那里是一个用的频率相当高的口语，有点对待的意思，更多的大概是颐养、安抚的意思。我妈常用街上的那个女裁缝来做比方，你看，人还是有梦想的，你看，她是会招呼自己的命运的。听说，她嫁了一个荣誉军人，抓住了国家对荣军的一些优惠政策，贷了款，慢慢地做成了一家服装加工厂，而且知道自己的学识较浅，做不了多大的品牌，也就不往大的方向靠，流水线上完工的成衣全部销往一些小镇甚至非洲国家，听说利润相当不错。我妈说，这样多好啊。我妈叹口气，又说，不像他。

他怎么样了呢？也不是特别清楚，如果想打听，拐到那条街面上，也能寻到他的踪迹。还是那间小小的铺面，还是那些固执的理念，还是彳亍独行的一个人，任谁也进不了他的心。人现在都不到商场里买料子了，商场里早就撤了卖料子的柜台，他呢，倒是这点顺了风气，有点与时俱进的意思，三面墙壁，铺天盖地地悬下各式的料子来，人就在他的铺面里选料子，裹了衣料，说了样式，比划给他看。他还是淡淡地听着你的，淡淡地看着你，淡淡地笑着，那嘴角的一丝气，还是让来的人先就虚了，再也讲不下去了，自暴自弃地推了料子，好像是跟自己赌气地说，算了，你看怎么好就怎么做吧！他就走过来，其实是挪，高低不一的两条腿，却是笔直的一条步线，肩膀端得正正的，手上的量尺轻轻地一搭你的身体，那件他觉得配得住你的衣服，就全在他的脑子里了。

可是，这个时代，看着商场里琳琅满目的衣衫，有谁还会在他那里费劲做那些不是自己心中想要的衣服呢？也是听妈妈说的，现在呢，他是连睡衣也做的，甚至，还有寿衣。做工仍是精致的。绸缎的，仍旧用手缝，不皱，洗多少遍，也不出毛边。我妈说，他的父母，也有退休工资，过得不说多宽裕，却也不指着他养活。听到这里，不知为什么，也觉出了妈妈的一点沉郁。

好多年就过去了。

我早就离开原来的家属院了，甚至离开了生我养我多年的故乡。每一次回家都有种衣锦还乡的感觉，同学会，朋友聚会，每一次相聚比结婚的那一天还体面，连一颗钮扣都不放过搭配得一丝不苟的名牌衣衫，几千块钱的坤包，脚踝处还缀着一粒水钻的丝袜，大家坐下来，兴奋地谈起来，十年前是暗自比较自己的地位老公的能耐，十年后，放下了浮光掠影的虚华，真正开始比较自己儿女的出息来，像我妈妈们当年一模一样。

　　父母的老企业早就倒闭了，一座座旧楼房拆了，腾出一大片地面来，是一处热热闹闹的板材建筑市场，每天车来人往的，水泥路面上，尘嚣飞扬。门面的老板多是操着外地的口音，虽然脸面上带着谦恭，但骨子里却挟着一股霸气，谁让他们财大气粗的？！临着喧腾的街道的，仍旧是一排排的铺面，两层楼的饭店，两层楼的超市，两层楼的美体沐足中心，因为靠着板材市场，所以装修上也极尽奢华，白色的大理石，白色的栏柱，白色的带着蕾丝的落地窗帘，透明的大落地门窗，看着就显得张扬和炫目，也带着一股不容小觑的干净！那种华丽的净！后面背街的风景就全然不一样了。也是铺面，却是小而且拥堵，一个连着一个，乱且显得脏。碟屋，网吧，小发廊，还有，天哪，还有他！

　　他已经老了。人稍显发福，发梢里也看出几点星星的斑白，拐杖仍旧挂在膀下，但腰还是挺直的，一丝不苟地挺直着，店面却是洁净的，像别的小裁缝店一样，店子里三面都挂满了从天花板直垂到地下的料子，各色的花式，重重叠叠地挤在一处，看着让人有点眩晕的那种俗艳。有几件做好的陈衣挂在日光灯下，老式的样子，只搭在塑料铁丝弯成的衣架上，却仍看出做工的精致来，肩仍是一条线，袖子是有型的，领子是服帖的，腰际处总有小小的一收，再糟糕的体型，也能显出一份韵致来。左右两家小店里，挂着"吐血甩卖换季销售衣服十五元一件"的硕大纸牌，把他的门脸也遮住了半壁江山。

　　有一个五十多岁的胖女人过来拿一件做好的成衣，他笑笑地收着钱，笑笑地递给人家衣服，小心地折好，扯了一个蓝色的塑料袋，把衣服放进去。女人走了几步，街上赤着膊的一个精瘦的男人给她打招呼，女人笑起来，把袋子里的衣服拿出来给男人看："是我们家拿破仑的，我们当家的说秋天要来了，给拿破仑先做两件衣服。宠物店里哪有他做的好？从脖颈处到胯下，还有四只腿，全是合身的，你看他的手工，连一点缝线都找不出来，正穿反穿都可以。这种花色，配拿破仑雪白的毛，最养眼了……"

小发廊的女孩子跷着雪白的双腿在茫然地瞪着街上，里面放出一首很老的曲子：我来唱一首歌，古老的一首歌，你轻轻地唱，我慢慢地和……我依稀记得曾经听这首歌让我的泪都流下来了，可是我怎么也想不起它的名字来。

于秀和她的黑

初一一大早，于秀就起了床。昨晚鞭炮响了一宿，也不知什么时候断断续续地停了，她一直担心院子里的黑，怕它被震耳欲聋的炮仗声吓到——前两年它吓到过，好几天才缓过来。她披了袄朝着黑的方向望去，黑在院子里踱着步。于秀这才放了心。辉朝里拱着，鼾声如雷，昨晚的酒气还在喉头冒着，熏得一屋子的恶臭。

于秀拾掇好了老三，一身的新衣新裤新鞋，把臭小子往外推，叮嘱了句："给奶奶拜年，给磕个响头哦！"老三从混沌中朦胧地醒来，擦着眼角，扭在于秀的怀里："只给我奶磕头啊，不给别的奶磕了啊！别的奶不亲！不在咱家住，不给磕啊！"于秀笑起来，亲了亲老三到了冬天就皴了红肿了的脸蛋："好的，行，就只给咱自家的奶磕头！"

老大老二早起了，老二也穿了新衣新裤新鞋，劲劲地跑到于秀身边，和老三不知为什么，小闹起来。老大低着头，仍旧穿昨天的一身旧装，手绞着，看不清表情。于秀使劲掰着脑袋瞅她，老大撇着嘴角，不知又怎么呕了气，也是一到冬天就皲了红肿了的脸蛋，嘴角往下垮着，额上的白斑似乎又显了些。

于秀有点不耐烦："怎么就你不换衣服呢？就这样脏脏旧旧地过年？你是大姐姐，都是个大姑娘了，懂点事成不？"

老二老三跳过来，扯弄他们的姐姐，老大发了脾气，当了妈的面，狠劲地开始揍老二——她不敢揍老三，打老三生下起，她就知道老三这小子，是他们胡家全家的命根子！老二被打得呱呱乱叫，老三也凑热闹，踢他二姐两脚。辉这当口醒了，恶狠狠地骂了句凶话，操起床脚的一只鞋子就朝三个孩子囫囵地抢过去，打得姐弟三个鼠窜而逃。

黑就是这时候进来的，看了看屋里狼狈的一切，辉嘴里不干不净地骂骂咧咧着，又倒身睡去，一会儿重重的呼噜声就此起彼伏地响彻房间，弄得梁柱都要倒下来似的。黑默默地围在于秀的身边，听她叹了轻轻的一口气。

于秀拍了拍黑，缓缓地掩了屋门，走到院子里。婆婆在厨房下着饺子，三个孩子一片乱腾腾地闹。于秀蹲下来，对黑说："看吧，不算兆头不好的，每天都这样，大过年的，也没什么讲究了。只要努力，总会好好的，对吧？"她跑到厢房那边，拿出昨天找人家要的剩下的那些骨头和肉渣，铺开来，摆置给黑吃。黑马上低了脑袋，津津有味地大快朵颐。它的皮色特别亮，显得毛色非常纯黑，像上了层釉的煤块一样。于秀抚了抚黑的毛发，伸到黑厚厚的毛里面，能很快捂暖于秀冻了一冬天的双手，隔着毛皮，还能摸到黑的骨架，甚至能触到它咚咚的心跳。它已经这样壮硕了，出落得这么健康。有时候于秀也纳闷，按理说，他们家是最急的，偏养出来三个孩子也比人家的彪悍，就是老拣人家剩菜剩渣的黑，也比别家的狗，结实，强壮。

于秀想一想，又觉得挺美的，嘴角就笑起来，偷偷从厨房拿了两个婆婆只给老三备的肉馅饺子，在老三惊诧的目光里，塞到黑的胃里去了。

最先是要给婆奶奶拜年。公公二十多年前殁了后，婆奶奶就离开了，一直是跟着二叔家过。

二叔家院子大，两层的新楼，粉墙碧瓦，一地的炮仗屑，散出了昨夜的热闹和繁华。院子里停着一辆省城牌照的小车，三叔三婶昨天赶回来的，还捎带着二叔家的儿子儿媳也一并回家来了。

于秀家的三个已经坐在婆奶奶的床头了。这一阵倒规矩，互相也不打闹了。于秀见婆奶奶的床头放着三个拆了封的红包，老大老二忙把各自崭新的一张五十元币的钱塞到于秀手里，老三活泼起来："妈，妈，我要把压岁钱给我奶！"他挥着一张也是五十元的钱往于秀脸边腆着。

婆奶奶笑起来："看，你奶可没白疼你！"

于秀扶住婆奶奶："您看您，每回还给他们钱！大过年的，应该是我们给您钱孝敬的！"

婆奶奶在床头坐下，拉着于秀的手："辉昨晚没喝多吧？没撒气吧？你把他三个的钱都收好了，回去再交给你婆婆！"于秀一一地应了。

黑本来一直跟在于秀身后，二叔家的那条小黄狗过来了，跟黑撒着欢，黑俯下身子，小黄在黑的身前身后粘着亲着，两个便玩到一块儿了。于秀笑起来："小黄现在和我们黑好着呢，两个玩得多亲！"

婆奶奶也点头："小狗喜欢咋呼，见谁都霸道，家里来个人，要吠个老半天。这算亲着你们黑了。黑脾气好，让着小狗儿！"

于秀还是笑，看着黑由着小黄在它身上折腾来折腾去，于秀说："黑就是随我的性子，怎么都能过，怎么都能处！是吧，奶奶？"最后一句她说的声量有些大，其实婆奶奶耳朵不聋，每句话都听得清清沥沥的。

婆奶奶拽了于秀的手："那是！满街上谁不说我的孙媳妇好呢！"婆奶奶抽着一只空着的手，摸了凳子上的一只橘子递给于秀："今天不去厂子了？"

"要去的，昨天请了假，说晚点去，待会儿给二叔三叔拜了年，就走。"院子里又是一阵闹，老大老三还有二叔的孙子，一起围着院子里的画屏追打老二，老二哭得脸又花了，鼻涕眼泪一脸的，新衣服上全是泥，仍旧委屈地竭尽全力地绕着画屏，躲开这一众的侵袭。

婆奶奶起了身："不劝劝他们啊？这一早上的……"

于秀摇着脑袋："不管他们，小孩子的官司，哪个搅得清？！"她劝住婆奶奶。

说话的当口，二婶出来了，给于秀打了招呼，把压岁钱都塞到三个孩子的荷包里。省城回来的三叔三婶也起来了，三婶散着头发，也给于秀问了好，顺手把几个红包都塞到院子里玩疯了的那帮孩子的兜里。婆奶奶仍旧挂念着钱，催促着于秀把孩子的压岁钱赶快收起来，于秀起了身，看着院子里二婶在下水道边上吐着满嘴白沫沫刷着牙，嗫噜了好一会儿，才赶紧地把那些红包转到自己口袋里。

婆奶奶悄悄地问："给了多少啊？"

于秀把红包都拆了，数了数，告诉婆奶奶："有一千整呢！"婆奶奶想了想，"嗯，还有我给老三的那五十呢。你都放好了！"停一停，又悄悄地道："昨晚问你三叔了，今年过年他们两口子要给你婆婆拜年，还会送一千块的，年后小孩子开了学，你们也不那么急了。"

于秀笑起来："怎么也是过，奶奶，您别操心我们了！"

婆奶奶撇撇嘴："这满大一家子，就你们家过得急，三个娃娃呢！小辉又不争气，重活干不了，轻活不能干！你姐今年给寄钱来了吧？"

于秀低低头："我婆婆说，我大姑姐也给寄了一千呢。"

　　婆奶奶仍旧拽着于秀的手不放："哦，真挺好！你叔家姑家我都说过了，你们不用给那些小孩子压岁钱，你们家那么急，不用这种表面的礼数了，没人会怪罪你们的！这家子，真就你吃苦了！还有，我看老大的白癜风，又有些重了，带她上省城看看吧？这姑娘一时半会儿都大了，知道脸面，别耽误了她！老二听说成绩还是不大好，又得蹲一年？你看看，怎么就读不进书呢！是不是真白费了钱在她身上哦，这小孩子，也真不知道用功啊？还有你，最要命的就是你，一年到头，没个休息地干活儿，我摸着你的手，都糙得厉害！"

　　于秀想，婆奶奶耳朵好，可是眼睛却不好使了。她的手一个冬天都冻着呢，肿得像个肉馒头，前段暖和得发痒，硬是挑了脓，抹了煤油，连骨头都露出来了。要是今年还在挤奶部，那出奶量怎么也完不成定额了。幸好干得那么久，老板看到她的成绩，给升了品质部的质检，一个月能多拿一百元不说，活儿到底轻了不少呢！

　　于秀张着脸朝那东房里望，看看没什么动静，就小了声量："奶奶，能给我三叔再说下不？让小辉去省城帮帮他？你看这街上，过了十五，没一个年轻人了，就小辉在晃着。他总不能这样每天无所事事地耗着啊，跟姨娘婶婶的打一圈圈的小麻将？！"

　　婆奶奶脸色就肃穆起来。这话题不是头一次提过，几乎每年都说道说道。可三叔三婶那边始终没有应承过。二叔二婶的儿子媳妇能去，为什么小辉就不能去呢？

于秀紧紧嘴："奶奶，地一直没分下来，我们家几个，还吃着我婆婆和我大姑姐两个人的口粮，三个娃现在都恁大了，都长身体的时候……"

婆奶奶马上应承了："我再给你三叔说劝一下，不过，你也别太抱希望了，听你三婶的意思，小辉年岁大了，他们管不住，也没法管！"

于秀高兴起来，"行的，奶奶，您一说，他们准管往心里去的。"

三叔这时候过来了，见着于秀，打了招呼："小辉还没起啊？还说带我们上地头呢，给爷爷上炷香的。"

于秀忙起了身："你们吃点早饭，稍后我带你们去吧。这会儿雾气大，湿气重，田里不好走。我们也要给爸去上香的，一会儿太阳出来了，一起去吧！"她拿过一包塑料包，递给正好洗漱完毕的三婶："上回我婶说特别好吃，我前段赶回娘家，特地让我爸给包的。拣的全是最好的花生米，用最好的白糖慢慢碾着熬的。"

三婶惊叹了一下，赶紧收了："我就随口一说的，你看看你，还劳动你娘家爹呢，真不好意思啊！"

黑这时候也起了身，知道于秀要走了，一点也不睬小黄的乱叫和撒娇，摆着尾跟在于秀身边。

三叔叹一下："嗬，这狗长得可真好！可别让人惦记着了！"

二叔也过来了："这皮色就是好，越养越黑亮。这要在城里，怕不要几百块吧！"

三婶撇一下嘴："二哥，你以为你弟弟是感叹狗的品种好？他是看它肥壮的身子，想着怎么吃顿好狗肉煲呢！"

于秀哆嗦一下，黑也攀过来，有点听懂三婶话的感觉，使劲粘着于秀了。

下午的日头很大，完全不像冬天的光景，有点春天回暖的感觉了。

街上的孩子挺多的，追着跑着闹着打着疯着。城里回来的年轻人开始左邻右舍地串门子了，细窄的水泥路通得到地里，现在什么车都往街上过了，摩托，电动，小三轮，小轿车，小面包，往旁边的泥土地里侧一下，两辆车都能稳稳当当地过去。

四叔的家宴已经快结束了，几个叔几个姑都在轮番说着小辉。菜早凉了，酒已经五个瓶子都见了底。"你要不对你媳妇好点，我们几个都看不过去了！"……"生这么多娃娃，这也是你自己的主意，现在儿女都一样，你妈可以对你们家小子娇惯着，你当爹的，可得对女儿好着点，她们都大了，开始长心了，你别做下将来让你后悔的事情！"……"别说什么离家出走，你出走到哪里去？就想让一家子担心你，你多大岁数了？三个娃娃的爹了，该负责了，顾家了，你还有个老妈呢，守了这么多年的寡，你倒一走了之，你想气死她？！"……"别再动不动打于秀了，满街上，谁不说于秀孝顺？看看她对你奶奶，看看她对你妈！"……"也就于秀服你了，她的薪水卡不是你拿着的？她的每分钱不都是给你了？你知足吧！"……"知道你读过几年书，有点文化，买了个城里人的户口，可是这儿还真就是你的家，你凭啥瞧不上人家？"……

街上的小媳妇已经打完一场麻将，在那儿怎么也算不清账，总是输多的钱，让桌子给赢去了，互相有点碎碎地指责。于秀开着她的小电动，来来回回地在街上慢慢地窜。

二叔家的儿媳妇叫住她："秀姐，下班了？三个孩子在南边连军叔家耍着呢！"

于秀摇着头，有点木木的："我知道。"

四叔家的闺女也在旁边："秀姐，辉哥在我家呢。这一顿吃到现在还没完呢！你别担心了，他们长辈都在轮番说我辉哥呢，替你出气！"

于秀轻轻地应一声："哦……"

婆奶奶也推着小车出来了，这车特别好，前端是个箱子一样的凳子，走累了，就可以坐下休息，买了东西了，就可以放进箱子里——不知谁发明的，三叔上回说，可以申请专利了。婆奶奶在街上，一街的邻居都和她打招呼，她辈份大，有些头发花白的老头还唤她"奶奶"呢！婆奶奶注意到了于秀："你咋不回去呢？你婆婆一个人在厨房忙呢！"

于秀点点头，有委屈的泪光："奶奶，黑没见着了……"

大家这会儿都着了急："什么时候的事了？"有个小媳妇说："晌午还看见它呢，从东头跑到西头。"她看见于秀挂在眼睛里的泪，没敢说出下面的话：晌午她看见的黑，被几个小孩子追着炸炮仗呢，唬得一愣一愣的。

于秀迫着她问："后来呢，你见它往哪儿去了？"

小媳妇有点慌，挠挠脑袋，真想不起来黑往哪儿去了。

婆奶奶劝她："再停停，拿不准它什么时候自个儿就回去了，它也跟了你三年多了，怎么会找不着家门的？"

于秀就流了泪下来了："就是这样说啊。哪回我一下班，它不就撒着欢地跑来接我了？它那么聪明，怎么会自个儿跑去逛着不回了呢？"

有个在北京打工的小媳妇取笑了句："呵，是不是找女朋友去了？"街上的人都把眼神往她那儿狠狠地递了递。她才嫁过来，不知道于秀的黑已经养了三年多了，和于秀是什么感情，哪里能用这种口气调笑于秀的黑呢？！

辉不知又蹩到哪家溜达去了。十岁的时候，家里给他在县城买了城里的户口，以为他终究会出息到往城里发展，然而，转了一圈，到结婚生崽的年龄，他仍旧回来了。结了婚，头一个女儿，再一个又是闺女，这就把他的劣性给撩拨起来了：他可不能输给任何人。公公早殁了，就他一棵独苗，婆婆守了这么长久的寡，也就为了他这棵苗。一咬牙，于秀又怀了双胞胎，托人照出来，仍旧两个女崽，都六个月大了，硬是活生生地引产下来。于秀痛得连死的心都有了，而这个死胡辉，一点也没往心里疼她，喝了酒，生了气，对她竖着拳头叫唤

着："你就是生八个十个，不见着男娃娃，你肚子就别想休息
了！"不是踹她，就是跺那两个闺女。直到生了这个老三，终
于这幕天席地的日子才见着了一丝亮光。

于秀没多少喜悦了，折腾了四个才生下的这个命根子，
完全泛不起她的一点骄傲和欢欣。她有的只是倦怠和厌烦，对
这小子的所谓母爱，连带对两个闺女的母爱，也慢慢地早销蚀
了。她觉得自己真不在乎他们，小子有他奶奶当宝贝养着了，
屋里就那么点粮食和荤腥，全给了老三了，那两个闺女，从来
只有拣边儿的命。开头她也难受，手心手背都是肉，但疼了这
个，那个就短了。而且，而且，这种日子连偏爱的心都早没
了。三个嗷嗷待哺的孩子，一个永远寡着一张脸的婆婆，那个
从没疼她爱过她的丈夫，家的破，屋的败，全指着她一个人在
奶厂里永远不得休息的活计。辉？怎么可能没指望过，原来他
是她的天，她以为他的男人是世界上最优秀的男人，他是读完
高中了的，他是在县城做过买卖的，他还懂电脑，甚至还懂汽
车维修！但能怎么样？他满肚子的乾坤，却被这个世界小瞧。
城里人，城里人的户口，却安不了个城里的家，找不下个城里
安稳自在的营生。她的辉，怎么可能去当保安？当包装？当搬
运？当生产线上被拉长守着骂着的小工？他喝酒，他吸烟，他
烦了就揍她踢她。因为她笨，因为她见识短，因为她竟然从没
出过县城，因为她生了那么多才逢着个小子。

"妈，黑一点影子也没有了……"三个孩子在守着堂屋的
电视看节目。于秀踱到婆婆的房里，婆婆房里也有一台电视，

是四叔前两年换新电视时送给他们的。最近一直不好使了，影像一直模模糊糊的，但声音还听得特别清亮。

婆婆略叹一口气："这会儿，也不知还有没有个它了……"

于秀紧张起来："不该吧，大年初一的，没谁这么缺德吧？"

婆婆说："开始以为被炮仗吓到了，可到现在还没回……"停一停，咬了咬嘴："什么大年初一的，除了规矩人，谁还在意大年初一还是十五的？"

于秀的心就疼起来，痛得有点扭着心筋的翻江倒海了。

婆婆瞪她一眼："我们可得讲规矩，大年下的，你一个媳妇家的，可千万别落泪啊！恁倒霉事都会发的！别触霉头了……"

于秀忙抬了眼睛，朝破旧的天花板去翻眼眶。

门帘掀一下，抬脚进来的是三叔三婶，于秀忙低了眼睛，赶紧打了招呼。

说了点零碎的闲话，话头便转到黑身上，三叔笑一笑："我说的，那么壮实的一条狗，可能被人捉了炖了……"于秀哆嗦了一下。

三婶悄悄地踢一下三叔的脚，问于秀："跟了你家好几年了吧？去年不就是它？不过没今年长得高壮！"

于秀说："是的，有三年多了，那年过完八月半给抱回来的。开始怎么都认生，喂了它半个月才跟我熟的，它多聪明

251

啊……"

婆婆说："它可真聪明，不像前一条狗，不记人的，见谁咬谁，都赔了乡里乡坊的几次疫苗针了……"

于秀轻轻地："阿胖也就跟我亲……"阿胖估计是前一条狗的狗名。

婆婆斜着眼看一下于秀："养孩子倒不上心，就会养狗？！"

三婶忙岔了句："那个，原来的那条呢？"

于秀低了头，用脚尖使劲地蹭着地面，地面的土也被她扬起来了。

婆婆说："给人下了药，早煮了吃了……"

于秀仍低着头，声音嗡嗡的："黑可聪明了，我加薪水的那次，它撒着欢过来接的我，它看见我笑，它也笑。真的，黑真会笑的！还有我当上质检后，也是它，跑到街口来接的我。我给它说，黑，你看吧，我终于当质检了。黑就跳起来，仰着整个身子趴到我身上，特别高兴呢！黑那样子……"

婆婆冲三叔三婶冷笑起来："我们家这傻媳妇，一天到晚都是怪话。"

三叔没什么事干，在一边看着那人影重重的电视，三婶搭了腔："加薪水了，当质检了？真干得不错呢！你那么勤快，那么聪明，黑可不替你高兴嘛！"

这满家子里，没人为于秀的加薪和当上质检自豪过，没人注意过她的薪水多了一百元，没人留心过已经是个负责奶品

质量的技师了。谁会记得她？土墙上贴了五幅老三在幼儿园的
"好孩子"奖状，挂着好几张辉在县城里青葱岁月的照片，还
有嫁到邻省的大姑姐的一家子，公公和婆婆的合影。他们最在
意的是，辉的出息，老三的成长，婆婆的健康……再往大了说
去，二叔家今年的村主任之座能否稳稳当当，三叔家在省城的
生意是否蒸蒸日上？四叔家儿子的婚姻，大姑家女婿在市里买
的那套房，小姑家女儿大学毕业后的去向……哪一件都比得过
于秀的生计，哪一件都是上得了桌面能说道的大事。于秀最重
要的事，那个两年才能加上一百的月薪，要多少出勤才能争取
到？那个奶品质检的岗位，要在老板多少亲戚顺风顺水的职位
的刀山火海里才能猴子取栗般得到？

　　三婶的一点体贴的疼惜让于秀感受到了，到底这种客套也
多少暖着了于秀的心。她注意到三婶换的一双厚厚的毛线鞋：
"给奶奶织的。奶奶当时说鞋口太小，套不进去。妈说奶奶可
能留给三婶的，知道三婶来家里，特别怕冷，我们这边没有暖
气！"

　　三婶有点不好意思，套着毛线鞋的脚往里缩了缩："你的
手真巧！做得真好呢，特别暖和！"

　　于秀笑起来，"也没有，就是特别花功夫，在班上，中午
一个小时的休息时间，赶紧地吃了饭，赶紧地戳两针。回来基
本上没什么时间弄了，手冻得不行，有时候端点东西都费劲，
别说拿针了，就是有黑这点好，它老偎过来，我就把手放进它
的毛里，它的毛真长，暖暖和和的……"本来挺高兴的，想给

三婶说道怎么做毛线鞋的，又绕到黑那里了，于秀的胸口便堵起来，说不下去了。

三叔嗑着瓜子，仍旧朝着人影模糊的电视里看，好像是一部当代都市言情剧，有个穷屌丝爱上了个白富美，穷屌丝暗暗较着劲："什么事，只要去努力，总能慢慢成功的！"

于秀忙接了话："是的，三叔，这话最有道理了，对吧？我一直就这样想的，只要去努力，什么事都能慢慢成功的！"

三叔笑起来，点点头。

三婶扬起嘴角，意味深长地问于秀："你属什么的？多大了？"

于秀说："这过了年，都四十一了。"

三婶惊一下："哦哟，你都有四十了？"她又踢一下三叔，"于秀哪像这个年龄啊！我一直以为你才三十呢！"

婆婆插过来："嘿，你看你三婶把你夸的？！老大都十五了呢！"

又待了会儿，三叔三婶告了别，把婆奶奶告诉过于秀的一千元钱硬塞给了婆婆，婆婆倒是死活不要，因为有婆奶奶在，她轮不着收这种钱。但拗不过三叔三婶，仍旧接了。于秀就把三叔三婶送到大门外。

街上的路灯只亮了零星的几盏，三婶挎着三叔，慢慢地回了。

这年下，夜里不冷，连风都没有。要是在往年，风送过来，站在门口目送着远去来客的于秀，可能会听到这些话：

"于秀仔细看，其实真漂亮！可惜了的，四十年岁的人了，连县城都没出去过。要像别的打工妹一般，出去见了世面，早被那些小伙子们盯上了，哪里会像现在，把个窝囊的小辉，还真当个神般地供着？！"或者三婶还会说："这么苦也能挨过来？从来没见她休息过，一家子全在她做活干力气活儿挣点钱，也没什么抱怨，到底还存着梦想，说什么只要努力，就能慢慢成功的？你是说这算她单纯呢还算是傻呢？"于秀什么也没听到，她就隐隐地听见远处的几声狗吠，又勾动了她念想黑的心，心一直痛痛的，到底怕触了霉头，犯了忌，没敢流下眼泪来。

初二是走姥姥家的日子，初三大姑家请客，初四小叔家也待客，听说还在县城包了KTV房，一家子有二十多口人都过去热闹了。于秀哪儿也没能去，除去走娘家回去吃了顿晚饭，匆匆忙忙地蹭了点孩子的红包，这大年下的几天，跟往常一样，仍旧按钟点上下班，骑着小电动奔驰在人来人往的县级路上，然后默默地回来，守着那灯火昏黄的厨房，帮婆婆做点晚饭，再然后，守在堂屋里，要不织幅十字绣，要不串点珍珠包，总有人收了，会拿到集市上换点钱花。

婆婆竖着耳朵："门得锁好了。黑这会儿不在了，总觉得不安生，这小电动你晚上还是推回自家房里，省得有人惦记着。"

于秀痴痴地停下手中的活计，她的手仍旧冻裂得厉害，开春后得好久才能复原，也不知怎么使上的劲，那么精细的一幅马奔图十字绣，竟然快要完工了。"它是不是被炮仗吓着了，躲到哪里去了呢？"

婆婆撇嘴道："它要真吓着了，这两天早回了。这可定定的了，它早不在了……"

于秀突然觉得眼前模糊起来。

婆婆烦了："大年下的，你可真别闹！平常也没见你那么感性的……不是我吓唬你，又不是拜神祭祖的，哪有大正月里掉泪的？"

于秀咬着嘴忍住了。

她也不知道为什么会因为没有了黑而想流泪？可是她是真的想极了它。

三婶有一次说，她从来不养小动物，从来也不养植物，她就怕和它们处出了感情，万一没了，她过不去那个劲儿。

那会儿她觉得三婶真是个城里人，连想法都娇惯得那么弱弱的。像街上，哪家不年年养些什么狗啊，猫的，鸡啊，鹅的？要不死了跑了，要不自己杀了炖了，畜牲总是畜牲，再冷的天，也没让它们进过屋子，再富的时光，也没甩给它们自己盘子里的肉。也不是一次两次养狗了，狗在乡间，就是看房的，养壮的狗，会被那些二流子盯上，成了人家桌上的佳肴。可是像黑皮毛那么好的，也许真像二叔说的，人家看上了黑的外形，当了城里人家的宠物。

这样想想，也算好的。黑到底有了个归宿！

努努力，总是好的！就像于秀常给黑唠叨的，黑倒是真听进去了。它甫一进门的时候，还不是一条不起眼的看门狗？上进了三年，毛色到底跟别的狗不一样，真那么出趟的！

于秀又低了脑袋，紧赶着自己手上的活计。老大的白癜风，老二的不成气，老三将来还要盖房子娶媳妇呢，辉夏天跑县城做小买卖白丢了的那四千元钱，婆婆的糖尿病……可是日子总会好起来的，好像婆奶奶，当初养了五个儿子两个女儿，谁知道当年那么艰难的拉扯，哪里想得到现在的福荫呢？满街上都说婆奶奶的命好着呢！

辉又喝多了，二叔家的儿子过来叫于秀帮忙去搀辉。婆婆有点担心，婆婆说："你们把他弄回来就行了，别让他看见于秀了……"婆婆没多说，拿眼有点可怜地看看于秀，怕儿子发了疯，又打于秀。

就是这点怜惜让于秀有了勇气，她咄咄咄地跑出了家门。

二叔家堂屋里一屋子的臭气，房门大开着，辉跪在地下，嘴里呜哩呜噜的，旁边的亲戚们都忙成一团。

于秀怕他趴在瓷砖地上受了凉，想拉他起来，但哪里扯得动？辉的身边全是他呕出的秽物。二婶在打扫着，一边说："这已经吐了三趟了，怕喝出毛病来，怎么也得拖去诊所打一针了！"

于秀忙跑过去拉扯二婶的扫帚，二婶放了手，索性让于秀去弄那些秽物。

几个小孩子瞪了眼在旁边看，慢慢地靠近，轻轻地碰他，哈哈笑一场，然后再靠近些，又碰他，这回比上回长了点力气，辉囫囵着骂了一句，小孩子们跑开，又哈哈笑一场。

于秀一边清理，一边着急："要不把他弄诊所吧？"

二叔三叔都过来了，还有几个堂叔，把一个带篷的小三轮停在院子里准备拉辉上去。那些小孩子又过来了，这回弄得辉有点重，辉立刻挺起来，嘴里骂了句，一脚就扬出去了。于秀就是这时候逢到的，她刚好想挡小孩子，不想被自己的丈夫一下踢了个几米远，鼻子流出东西来，一抹，腥腥的。

二婶三婶都叫道："你怎么下那么重的脚？你看你把秀弄的？"

于秀还在挂着二婶堂屋的那些秽物，怕爱干净的二婶以后老唠叨这事，爬起来想再去打扫打扫。三婶在旁边叹一句："你看，辉这么大的人了，真要往我们那里去，这样个处相，谁能管得住他？！"于秀的心往下沉去，知道辉这次又没可能往三叔的公司去了，失望的心像鼻子里涌出的那团东西，不知是冻出的鼻涕还是辉下手重出来的血液？一直泪泪地不停。

院子里二婶家的小黄就叫起来了，汪汪汪的，像吃了药一样，不停地吠着。于秀呆了一下，爬起身，一下子夺门出去了。

她一直跑一直跑，天早黑了，街上的灯也没亮，总闸在二叔家院子里，他不想开就不给开。她仍旧一直跑一直跑，跑过了自己家，跑过了那个小池塘，跑过了苹果园，然后是还没开种的大片的玉米地。水泥路没了，她矗了方向，往土路上跑，

258

跑了一阵子，又往西边的田间小径上去，影影绰绰的，是拱起的坟，还有，还有两三点萤火和磷光。

她奔过去，跑到自己的地里，那三株小槭树围住的坟，是自己从未谋面的公公的处地。她扑上去，就着上面的土，上面的残香，上面的炮仗屑，上面多少年拜祭积下来的烟火，兜头兜脸地大哭起来。是的，婆婆说，本来命就不好，大年下的，除了拜宗祭祖，断不能落泪的。这个鬼魅的地方，这个寒冷的地方，这个黑漆漆的地方，这个叫天天不应叫地地不理的地方，才能存下她的泪，才能让她肆意嚎啕大哭一趟。

她嫁的这门婚姻，她生的脸面五官漂亮却有星白斑驳皮肤的大闺女，她生的连"春晓"都背不流利的二女儿，她每个月要花五百块钱治病的婆婆，她整天胸有大志无所事事的丈夫，她从未出过县城的这四十一年的光景……

夜很深了，于秀终于哭累了，趴在坟头上，这会儿才觉得夜里的冷和寒。没人来找过她，也许找了，也没谁会想到她大年下的夜里会在这里祭祖哭嚎。她停下来，听到过几声狗吠，远远的，她起了身。

静一静，看看周边，邻家的田头也疏落地竖着些坟茔。夜里，突然觉得一丝浸入脊骨的寒凉和害怕。

狗的吠声越来越近了，她歪着头，匆匆地想离去，但好似被鬼媚住了，她迈不开步子。她直视着前方，那儿有个黑黑的小小的影子站在田头。她激灵了一下，轻轻地唤了声："黑！"好像那个黑影朝她真就动了动。

她咬咬嘴唇，当头没有月亮，灰蒙蒙的天，只零散的几颗星星。"黑！"她又叫了声，她听见了一声低低的犬吠，那是她三年多来熟悉的声音，那是世界上最美丽的声音。她笑起来，她知道它也是会微笑的，然后她微笑地迎着它，她径直朝它走去了……

相关评价

著名评论家何向阳点评《葛仙米》：

如果说动物与人之间的情意可能还带有某种特例色彩的话，弋铧的《葛仙米》(《清明》2010年第4期)则把我们带到了一个艰难年代的亲人与亲人之间如何相处的世界里。小说的动人在于写情之时力图表达一个道理，身体的帮助与心灵的救赎对于双方而言是平等的，施者的给予与共度此生的沟通有着微妙的不同。而正如弋铧在创作谈中言："我想表述的，不是一种委屈，而是一种人与人能在相互理解之下的感恩之情，能从本性的'自私'中慢慢认知的一种无私，超越了血缘和亲情的真正能相濡以沫的感情。"我想，这也是文学介入生活的目的之一。

师力斌对《葛仙米》的评论：

这是一部赚人眼泪的作品，但它不靠煽情，靠生活。看多了写得太像小说的小说，就会相信一个朴素而深刻的道理，文学的力量还是来自于生活本身。写作首先要有源自生活的情感冲动，没有冲动的小说是可疑的。为情而造文，对于当下的创作意味深长。我愿意武断地相信，这篇优秀的小说源于作者真实的生活经验。看不出有多少想象和创造，但完全看得出那逼真、细腻的生活本身。有许多涉及母女关系的生活场景，描写得细致入微，令人心动，甚至让人潸然泪下。小说讲述一位母亲与养女和亲生女儿之间的故事，没有人生的大悲大喜，也没有社会历史的大风大浪，却把亲生与收养、痛苦与幸福、同情与嫉妒等微妙的人性展现得淋漓尽致。尽管母亲对被遗弃的孩子像亲生女儿，把她当成一块易碎的玻璃，但养女感到的是巨大的痛苦和压力。她成年后逃离了这个家，而亲生女儿因为不满母亲对养女的偏爱也远走海外。孤单可怜的母亲在临终之际，由于收到了养女寄来的葛仙米，一种母亲最喜爱的食物，才安详地闭上了眼睛。支撑整部作品的，不是技巧，而是普通而刻骨铭心的生活体验。

著名文学评论家鲍风评价《千言万语》：

今天读今年（2010年）的《天涯》第六期，读到这期杂志里刊发的小说，其中由弋铧写的中篇小说《千言万语》，让我想到中国现代女性心理的结构问题。这是一个很有趣味的话题。我曾在一个文学论坛上提到过这个话题，得到不少朋友的回应。中国近三十年的文化变迁，可以从中国女性文化心理的变迁找到一些头绪，甚至可以从中国女性的性心理找到一些线索。这当然离不开社会意识形态对女性的影响，但女性在社会变革中的自我解放与自我放弃，与女性在社会道德建设中所处的尴尬境地，不无关系。实际上，三十年来，我们在自以为是的解放中，女性的文化落差加大了，女性的道德价值体系让男性社会越来越不认可。这是一个很大的文化自残！今天读了《千言万语》，更感到女性的自我放弃，让女性在社会道德话语体系中的发言权，越来越没有力度。当然，资本的无处不在，人欲各得到过度的开发与张扬，是让女性的人性力量越来越弱的重要原因。我们看看媒体，关于人流技术的令人窒息的"宣传"，让女性完全成为性崇拜的牺牲品。这是一种多么可怕的现象！更可怕的，这种现象并没有引起人们足够的重视！剩下的，便只有悲哀了！

蔡东评论弋铧：

弋铧不是以语言见长的作家，跟那些五彩缤纷绚烂夺目的小说相比，弋铧的小说几乎就是裸色的。但她的小说有一种特别的韵味，读她的作品像听一首老歌，能触动心底的柔软，她的小说有一种琐细而绵密的吸力，不知不觉地，就跟着她，进入到特定的情境和场域中去了。一些生活中不起眼的事件，在弋铧笔下，却促成了命运的改写甚至是翻转，如《一九七九年的一次出差》，再如《衣道》。《衣道》的主人公是一个才华、心性、眼界都很高的男人，不被命运垂青，小儿麻痹落下残疾，亦不见容于俗世，他固然不甘平凡，固然聪灵早慧，固然有自身对生活的理解和规划，可正应了人们心里的那句实话，"他还能怎么样呢？"他曾穿着火红的T恤在大街上招摇，曾放弃图书管理员的体制内工作而选择做一个裁缝，最后却两鬓斑白地为宠物狗缝制服装，身体、命运和时代，无一例外地跟他闹别扭，过不去。我猜想，童年时代的弋铧应该拥有一双敏感而悲伤的眼睛，躲在大人身后，观察着这些超逸不俗的人事，并在日后某个灵感勃发的时刻，终将其倾注于笔端。弋铧的小说，从整体气质上来看，是有一种回忆和感伤的况味隐藏在里边的。

弋铧写得最精彩的小说来自于她十岁前的生活记忆，比如说《葛仙米》。在《葛仙米》这部小说面前，在它的实实诚诚面前，时下众多小说都显得太取巧，太花拳绣腿。《葛仙米》的读者也许不会太多，但《葛仙米》是毒药，放出去，一定毒倒一批人、一批特定的读者。能读到《葛仙米》这种大巧若拙、亦正亦邪、浑然天成的小说，是读者和评论者的至高享受。

我们生活的这个世界，充斥着许多的常识，许多的理所当然和天经地义。《葛仙米》的可贵，恰恰是因为它对常识和道德的反动，它的逆流而上，它的究诘不止，它对"你所不知道的事"的发现。《葛仙米》有一种内省和悲悯的力量，让我们意识到自己的狂妄和粗暴。

弋铧讲述的是一个"收养"的故事，这类故事很容易温情泛滥，也很容易落入窠臼。而作家进入生活的视角决定了这部小说的成败。表面看上去，是通过第一人称"我"来回忆整个故事，实际上，弋铧是站在养女蒙蒙的角度去思考的，是贴着蒙蒙去写的。这就是弋铧对生活的理解和发现，这背后潜藏的世界观是很厉害的。阅读弋铧的《葛仙米》时，我的身边正上演着一个相似的悲喜剧。若干年前，某位亲戚在儿子外出上大学的那年，收养了一个被遗弃的女婴，女婴少时漂亮可爱，给家庭带来许多快乐，及至读书求学，女孩身上强大的外来基因开始显现威力，她不爱读书而热爱打扮，她身上有一种特别水性的东西，缺乏这个书香家庭所崇尚的矜持文静，亲戚全家陷入巨大的震惊和尴尬中，生活朝着不可预知的方向疾驰而去。女孩越来越叛逆，尤其在她似乎了解到自己的真实身世后（总有好事者愿意为她揭开秘密），她开始乱花钱，对养父母也没有多少感情。亲朋好友们达成了共识，一致谴责那位养女没良心、白眼狼、忘恩负义，并上升到理论，认为家庭的教育在遗传面前不堪一击，认为所有弃婴的基因里都暗藏着残忍凉薄的一面。

我们像掌握了绝对真理一般，无比正确，理直气壮。

而弋铧给我打开了另外一个门。读完《葛仙米》，我忽然意识到，在面对那曾被遗弃的女孩时，即使在她最得宠的那几年里，我也始终怀有一种优越感，见她吃一点好东西、穿一件好衣服，就莫名地觉得她本不该享有这一切，而她侥幸得到的一切，好像我也参与了赏赐。我凭什么傲娇呢？就因为我来自于正常家庭，就潜意识里鄙薄这身世凄然的女孩，就想当然地把她钉死在"报恩"的人生轨道上吗？

弋铧在创作谈里写道：

"总有我所不知道的事。"

外表上的繁丽，未必内里真就是簇团的缎锦心甘情愿地织就；触手可及的暖意，未必是噼啪作响的柴火所愿屈就的牺牲。我们都知道，一个几代同堂的大家族里，主妇背人处所有委屈的泪；一个欣欣向荣的企业里，左右逢源的中层干部无奈的精疲力竭……一个被收养的孩子，从小在传统的观念和来自外界的叮咛里，被压抑在"回报"的潜意识里挣扎和奋斗。

没有人真正看到他们的委屈和疲惫。顾全大局，甚至升华到要"泯灭自我"的牺牲里。在他们的隐忍下，成全了一片繁花似锦。

在命运残酷地让他们失去亲生父母的同时，我们所能给予他们的帮助，还应该有心灵上的救赎。而这种救赎，我总以为，是建立在平等的基础上的。不是施者盛气凌人的给予，而是能共同幸福度过今生的沟通。

所以我想表达的，不是一种委屈，而是一种人与人能在相互理解之下的感恩之情，能从本性的"自私"中慢慢认知的一种无私，超越了血缘和亲情的真正能相濡以沫的感情。

所谓我不知道的暗夜里，再也不要有那么多委屈而无奈的泪，再也不要有求全而折磨自己的苦痛，再也不要因为世人对你的要求而殚精竭虑的绝望。

这是《葛仙米》的戏胆和骨头，使这篇小说抵达了惊人的深度，成为一次具有探险精神的创作。从创作的角度来说，《葛仙米》带来了以下的启发：我们是否能真正地平视生活和他人，我们在讲述一个故事时，能不能反过来想一想，能不能往前想一步、再往前想一步……

小说从另一个维度上探讨了施与受，施的暴虐，受的扭曲；爱的可疑和不能承受之重。没有思维的惯性，没有道德的大棒，没有刻意为之虚伪涂饰的脉脉温情，弋铧的笔下，只有美好的养母和真实的养女。这是一部"诛心"的小说，一部兼具亮度和硬度的小说，沉重酸涩而终能焕发出大的光辉。

后 记

2004年开始写作的时候，其实应该说当我的文字变成铅字，开始频频在各类文学期刊上发表的时候，除了我自己心里有高度的窃喜，便是我母亲在人前表现出了极大的兴奋。我一直以为，我的写作给我的母亲带来了骄傲，虽然她应该算是个务实的人，对金钱的兴趣和我们一样大，然而，这四十多年来，无论我做什么事情在什么方面取得的成功，也绝抵不上她看到我的文字变成印刷品在大街小巷的报亭里出售。她曾经一个劲地力劝我，希望我能把自己的作品结集出版，好过一本本的期刊摆在她的书架里。当然，现在，母亲的书架里仍旧会有我留给她的那些期刊，但是，就像武汉的街头基本上很少有这类纯文学期刊在出售了，母亲再也没机会到处去寻觅我的作品，而对着那些印着我笔名的地方，喜悦地告诉她的老邻居老同事，那是她女儿的文字。

世事总是这样，你以为永远不会到来的事情，眨个眼其实就呈现在你的眼前了。母亲去年的过世给了我难以想象的重创。就是现在，当我写下这些文字，想着将要出版的这部集子，因为没了她最期待的那个人的欣喜若狂，我心里，是觉得难以名状的悲伤。

有时候，悲伤其实不光是子欲养而亲不待，更多的，是你的成功，再也没有那个真正在乎你的人为你欢呼雀跃了。由此，我想到从小养育我的祖父母，我爷爷去世的时候，我那会儿还从没曾想过写出自己的文字，我奶奶走的那年，我刚好正打算写作。他们是老派的人，旧时的知识分子，对成功的概念和现在的认知完全不一样，一直影响我的，是直到如今，我对工程师机械师医师科学家艺术家作家的崇拜，因为在他们的眼里，那些才是真正对社会有贡献的人，才是对人类的心灵有提升的人。现在，我从事的行业，聊以吃饭的工具，其实也是我自己喜欢和选择的，天天和五大洲的各色老外打交道，发邮件，下订单，忙得热火朝天。我离开了生我养我三十多年的武汉，披荆斩棘地来到了这片南方的热土，日日都是房价涨股票跌的话题。可是，在我内心的深处，总有个喜欢留在一隅，看看书，写出文字，编出故事来，然后，工工整整地，印成铅字，留存下来，有一天，我的孙子，我的孙女，也能看到，他们的祖母，曾经是一个能写出那样文字来的女人。几代人，都会以我为那么一点小小的骄傲。就像我母亲有一次对我说的："你成为一个作家，你爷爷你奶奶要是九泉有知，该有多自豪！"

我也为我自己悄悄地自豪。虽然从心底里说，我对自己的每部作品，其实在发表后都能找到无限的缺憾，直到如今也没有真正意义上自己喜欢和满意的作品。然而，我还是有点自满，我总算留下了什么，我总算写过些什么。而且，那种小小的自满里还有深深的对自己的期望，我希望自己能在文学上走得更远，能留下真正有价值的作品来。

现在，我至亲的长辈里，只剩下我父亲，他也一样，对我的每部作品都视之珍宝，戴了老花镜，逐字逐句地阅读，告诉他的邻人，告诉他的同事，他的女儿，是一个作家。很以为羞，我从不敢自称自己是作家，我一般告诉别人我是个写作者。可是，父母既然潜意识里已经高度定义了我，我愿意朝着这个目标努力下去，完善下去，实现下去。

虽然我知道自己，我的最好归宿可能就是一个优秀的外贸从业者，然而，不光祖父母父母对我有文学上的欣慰和要求，我自己的潜在理想里，也有对文学上的追求和期望。其实我们每个人都有文学的潜质，我听到过多少人在曾经年少的时代，巴巴地在图书馆里痴痴地看着一本又一本的书籍，在夜里，认真地写着一篇又一篇的作品，然而，生活的现实，把有些人的文学梦想无情地给打压下去了，经历了疲累的生活后，他们再也无心像曾经那样，纯净而痴情地追求自己的梦想了。所以，感谢上苍眷顾给了我机会，在我的生命里，赐予了或许庞大或许薄弱的一点文学性，让我在这热闹而纷繁的世界里，能坚持自己的一点梦想，能创造出自己的那个虚拟的世界，能用自己的文字写别人不愿写或者没法写的思想，和那些孜孜不倦在这条路上拼力追求的同道者有种种共鸣。不管走得怎么样，这总是一种坚持，一种倾力而为。

在这个父亲节里，我写下了这段文字。感谢这部集子的出版，感谢帮助这部小说集出版的所有恩人。在这个什么都以金钱为成功的衡量标志、急功近利的时代，我们这些高高兴兴的甚至有点自娱自乐的自得其满的写作者，理应为自己的作品而高兴，为关心我们的文字的那些读者而高兴。

2015年6月19日　于深圳